Rob
Perry

Der
Grosse
Gary

Rob
Perry

Der Grosse Gary

Roman

Aus dem Englischen
von Hanna Große

DUMONT

Für Mama, die den Samen gesetzt hat.
Und Lucy, die ihn gewässert hat.

1

Benjamin Glass wollte sich gerade einen toten Wal ansehen, als der Hund am Strand neben ihm herzulaufen begann. »Ich gehe zu einem toten Wal«, sagte er laut.

Normalerweise ermutigte er keine ihm unbekannten Hunde, aber dieser sah traurig aus. Er schleifte eine rote Leine hinter sich her und blickte sich immer wieder um.

»Du kommst vielleicht besser nicht mit«, sagte er zu dem Hund, denn er wusste nicht, welchen Begriff sich ein Hund vom Tod machte und ob er die nötige innere Stärke besaß.

Benjamin hatte auf der Arbeit in der Zeitung von dem Wal gelesen. Als er von seiner Vorgesetzten Camilla an die Kasse gesetzt worden war, hatte er den Scanner mit Zeitungspapier abgedeckt, damit er nicht blind wurde oder seine Zellen mutierten. Sie hatte den Finger in ein körniges Bild auf einer der Titelseiten gebohrt.

»Das solltest du dir ansehen«, sagte sie, und eine geballte Faust schwebte über ihrem Herzen. »Schau mal, was es mit dir *macht*.«

Camilla habe sich den Wal schon angesehen, sagte sie, im Geiste ihrer vollständigen und grundlegenden Verbundenheit zu sämtlichen Tieren auf der Welt.

»Das wäre nichts für mich«, sagte Benjamin und sprühte antibakterielles Reinigungsmittel auf das Förderband.

»Vielleicht solltest du gerade deswegen hingehen«, sagte sie.

Benjamin drehte sich mit dem Rücken zum Wind und atmete flach für den Fall, dass das, was den Wal getötet hatte, von einer Spezies auf die andere überspringen konnte. Er fürchtete sich vor durch die Luft übertragenen Erregern, seit er von dem Mann gehört hatte, der mit einer hoch ansteckenden Atemwegserkrankung auf dem Flughafen Gatwick gelandet war. Einige Zeitungen hatten berichtet, dass die Krankheit in Ostasien ausgebrochen war, weil die Leute dort Fledermäuse aßen. Camille hatte mit einer zuckerfreien Limo am Getränkeautomaten gestanden, als sie das hörte. Sie hatte die Augen fest zusammengekniffen.

»Die armen Fledermäuse«, hatte sie gesagt. »Die armen, armen Fledermäuse.«

Am Nachmittag hatte sie ihre Chakren gereinigt und die Dosis homöopathischer Mittel erhöht.

»Er ist tot«, sagte Benjamin und zeigte auf den Wal.

Er beäugte das große Maul und das Blasloch des Tiers. Der Hund nahm ein Stück links von ihm Platz. Der Wal wirkte nicht besonders ramponiert, aber der Sand unter ihm hatte sich rot verfärbt. Benjamin dachte darüber nach, wie Blut in Venen mit dem Durchmesser von Wasserleitungen zum Stillstand kam. Er betrachtete die alten, traurigen, von der Sonne ausgetrockneten Augen des Wals und stellte sich vor, wie die Schwerkraft außerhalb des Wassers seine inneren Organe zusammenpresste.

»Wo ist dein Herrchen?«, sagte er zu dem Hund.

Der Hund beachtete ihn nicht; er saß einfach nur da, die Augen auf den Wal gerichtet, blinzelte und atmete. Nach einer Weile ging er zu dem toten Tier hinüber und begann, den Blubber aufzulecken.

»Verdammte Kacke«, sagte Benjamin, dann schaute er sich um, ob ihn jemand gehört hatte. Als der Hund zurückkam, drückte er seine feuchte Nase an Benjamins Hand. »Verdammte Kacke«, sagte Benjamin noch einmal.

Er inspizierte den frischen, feuchten Fleck direkt über seinen Knöcheln, das feine Büschel roter Handhärchen, das an der Haut festklebte.

Der Hund sah ihn mit seinen bernsteinfarbenen Augen leicht entrückt an. Blinzelte langsam, als wäre er gerade aus einem Traum erwacht.

»Ich muss jetzt nach Hause«, sagte Benjamin.

Die Spuckehand vor sich ausgestreckt, ging Benjamin zwischen den Dünen hindurch, und der Hund trottete mit ein wenig Abstand hinter ihm her. Während sie einem sandigen Pfad folgten, der sich am Rand des California Sands Caravan Park emporschlängelte, blieb der Hund gelegentlich stehen, um an vom Meer angespülten Plastikteilen und verwaisten Krabbenschalen zu schnuppern. Sie erreichten ein Loch im Maschendrahtzaun.

»Ich glaube, da quetschst du dich besser nicht durch«, sagte Benjamin und zog sich einen schützenden Ärmel über die saubere, nicht vom Hund angeleckte Hand. »Wenn du dich mit Tetanus infizierst, kriegst du Kiefersperre«, sagte er. »Dann kannst du nichts mehr fressen.« Er machte ein paar Kaubewegungen. »Dein Kiefer verkrampft sich.«

Dann zwängte er sich durch die Lücke. Er drehte sich nicht um, damit der Hund nicht auf dumme Gedanken kam, und ging einfach mit geradeaus gerichteten Augen zwischen den Mobilheimen hindurch – seine Turnschuhe glitten im Schlamm leicht aus – vorbei an einem im Regen stehenden Flachbildfernseher und einem Fahrradgestell ohne Räder.

Beim Mobilheim drehte Benjamin sich um und schaute den Weg entlang. Von dem Hund war nichts zu sehen, also stieg er auf die hölzerne Terrasse. Als er sich noch einmal umwandte, stand der Hund hechelnd da. Mit glasigem Blick und offenem Maul starrte er Benjamin an, der durch die Tür schlüpfte und ihn auf der Veranda stehen ließ.

Benjamin lehnte sich an die Wand und sog Sauerstoff in die Lunge. Er zog die Jeans herunter und steckte sie in die Waschmaschine, dann wusch er sich im Spülbecken gründlich die Hände. Er schlich sich zum Fenster und spähte zwischen den Vorhängen hindurch. Der Hund saß auf der Terrasse und betrachtete die im Wind flatternde

Flagge des Mobilheimparks. Gelegentlich schloss er die Augen kaum länger als für ein Blinzeln und schwankte leicht. Als er ihn wieder ansah, trat Benjamin vom Fenster zurück und griff nach dem Telefon. Er rief die Auskunft an, um sich nach einer Tierschutzorganisation zu erkundigen, und ließ sich gleich durchstellen.

Während er auf einen freien Callcenter-Mitarbeiter wartete, nahm Benjamin zwei Hübe aus seinem Inhalator. Er hielt die Luft an, bis ihm leicht schwindlig wurde, und lauschte den fern klingenden Popsongs, die knisternd durch den Hörer drangen wie bei einer schlechten Verbindung. Irgendwann meldete sich eine Frau. Sie sprach walisischen Dialekt und klang nett. Sie stellte sich als Linda vor.

»Hallo, hier ist Benjamin Glass«, sagte er.

»Hallo, Benjamin Glass. Was kann ich für Sie tun?«

»Ich rufe an, weil hier ein Hund ist, der mir immer weiter folgt«, sagte er. »Ich habe ihn am Strand bei einem toten Wal getroffen, und er hat daran geleckt. Dann ist er mir nach Hause gefolgt.«

»Ein toter Wal?«, sagte Laura.

Benjamin fand, dass die Frage etwas an der Sache vorbeiging. Der Wal saß schließlich nicht auf der Terrasse.

»Ja. Am Strand. Meinen Sie, er könnte infiziert sein?«

Laura antwortete nicht, also sprach Benjamin weiter.

»Ich fange an zu keuchen, wenn ich gestresst bin«, sagte Benjamin und hoffte, die Stille rührte nur daher, dass sie über eine Lösung nachdachte. »Ich musste meinen Inhalator benutzen.«

»Fangen wir mal mit der Hunderasse an«, sagte Laura.

Benjamin überlegte. Der Hund war wie andere Hunde, nur mit einem tieferen Brustkorb und längeren Beinen.

»Er sieht aus wie ein Rennrad«, sagte er.

»Aha.«

»Und er hat so ein interessantes Fell. Wie ein Tiger.«

»Okay. Sonst noch was?«

»Ein paar von seinen Rippen gucken raus«, sagte er. »Nicht, weil er ausgehungert ist. Ich glaube, die sehen immer so aus, oder?«

»Was sieht so aus?«

»Diese Hunde.«

»Schon möglich«, sagte Laura. »Könnte es ein Windhund sein?«

Im Hintergrund hörte Benjamin weitere Telefone klingeln. Stühle stießen gegen Schreibtische.

»Ja«, sagte er. »Ich glaube schon.«

Laura antwortete nicht gleich. Das schien so ihre Art zu sein.

»Steht vielleicht ein Name auf seinem Halsband?«, sagte sie.

»Ich weiß nicht. Ich versuche, ihn nicht anzufassen.«

»Wo ist er denn jetzt?«

»Ich habe ihn auf der Terrasse gelassen.«

»Verstehe. Und ist er noch da?«

»Ich weiß nicht. Soll ich nachsehen?«

»Das wäre nett.«

Benjamin ging langsam zur Tür, zog dabei das Telefonkabel so lang wie möglich und sprach lauter, weil der Hörer nicht mehr ganz an seinen Kopf heranreichte. Als er durch den Briefschlitz spähte, sah ihm der Hund durch den Schlitz direkt in die Augen. Er leckte sich über die Lippen und zitterte.

»Ich sehe ihn. Er ist noch da«, sagte Benjamin. »Er zittert jetzt.«

»Besteht vielleicht die Möglichkeit, ihn hereinzulassen?«

»Auf gar keinen Fall«, sagte er. »Er ist ein einziger Bazillenherd. Sie müssten bitte kommen und ihn abholen.«

Benjamin öffnete den Vorhang. Es tat ihm leid, das zu sagen, weil der Hund gefühlvolle Augen hatte und weil es draußen kalt war, aber er wollte nicht, dass er seine Genitalien an den Sitzmöbeln rieb und im ganzen Mobilheim Mikroben verteilte.

»Ist er verletzt?«, fragte Laura.

»Sieht nicht so aus. Sein linkes Auge ist ein bisschen blutunterlaufen, glaube ich. Schwer zu sagen von hier aus.«

»Sieht er aus, als hätte er kürzlich gefressen?«

Benjamin musterte den Hund durchs Fenster.

»Abgesehen von dieser Rippensache?«, sagte er.

»Ja. Wirkt er hungrig?«

Benjamin mochte es nicht, unter Druck gesetzt zu werden und das einfach so entscheiden zu müssen. Schließlich war er kein Hundeexperte.

»Warten Sie«, sagte er, stellte das Telefon auf dem Fensterbrett ab und rannte zum Schrank.

Er nahm das letzte Stück Weißbrot aus der Tüte und schob es durch den Briefschlitz. Das Schnüffeln des Hundes wurde durch den Schlitz noch verstärkt, als er das Brot untersuchte, aber er fraß es nicht.

»Er hat keinen Hunger«, sagte Benjamin.

Benjamin hörte, wie Laura jemandem im Hintergrund die Situation erklärte. Während er wartete, kratzte er sich an einer juckenden Stelle am Unterarm, bis die Haut rot wurde.

»Benjamin«, sagte Laura schließlich, »sind Sie noch da?«

»Ja. Bin noch da«, sagte er.

Sie zögerte.

»Unser Problem mit ihrer, äh, Situation ist, dass wir keine gesunden Hunde abholen.«

Benjamin begriff nicht. Es war ja nicht sein Hund. Er dachte, er hätte sich vielleicht verhört, und bat Laura, es zu wiederholen.

»Wir holen keine gesunden Hunde ab, Benjamin«, sagte sie.

In der einsetzenden Stille dachte Benjamin über einiges nach. Über die Zunge des Hundes, die den Blubber berührt hatte. Über seine nackten Pfoten, die auf allen Oberflächen Fremdkörper hinterließen, und über Camille, die glaubte, Tiere wären zu komplexen menschlichen Empfindungen wie Scham und romantischem Verlangen fähig.

»Haben Sie schon mal von *Toxocara canis* gehört, Laura?«, fragte er schließlich.

Sie verneinte.

»Das ist eine Art Parasit, der in den Ausscheidungen von Hunden lebt. So eine Art widerlicher Wurm, der hinter den Augen wächst, bis man blind wird.« Benjamin ließ das ein paar Sekunden lang wirken.

Die Haut unter seinem Kinn begann zu jucken. »Das kann zu Leber- und Lungenversagen führen.«

Benjamin hörte im Hintergrund ein Telefon klingeln. Er wartete darauf, dass Laura antwortete.

»In der Gemeinde gibt es einen Hundefänger«, sagte sie. »Ich gebe Ihnen mal seine Nummer.«

»Großartig«, sagte Benjamin erleichtert. »Ich will keine große Sache daraus machen oder so, aber er hat mich schon ein paarmal berührt.«

»Berührt?«

»Ja. An der Hand.«

»Ich gebe Ihnen jetzt die Nummer durch, Benjamin ...«

Er unterbrach sie.

»Entschuldigung, Laura«, sagte er. »Ein Mal. Eigentlich nur ein Mal.«

»Ein Mal was?«

»Er hat mich nur ein Mal berührt.«

Noch eine Pause. Lauras kaum hörbarer Atem.

»Die Telefonnummer, Benjamin. Sie lautet –«

»Ich habe gelogen, damit es sich schlimmer anhört. Er hat mich nur das eine Mal berührt.«

Laura las die Nummer vor. Er schrieb sie mit zittriger Hand auf einen Briefumschlag; seine Haut war vor Anspannung kalkweiß.

»Es tut mir leid, dass ich gelogen habe, Laura«, sagte er.

»Gibt es vielleicht Angehörige, die helfen könnten?«

»Meine Oma weiß normalerweise, was zu tun ist«, sagte Benjamin.

»Prima. Wo ist sie denn?«

Er stockte. Er sagte das Wort »Krankenhaus« nicht gerne. Das fühlte sich an, als würde er etwas Böses heraufbeschwören.

»Sie ist beim Bingo«, sagte er.

»Gut ... dann kann sie dir helfen, wenn sie nach Hause kommt?«

»Es ist ein Bingo-Urlaub«, sagte er.

»Ich wusste gar nicht, dass es so etwas gibt. Wo ist sie denn genau?«

»Teneriffa.«

Benjamin fragte sich, was seine Oma wohl zu der ganzen Sache gesagt hätte. Er wusste, dass sie den Hund gemocht hätte, weil sie Tiere mochte, aber dadurch fühlte er sich zugleich besser und schlechter. Besser, weil er wahrscheinlich das Richtige tat; schlechter, weil sie es ihm nicht sagen konnte.

»Irgendwelche Nachbarn vielleicht?«

Benjamin schaute reflexhaft nach draußen. Es gab einen Nachbarn, aber er war nicht von der hilfreichen Sorte. Er hatte unfreundliche Ansichten über Menschen aus dem Ausland und sagte Dinge über Frauen, die sich nicht gehörten. Camille kannte ihn nur flüchtig aus dem Supermarkt, war sich aber sicher, dass er für den EU-Austritt gestimmt hatte.

»Hier ist gerade Nebensaison«, sagte Benjamin. »Es ist keiner da.«

»Na schön. Aber der Hundefänger ist erst ab Montag wieder erreichbar.«

»Ich kann ihn doch schlecht bis Montag auf dem Balkon lassen«, sagte Benjamin.

»Ja, das ist schlecht«, sagte Laura.

Benjamin kratzte sich am Ellbogen. Wieder schaute er durchs Fenster auf den Hund, der auf der Terrasse aus kleinen Pfützen schlürfte. Er stellte das Telefon ab.

»Verdammte Kacke«, sagte er zum dritten Mal an diesem Tag.

Draußen frischte der Wind auf, die Grashalme neigten sich. Benjamin zog ein Paar Spülhandschuhe über und ging zur Tür. Er öffnete sie so weit, dass er den schlanken Körper des Hundes erspähen konnte, der fröstelnd im Regen stand; sein Brustkorb drückte von innen gegen das Fell mit dem Tigermuster.

Er steckte den Kopf in die Öffnung.

»Du wirst wohl reinkommen müssen«, sagte Benjamin.

2

Drinnen taperte der Hund herum, zog die Leine hinter sich her und schnüffelte. Er zitterte immer noch.

»Mit einem höheren Körperfettanteil würdest du die Kälte wahrscheinlich nicht so spüren«, sagte Benjamin und folgte ihm in die Küche. Seine Krallen klickten auf dem Linoleumboden, als er zu einem der Schränke ging und an einem Fleck an der Tür leckte. »Das muss ich dann wohl sauber machen«, sagte Benjamin.

Der Hund kam herüber und stellte sich vor ihn, die Vorderpfoten dicht beieinander.

»Ich weiß gar nicht, warum dir noch kalt ist«, sagte Benjamin. »Du bist doch drinnen.«

Geschützt durch seine Gummihandschuhe, löste er die Leine des Hundes und legte sie auf die Arbeitsplatte. Dann beugte er sich hinunter und rieb über die dickeren Stellen seiner Hinterbeine, fuhr mit der Hand über die Höcker der Wirbelsäule. Mit der flachen Hand an der Flanke des Hundes spürte er das Beben seines Herzens, das die Rippen nach außen drückte und das Blut in seinen Körper pumpte.

»Hast du dich verirrt?«, sagte er.

Aber die Frage kam ihm dumm vor. Denn manchmal war es schwer zu sagen, ob man sich verirrt hatte oder nicht. Er wusste, dass man sich fehl am Platz fühlen konnte, auch wenn der eigene Körper genau dort war, wo er sein sollte. Dass es oft gar nichts mit dem Ort zu tun hatte.

Der Hund ging zum Kaffeetisch hinüber, wobei er das Sofa streifte, und versenkte die Schnauze in einer kalten Tasse Tee. Benjamin nahm die Tasse und sah eine tote Motte, die sich in der Flüssigkeit auflöste und die Oberfläche mit Schlieren überzog. Er merkte sich, wo der Hund die Tasse berührt hatte. Als er den Tee in die Spüle schüttete, blieb die Motte kurz im Abfluss hängen, bevor sie verschwand. Benjamin fragte sich, ob der Hund Salzwasser und aus Pfützen hatte trinken müssen, als er auf sich allein gestellt gewesen war.

»Ich gebe dir etwas zu trinken«, sagte er und füllte eine Salatschüssel mit Wasser.

Er stellte die Schüssel vor dem Hund ab, der lange trank. Als er den Kopf hob, hingen winzige Wassertropfen in den feinen Haaren an seiner Schnauze. Benjamin sah zu, wie einer davon in den Fasern des Teppichs landete.

»Du kommst jetzt ins Bad«, sagte er. »Ich kann nicht klar denken, wenn du hier alles berührst und überall herumläufst.«

Benjamin führte den Hund ins Bad, wobei er darauf achtete, ihn nicht zu berühren. Als er die Tür schloss, betrachtete ihn der Hund mit ruhigem Blick.

»Es ist nicht für lange, wirklich«, sagte er und hoffte, der Hund würde nicht urinieren.

Benjamin sprühte Desinfektionsmittel auf die Stellen, die der Hund berührt hatte. Auf dem pfirsichfarbenen Läufer hielt er kurz inne, um die Zehen in dem dichten Flor zu spreizen. Er griff nach einem Kissen, drückte das Gesicht hinein und schrie laut auf. Dann sah er sich im Spiegel an. Sein Gesicht und sein Hals waren rot. Er stand stumm da.

»Mir geht's gut«, sagte er laut, für den Fall, dass der Lärm den Hund beunruhigt hatte, dass sein Gefühlshaushalt durcheinandergeraten war.

Als an der Kasse einmal eine Hähnchenverpackung aufgeplatzt und die Flüssigkeit in die Elektronik von Benjamins Waage gelaufen war, hatte Camille ihm ausführlich erklärt, wie wichtig es sei, die negativen Gefühle herauszulassen. Während Benjamin den Großteil der nächsten vierzig Minuten damit verbrachte, den rosafarbenen Hühnersaft von seinen Händen und seinem Arbeitsplatz abzuwaschen, erläuterte Camille ihm, dass die Energie stetig und ununterbrochen fließe und man ihr ein Ziel geben müsse, so wie bei einem Fluss, der ins Meer ströme. Sie sagte, ihr genüge es manchmal, nach einer schwierigen Schicht in eine Jacke zu schreien. Sie hatte ihm eine in die Hand gedrückt.

»Mir ist nicht kalt«, sagte Benjamin.

»Die ist nicht zum Anziehen. Wir vertreiben jetzt ein paar negative Empfindungen«, sagte sie und setzte sich auf einen in der Nähe stehenden Schemel. »Ich finde, eine erhöhte Position hilft immer. Sie verleiht dir Schutz.«

Benjamin schaute zu Camille hoch und wartete auf ein Zeichen, wie es weitergehen sollte. Als sie das Gesicht in die Jacke drückte, tat er es ihr gleich. Sie schrien, bis ihre Gesichter puterrot waren.

»Fühlst du dich jetzt besser?«, fragte Camille. »Freier?«

»Ein bisschen«, sagte Benjamin.

Aber eigentlich ging es ihm viel besser. Einerseits wegen des Schreiens und andererseits, weil Camille ihn dazu brachte, sich weniger Sorgen zu machen. Sie zerbrach sich selten den Kopf über etwas, und er fand das tröstlich. Sie war vertrauensvoll und freundlich, und das reichte ihm.

Im Mobilheim rollte Benjamin die Gummihandschuhe über seine Unterarme und Hände und hängte sie über den Rand der Spüle. Er riss ein Blatt aus einem Notizblock auf dem Tisch und listete die Stellen auf, die der Hund berührt hatte. *Wand im Flur, Sofa (schon abgewischt). Ganzer Teppich.*

Die Liste war hilfreich. Sein Gedächtnis arbeitete weniger zuverlässig, wenn er aufgeregt war, und sie würde verhindern, dass er vergaß, welche Gegenstände und Bereiche der Hund schon besudelt hatte.

Im Badezimmer stand der Hund auf dem Badvorleger, wo er ihn zurückgelassen hatte.

»Tut mir leid, dass ich geschrien habe«, sagte er. »Ich musste mich bloß abreagieren.« Benjamin stellte das »Abreagieren« pantomimisch dar, indem er die Hände um die Schläfen kreisen ließ. Während er sprach, drehte der Hund die Ohren und den Kopf, als könnte ihm ein anderer Winkel bei der Entschlüsselung von Benjamins Worten helfen.

»Aber ich habe jetzt eine Liste«, sagte er und wedelte mit dem Blatt Papier. »Dann muss ich mir nicht so viele Gedanken darüber machen, dass du meine Sachen verschmutzt. Ich kann sie später reinigen.«

Der Hund gähnte und reckte den Hals.

»Ich gehe baden«, sagte Benjamin.

Benjamin drehte beide Wasserhähne voll auf, dann faltete er seine Kleider zusammen und legte sie auf den Klodeckel. Während sich die Wanne mit Wasser füllte, betrachtete er seinen nackten Körper im Spiegel. Als Kind hatte er seine blasse Hautfarbe immer genau im Auge behalten, weil er im Geschichtsunterricht von der Pest gehört und Angst gehabt hatte, grau zu werden und dann zu sterben wie die armen Leute im Geschichtsbuch. Seine Beine waren mit Gänsehaut überzogen. Reflexartig umfasste er die Hoden, um sie nach Knoten abzutasten.

»Du kannst dich hinlegen. Wenn du willst«, sagte er zu dem Hund und deutete auf den Boden.

Während das Badewasser einlief, beschrieb der Hund ungelenke kleine Kreise auf dem Boden. Nach drei oder vier Drehungen nahm er eine sphinxartige Haltung ein, die Vorderbeine ausgestreckt, die Hinterbeine angezogen. Benjamin stellte sich in die Badewanne. Als er sich hinsetzte, fühlte er, wie die heiße Flut der Sauberkeit an seinem Körper emporstieg und seine Haut wärmte. Er ließ sich hinabgleiten, bis das Wasser seinen Nasenrücken erreichte, und blinzelte ein paarmal, dann tauchte er ganz unter.

Mit unter Wasser geöffneten Augen sah er, wie sich seine Haare vom Kopf hoben und wie Seetang hin und her wogten. Er spürte, wie sein Körper nach Sauerstoff verlangte, wie das Adenosintriphosphat in seinen Zellen aufgezehrt wurde, während er die Tage zu zählen versuchte, die seine Oma schon im Krankenhaus lag. Das Licht auf den Kacheln schwankte in geraden, leuchtenden Diagonalen.

Die lange dunkle Form des Hundekopfs erschien vor ihm, schwebte über der Wasseroberfläche. Als Benjamin sich aufsetzte, wich der Hund zurück, aber er konnte trotzdem das Namensschild an seinem Hals lesen.

DER GROSSE GARY stand da.

3

Benjamin trocknete sich ab, während das Wasser gurgelnd zwischen seinen Füßen im Orkus verschwand. Er schlang sich das Handtuch um die Hüfte und stieg auf den Badvorleger.

Im Wohnzimmer schaltete er den Nachtspeicherofen ein und nahm eine Handvoll sauberer Kleider vom Wäscheständer. Während er sich einen Pullover über den Kopf zog, sprang Gary aufs Sofa und rollte sich wie eine Garnele zusammen.

»Gott noch mal«, sagte Benjamin, obwohl er wusste, dass das Blasphemie war. Er warf einen Blick auf das Aquarell des Messias über dem Kaminsims. Seine Oma war nie sonderlich gläubig gewesen, aber sie hatte das eine oder andere religiöse Symbol herumstehen, weil ihr Vater Pfarrer gewesen war. Benjamin verstand den Reiz daran – an etwas zu glauben, was größer war, was *hinterher* kam –, aber es war ihm nie gelungen. Das Ende erschien ihm endgültig. Die Stille, nachdem ein Glas zerschmettert wurde. Die leeren Seiten am Ende eines Buchs.

Benjamin hoffte, dass seine Oma anders dachte, dass sie glaubte, wenn die Lichter ausgingen, würde sie anderswo aufwachen, in einem anderen Körper. Einem anderen Leben. Er nahm ein Kissen und schob Garry damit halbherzig an den Rand des Sofas.

»An deinen Füßen kleben vielleicht Kackepartikel«, sagte er und drückte ein wenig fester, während er sich die Teile einer Hundepfote vorstellte, die solche Partikel beherbergen könnten. Er wedelte mit gespreizten Fingern durch die Luft wie jemand, der Nagellack trocknete, dann beugte er sich weit vor und sah sich die Pfoten des Hundes genau an.

»Ich kann dir eine bequeme Unterlage machen«, sagte er, nahm eine Decke vom Lehnsessel und legte sie über die Kissen am anderen Ende des Sofas. »Die ist richtig gemütlich und leicht zu waschen«, sagte er. »Du musst nicht mal vom Sofa runter. Du darfst es bloß nicht direkt berühren.«

Gary öffnete ein Auge, dann erhob er sich und ging zu der Decke.

»Danke«, sagte Benjamin und setzte *Sofa – Sofakissen* auf die Liste.

Benjamin ließ sich auf den Boden nieder und schaltete den Fernseher ein. Ein blauer Schimmer ergoss sich über den Teppich, während er durch die Kanäle zappte und genau in dem Moment bei einer Naturdokumentation landete, als ein Pinguin von einem Seeleoparden gefressen wurde. Gary starrte auf den Bildschirm, auf das Maul des Seeleoparden, das sich fest um den Pinguin schloss, dessen winzige schwarze Augen Panik ausstrahlten.

»Entschuldige«, sagte Benjamin und schaltete um.

Hinterher dachte er an den Pinguin, der im starken Wellengang trieb, an seinen Körper, der sich im weiten, kalten Bauch des Ozeans hob und senkte. Er dachte an das wogende Wasser, das ihn umgab, und an die tragische Endgültigkeit dessen, was danach kam. Er griff nach einem Faltblatt auf dem Couchtisch mit der Aufschrift *Sunrise Take-It-Away* und versuchte, sich mit den Empfehlungen des Küchenchefs abzulenken, aber der einsame Kampf des Pinguins ging ihm nicht aus dem Kopf.

»Wir sollten etwas essen«, sagte Benjamin und hielt den Flyer hoch. Er stellte den Fernseher leiser, griff zum Telefon und wählte die Nummer.

»Du frisst wahrscheinlich andauernd Fleisch«, sagte Benjamin. »Aber ich esse nicht gern Tiere.«

Er bestellte ein vegetarisches Menü für zwei.

Draußen fuhr ein Auto vorbei und schreckte Gary auf. Die Scheinwerfer erhellten die Fenster und warfen lange Schatten, die über die Rückwand glitten. Der Hund sah aus, als wartete er darauf, dass etwas geschah. Als nichts passierte, sprang er vom Sofa und ging zur Tür, wo er weiter wartete, die Schnauze zehn Zentimeter vor dem Glas in die Luft gereckt.

»Was willst du?«, sagte Benjamin und starrte auf den gewölbten Kopf des Hundes.

Gary ließ einen langen Atemzug entweichen und schloss die Augenlider.

»Es ist dunkel draußen«, sagte Benjamin.

Der Hund trat unruhig auf der Stelle. Benjamin wusste nicht, wie er eine Urinlache beseitigen sollte.

»Dann lasse ich dich wohl mal raus«, sagte er.

Auf dem Fußabstreifer kniff Benjamin die Augen zusammen und lauschte. Er versuchte, Garys draußen umherirrende Gestalt von den massiven Umrissen anderer Dinge zu unterscheiden; es bereitete ihm Sorgen, dass so ein verirrter Hund auf sich allein gestellt war. Was, wenn er versehentlich Rattengift fraß oder auf die Straße lief?

Als er glaubte, Gary hätte lange genug Zeit gehabt, um sich gründlich zu erleichtern, rief Benjamin nach ihm, aber der Wind schien seine Stimme zu verschlucken. Als er es lauter wiederholte, übertönte ihn das Rauschen der Wellen, die sich an Land brachen. Er spürte die ihn umgebende Dunkelheit wie etwas Körperliches. Als er zu den Lichtern der Stadt hinübersah, erschienen ihm die Häuser und Menschen auf eine Weise fern, die nichts mit räumlichen Verhältnissen zu tun hatte. Er dachte an seine Oma. An den Krankenwagen, dessen blaues Licht stumm über die Außenwände des Mobilheims geglitten war, und daran, wie das Essen, das sie an dem Abend gekocht hatte – Erbsen und ein kleines Schweinekotelett – kalt neben einem umgestürzten Teller auf dem Linoleum gelegen hatte. Er erinnerte sich, wie es sich angefühlt hatte, sie auf dem Boden zu finden, ein Gefühl, als wäre er kaum noch mit seinem Körper verbunden. Als könnte sein Körper davonlaufen und er könnte vergessen, ihm zu folgen. Als er sie hochzog und während sie blinzelnd dalag, lächelte sie ihn mit einer Seite ihres Mundes an. Er versuchte zu sprechen, aber die Gefühle ließen sich nicht in Worte fassen. Er wollte ihr sagen, dass alles gut werden würde. Dass sie ihm etwas bedeutete, auf eine Art, die dicht und endgültig war, wie Stein, Erdgestein, die gebrechliche Körper überstieg. Aber er schien es nicht herauszubekommen.

Die Sekunden krümmten sich. Je länger Benjamin wartete, desto weniger wusste er, wie lange er schon wartete, bis er sich schließlich fragte, ob das alles war. Ob das, was da gerade mit dem Hund passiert war, nicht der Anfang, sondern das Endergebnis von etwas gewesen war. Er überlegte noch, was von beidem er sich eher gewünscht hätte, als Gary wieder hereinsprang, kleine Atemwölkchen in die Luft hauchend, und ihn überkam eine Erleichterung, die seine Brust erfüllte und seine Haut kribbeln ließ.

Er folgte Gary zurück zum Sofa. Der Hund rollte sich auf der Decke zusammen und schloss die Augen, und Benjamin betrachtete ihn. Nach einer Weile begann er weiter durch die Kanäle zu schalten, wobei er den Ton leise gedreht ließ, um den Hund nicht zu stören. Bei den Nachrichten hielt er inne. Auf dem stumm geschalteten Fernseher verkündete eine Textzeile am unteren Bildrand:

AUSLÄNDISCHER STUDENT POSITIV AUF FLEDERMAUSVIRUS GETESTET.

Mehr wollte er nicht wissen, also schaltete er wieder auf die Dokumentation. Das war nicht viel besser. Jetzt umkreisten Haie einen Schwarm Fische und stießen dann seitlich hinein. Der Hund war wieder wach. Er schien immer dann zuzuschauen, wenn etwas Schlimmes geschah. Seine Augen ruhten weiter auf dem Bildschirm, als Benjamin eine Schublade öffnete.

»Vielleicht sollten wir uns einfach einen Film ansehen«, sagte er und fuhr mit der Hand über die Reihen von VHS-Kassetten mit aufgezeichneten Filmen. Die Etiketten waren in Großbuchstaben beschriftet. Während Benjamins Blick über die Kassetten streifte, stellte er sich vor, wie seine Oma darauf schrieb, wie sie die Spitze des Filzstifts auf das Papier drückte und das leichte Zittern ihrer Hand die horizontalen Linien leicht wellte. Er versuchte vergebens, das Bild von ihr im Krankenhausbett zu verdrängen, als seine Hand den Kopf des Hundes streifte. Aus offensichtlichen Gründen zuckte er zurück, aber wieder war er froh, dass der Hund zurückgekommen war.

»Der hier ist gut«, sagte er und hielt eine Kassette mit der Aufschrift »E-Mail für dich« hoch. Er schob sie in das Gerät und drückte auf Wiedergabe. Die Räder im Inneren begannen sich zu drehen und machten ein surrendes Geräusch, während krisselige Linien über den Bildschirm liefen und wieder verschwanden. Gary wich zurück.

»Der ist mit Tom Hanks und Meg Ryan«, sagte Benjamin. »Sie fangen an, sich gegenseitig romantische Mails zu schicken, aber als sie herausfinden, dass sie Geschäftsrivalen sind, geht es drunter und drüber, weil er für Veränderung steht. Die Qualität ist nicht so gut, weil es VHS ist.«

Genau an der Stelle, an der Tom Hanks erkannt hatte, wo seine E-Mails landeten, hielt ein Auto draußen auf dem Rasen. Gary erhob sich mit gespitzten Ohren und lauschte auf das Geräusch des Motors.

»Das ist bloß das Essen«, sagte Benjamin und hielt den Film an. Er hörte, wie sich der Fahrer räusperte, bevor er klopfte.

»Zwei Sekunden«, rief Benjamin und hielt Gary mit seinem Bein von der Tür fern. Er öffnete sie gerade so weit, dass er den Kopf und einen Arm hindurchstecken konnte und die Lampe im Flur ein dreieckiges Stück der Terrasse erhellte. Der Fahrer warf eine Zigarette über die Schulter und hielt eine weiße Plastiktüte mit Essen hoch.

»Chinesisch, Kumpel?«, sagte er und legte den Kopf in den Nacken, um eine Rauchwolke auszustoßen. Benjamin versuchte, nichts davon einzuatmen.

»Können Sie es bitte auf dem Fußabstreifer abstellen?«, sagte Benjamin.

Der Mann nickte und starrte auf Gary.

»Das ist ein echter Klassehund«, sagte er und bückte sich, um die Tüte abzustellen. »Sieht aus wie ein kleines Rennpferd.«

Zigarettengeruch wehte durch die offene Tür herein, als er Garys Kopf tätschelte.

»Der freut sich bestimmt auf ein Hühnerbällchen, was?«, sagte er lachend. Er streckte die Hand aus und ließ sich von Gary die Finger abschlecken.

»Was bekommen Sie bitte?«, sagte Benjamin und versuchte, Gary mit dem Bein zurückzuschieben. Aber der Mann hörte die Frage nicht. Seine Augen bewegten sich weiter über den Hund. Verengten sich. Kalkulierten irgendetwas. Benjamin fragte sich, ob der Mann sich immer die Hände von Tieren ablecken ließ, wenn er das Essen ausfuhr, und wünschte, er würde nicht so schwer atmen und Rauch durch die offene Tür pusten. Der Mann griff in seine Jeanstasche und zog einen Zettel heraus.

»Macht zusammen achtzehn-vierzig«, sagte er. »Ohne Trinkgeld.«

Benjamin holte einen Zwanziger heraus. Er gab ihn dem Mann, der ihn einsteckte, ohne Rückgeld anzubieten.

»Das ist ein auffälliges Muster. Nennt man gestromert, oder?«

»Ich weiß es nicht genau«, sagte Benjamin. »Er ist nur vorübergehend hier.«

Der Mann sah zwischen Benjamin und dem Hund hin und her.

»Ja. Man nennt es gestromert«, sagte er.

In dem Auto hinter ihm lief noch der Motor.

»Der Motor läuft noch«, sagte Benjamin.

Der Mann richtete sich auf.

»Manchmal springt er nicht an, darum lasse ich ihn laufen, wenn ich Essen ausfahre«, sagte er. »Ich warte den Wagen selbst, aber in letzter Zeit habe ich beim Ausliefern ordentlich Überstunden gemacht.« Er rieb den Daumen an Zeige- und Mittelfinger, um anzudeuten, dass er gut verdiente. »Das Auto ist dabei ein bisschen kurz gekommen«, sagte er.

Benjamin nickte.

»Dann vielen Dank«, sagte er und schloss die Tür.

Benjamin linste durch den Vorhang. Er sah, wie der Mann die Treppe hinunterging, kurz das Gras nach der weggeworfenen Zigarette absuchte und sich dann daran machte, eine neue anzuzünden. Er sah, wie er ins Auto stieg und eine Streichholzschachtel aus dem Handschuhfach nahm. Während er sich die Zigarette ansteckte, starrte er auf die Vordertür des Mobilheims, und Benjamin beobachtete ihn. Dann schnippte der Mann das Streichholz aus dem offenen Fenster und fuhr davon. Die Rücklichter des Wagens verblassten, während er sich aus dem Park schlängelte.

Benjamin schloss die Tür ab und legte ein paar vegetarische Frühlingsrollen in eine Aluschale. Er gab etwas Reis dazu und stellte die Schale vor Gary auf den Küchenboden. Der Hund beugte sich hinunter und nahm eine Frühlingsrolle ins Maul. Er kaute ein paarmal darauf herum, dann ließ er sie auf das PVC fallen.

»Ist bestimmt heiß«, sagte Benjamin und hob die Schale auf. Er pustete auf das Essen, um es abzukühlen. »Jetzt wird es besser gehen«, sagte er. Gary versuchte es noch einmal; diesmal schluckte er die Frühlingsrolle unzerkaut hinunter. Er ging zu der anderen auf dem Boden und verschlang sie ebenfalls. Benjamin sah ein dünnes Stück frittierten Teig, das sich in den Tasthaaren an seiner Schnauze verfangen hatte.

»Du kannst die Kalorien bestimmt gebrauchen«, sagte Benjamin.

Als sie aufgegessen hatten, holte Benjamin seinen Schlafsack aus dem Schrank und zog an der Vorderseite des Sofas, um ein Bett daraus zu machen. Gary beobachtete die Verwandlung genau; als es in der neuen Position einrastete, wich er zurück und wartete ab, ob noch etwas passierte. Als nichts weiter geschah, sprang er wieder hinauf und rollte sich zu einer Art Croissant zusammen. Benjamin setzte sich und sah zu, wie Gary die Augen schloss und schließlich tief und fest einschlief. Seine Flanke hob und senkte sich im Rhythmus seines gleichmäßigen Atems. In der Stille beugte Benjamin sich vor und inspizierte eine Narbe, die sich als blassrosa Gewebe über Garys Brust und Hals zog, und er fragte sich, woher sie kam. Es erschien ihm seltsam, dass solche Dinge – was der Hund gesehen, gehört und gefühlt hatte – für immer in seinem Inneren gefangen oder verloren waren.

Benjamin nickte aufrecht sitzend ein, vollständig angezogen und in den Schlafsack gehüllt, und erwachte nur ein Mal von dem nassen Geräusch, als Gary Wasser aus der Salatschüssel trank.

4

Draußen im Dunkel bewegte sich ein Mann durch den nassen Sand und suchte den Strand mit einer Taschenlampe ab. Er ging zügig, die Schultern vorgebeugt, eine Plastiktüte in der Hand.

»Hund«, sagte er mit einem Akzent, und seine Stimme verband sich mit dem leisen Rauschen der Wellen. Er schüttelte die Tüte, griff hinein und zog eine getrocknete Sprotte heraus.

»Ich habe Fisch«, sagte er und hielt den verschrumpelten Fischkörper hoch. Die freie Hand ballte er so fest, dass die Knöchel knackten.

»Fisch für Hund«, sagte er.

5

Benjamin wachte mit Garys Kopf auf dem Oberschenkel auf. Es war fast Mittag.

»Hallo«, sagte er und hob den Schlafsack an, sodass das Kinn des Hundes auf die Kissen rutschte. Gary öffnete ein Auge und gähnte. Seine Zunge war von spinnennetzartig getrocknetem Speichel bedeckt.

»Entschuldige«, sagte Benjamin. »Du hattest mich berührt.«

Benjamin verwandelte das Bett wieder in ein Sofa und öffnete die Vorhänge, was das Mobilheim mit makellosem Licht erfüllte, das die Oberflächen und die bloße Haut seiner Arme erwärmte. Gary streckte sich und legte das Gesicht in einen gelblichen Lichtkeil, während Benjamin die Tür öffnete, um zu lüften. Er wusste nicht, wie lange Erreger in der Luft blieben, und der Lieferant hatte den Kopf ziemlich weit hereingestreckt.

Der Hund trottete auf den Rasen und pinkelte. Auf dem Weg zurück nach oben blieb Gary bei einer Ameise stehen, die über die Terrasse lief. Er sah eine oder zwei Sekunden lang zu, wie sie zwischen seinen Vorderpfoten umherirrte, dann presste er die Zunge darauf. Als weitere Ameisen aus den Ritzen kamen, ging er von einer zur anderen und saugte sie auf. Benjamin wurde unwohl.

»Ich glaube, das ist Mord«, sagte er von der Tür aus. »Die Ameisen sterben, wenn du das machst.«

Es war das Endgültige daran, das Benjamin beunruhigte. Er wusste nicht, wie er es erklären sollte, aber die Ohnmacht, die Endgültigkeit des Geschehens war übermächtig. Es vollzog sich etwas, das sich nicht rückgängig machen ließ.

»Wenn du aufhörst, Insekten zu fressen«, sagte er, »mache ich dir etwas.«

Gary hob den Kopf. Das helle Sonnenlicht betonte die Härchen um seine Augen und ließ sie durchscheinend wirken. Er leckte noch eine Ameise auf und folgte Benjamin nach drinnen.

Gary richtete sich auf, stellte die Vorderpfoten auf die Arbeitsplatte und versuchte, an die Schale mit den Essensresten heranzukommen, also griff Benjamin danach und hielt sie hoch. »Das können wir nicht mehr essen«, sagte er. »In gekochtem Reis wächst bei Raumtemperatur *Bacillus cereus*. Davon könnten wir eine Lebensmittelvergiftung kriegen.«

Benjamin wusste nicht, ob Hunde Lebensmittelvergiftung bekommen konnten, aber er wusste noch, wie im Supermarkt einmal ein Staffordshirebullterrier ein ganzes Rotkehlchen auf die Fußmatte gewürgt hatte. Camille hatte damals eine Beziehung mit dem Besitzer gehabt, einem Mann, der eine Hypothek auf sein Haus aufgenommen hatte, um Fotos von Füßen zu kaufen. Sie sagte, sie fühle sich immer zu kaputten Männern hingezogen. Nachdem sie sich getrennt hatten, tranken Camille und Benjamin am Lieferanteneingang zuckerfreie Fanta Tropical aus der Dose und teilten sich eine Tüte Edamame-Bohnen. Sie saßen auf der Mauer, ließen die Beine baumeln und sahen zu, wie sich ein paar schmuddelige Tauben um Kartoffelchips zankten.

Benjamin öffnete den Kühlschrank. Die flackernde Innenbeleuchtung erhellte in kurzen Abständen die leeren Glasfächer. Er nahm einen Milchkarton und hielt ihn hoch, um das Haltbarkeitsdatum zu lesen.

»Die ist gestern abgelaufen«, sagte er, schraubte den Deckel ab und schüttete die Milch in den Abfluss. »Ich mache Porridge, aber wir müssen Wasser nehmen, das könnte ein bisschen eklig werden.«

Während Benjamin die Haferflocken umrührte, stand Gary neben ihm, den samtenen Körper an Benjamins Beine geschmiegt. Benjamin ließ den Löffel fallen, und er schlitterte scheppernd über den Boden und spritzte Porridge auf die Schranktüren. Gary fuhr zusammen, als würde das Mobilheim umkippen.

»Ist schon gut«, sagte Benjamin und bückte sich, um die Tür mit einem Lappen abzuwischen.

Gary tappte heran. Er fuhr mit der Zunge über das Linoleum, wo das Porridge gewesen war. Als Benjamin ihm sagte, er solle aufhören, leckte er stattdessen den Schrank ab.

Benjamin setzte *Küchenschrank* und *Boden* auf die Liste. Dann hob er den Löffel auf, damit Gary nicht weiter wahllos irgendwelche Oberflächen abschleckte. Er ging zur Hintertür, wobei das kalte PVC abwechselnd an seinen nackten Füßen haftete und sich abzog wie Heftpflaster. Gary folgte ihm nach draußen.

»Wenn man draußen isst, heißt das *al fresco*«, sagte Benjamin und stellte eine der Schüsseln auf die Terrasse.

Während Gary fraß, blieben kleine Porridge-Klümpchen in seinen Tasthaaren hängen. Als die Schüssel leer war, leckte er sich über die Lefzen, um sie aufzuspüren. Eine kühle Brise fuhr durch das Mobilheim, und der Hund kauerte sich zusammen. Der Wind ließ nach, und die helle Sonne wärmte Benjamins Schultern. Er kniff die Augen fest zusammen und sah Orange durch die Haut der Augenlider schimmern.

»Meins kannst du auch noch haben«, sagte er und stellte seine Schüssel auf die Terrasse.

Es fühlte sich gut an, Gary zu füttern. Er hatte etwas Verletzliches, etwas Schutzbedürftiges. Benjamin wollte die Schüssel immer weiter auffüllen, solange der Hund fraß. Er hatte das Gefühl, Camilles Bedürfnis, sich um beschädigte Partner zu kümmern, etwas besser zu verstehen.

Als der Hund fertig war, trabte er auf eine Lücke in der Hecke zu, hinter der der Weg zum Strand mit dem kaputten Zaun lag.

»Wo willst du hin?«, fragte Benjamin.

Der Hund ging noch ein paar Schritte weiter und blieb dann stehen. Er drehte sich nicht um, sondern blickte den Weg hinunter zum Meer.

»Warte, ich schließe ab«, sagte Benjamin.

Benjamin vergewisserte sich, dass alle Kochfelder ausgeschaltet waren, damit sich das Mobilheim nicht mit Gas füllte, dann folgte er Gary durch die Dünen zum Strand. Der Hund trabte in leichten Schlangenlinien dahin, vom Wind seitwärts getrieben.

»Pass auf die Muscheln auf«, sagte Benjamin und kickte eine beiseite. »Das sind Messermuscheln, daran könntest du dich schneiden.«

In der Ferne konnte er wieder die dunkle Silhouette des Wals erkennen, der zusammengesackt im Sand lag. Er sah aus, als würde er versinken; die Grenzen zwischen Körper und Boden verschwammen. Er blieb stehen, um ihn zu betrachten, versuchte, die schieren Größenverhältnisse zu begreifen. Wie ein Gehirn zwölf oder fünfzehn Meter von den Rändern seines Körpers entfernt sein konnte, wie Nerven und Sehnen sich so weit durch Fleisch und Knochen ziehen konnten. Es erschien ihm seltsam, dass etwas so Großes einfach aufhören konnte zu existieren, dass etwas so Komplexes für immer verschwinden konnte.

»Ich will ihn heute nicht sehen«, sagte er und wandte den Kopf von der Kreatur ab, als könnte er die Realität verändern, indem er nicht hinsah. »Nicht aus der Nähe.«

Während sie am Strand entlanggingen, drang Feuchtigkeit vom Sand in die Spitzen von Benjamin Turnschuhen ein. Seine Füße wurden kalt, aber es war schön, mit Gary zu gehen. Irgendwie fühlte es sich lebendig an, so als brauchte der Hund die Brise auf der Haut, die Sonne und die salzige Gischt. Als würde er aufgeladen durch die Geräusche, die in seinen zusammengefalteten Ohren landeten. Benjamin bückte sich und hob einen Stein auf. Er war glatt und grau, mit einem weißen Fleck darauf, der wie eine Wolke aussah. Er fuhr mit den Fingern über eine Seite des Steins und spürte die daran klebenden salzigen Rückstände. Er ließ ihn in die Hosentasche gleiten und betrachtete dann die sich am Horizont träge drehenden Windräder. Gary kackte in den Sand.

»Ich hebe das nicht auf«, sagte Benjamin. »Es macht mir nichts aus, vorübergehend dafür zu sorgen, dass du nicht stirbst, aber deine Kacke sammle ich nicht auf.«

Er stand da und starrte auf Garys Hinterlassenschaft, umringt von wenige Meter über dem Boden schwebenden Möwen. Sie navigierten die unsichtbaren Strömungen unter ihren Flügeln, hoben und senkten sich in den vom Meer herüberwehenden Windböen.

»Ich bin nicht dein Herrchen«, sagte Benjamin und versuchte wegzugehen, gepeinigt vom Bild eines Kindes, das sich die Fäkalien beim Sandburgenbauen oder Fußballspielen auf die Hände oder in die Augen schmierte. Damit konnte er sein Gewissen nicht belasten. Das Rauschen der Brandung klang nun sehr weit entfernt.

Benjamin schaute über den Sand hinweg zu dem langen betonierten Weg, der sich lückenlos am Ufer entlangzog. Er sah nicht einen Menschen. Er atmete tief durch, dann nahm er eine Sandwichverpackung aus seiner Tasche und hob damit eine flache Mulde aus.

Garys Kacke sah aus wie ein Wiener Würstchen. Benjamin hob sie mit der Sandwichverpackung auf und ließ sie in das Loch fallen. Dann warf er wieder Sand darüber.

»Ich kann nicht fassen, dass du mich dazu gebracht hast«, sagte er und ging zum Wasser, um den Karton in die Strömung zu werfen. Er wurde von einer Welle hinausgezogen und schlitterte dann zurück in den Sand.

»Gehen wir«, sagte er.

Der Strand ging in Felsen über und die Felsen in eine Felswand. Benjamin und der Hund folgten einem Weg, der landeinwärts und zu einem Rugby-Feld führte, wo sich Benjamin auf ein buntes Klettergerüst in der Form eines Hubschraubers setzte. Gary lief an einer Hecke entlang und schob die Schnauze in die Blätter.

»In den Busch haben bestimmt schon andere Hunde gepinkelt«, sagte Benjamin. »Den, in den du gerade das Gesicht steckst, meine ich.« Er zeigte aufs Feld. »Lauf dich doch ein bisschen aus.«

Der Hund kam zum Hubschrauber herüber und stellte sich vor Benjamin. Selbst wenn er still dastand, spannten und zuckten die Sehnen in seinen massigen Hinterbeinen. Der Wind frischte auf, und er kauerte sich zusammen. Er trank ein wenig aus einer Pfütze auf dem Asphalt, dann ging er zurück zur Hecke und steckte noch ein wenig das Gesicht hinein.

»Na los«, sagte Benjamin und stand auf. »Guck mal, so.«

Benjamin begann zu laufen. Er machte kurze Sprints im Gras, um den Hund anzutreiben, aber Gary musste sich kaum beeilen, um Schritt zu halten. Er trabte in lockeren Kreisen dahin und wedelte mit dem Schwanz, bis Benjamin stehen blieb. Auf dem Feld war es still bis auf das Geräusch von Garys Atem, der nun etwas schwerer ging, während sich seine Lunge füllte und die Haut über seinem Brustkorb straffte.

Benjamin sah, wie sich die schwarzen Wipfel der Bäume gemeinsam hin und her neigten, als bahnte sich etwas Großes den Weg durch den dahinterliegenden Wald. Er erinnerte sich, wie er nach seinem Umzug ins Mobilheim mit seiner Oma in den Park gekommen war. Es war Sommer gewesen. Sie hatten in dem Hubschrauber gesessen und auf das Rugby-Feld vor ihnen geschaut.

»Möchtest du über irgendetwas reden?«, fragte sie.

Als Benjamin nicht antwortete, lehnte sie sich an seine Schulter.

»Ich komme mir hier drin vor wie Arnold Schwartenlecker«, sagte sie.

Sie warf ihm einen Seitenblick zu.

»Der sitzt doch andauernd in Hubschraubern, oder? Mit seinen wulstigen Armen.«

Benjamin lachte.

»Geh zum Hubschrauber«, sagte sie mit tiefer Stimme.

Benjamin wusste nicht, warum sie das sagte.

»Kennst du den Film nicht? Der ist großartig. Es geht um einen Außerirdischen, der zum Spaß Jagd auf Menschen macht. Und ein bisschen auch um toxische Männlichkeit.«

Das klang nach einem ziemlich brutalen, aber auch politisch vertrackten Konzept.

»Ab wie viel Jahren ist der?«, sagte Benjamin.

Sie zog die Augenbrauen hoch, als wäre ein Film umso *interessanter,* je höher die Altersfreigabe war.

»Ab achtzehn«, sagte sie.

»Dann sollte ich ihn wohl besser nicht gucken«, sagte Benjamin.

Sie lachte.

»Ach, ich weiß nicht. Das sind doch nur grobe Richtlinien. Und du verfügst über eine hohe emotionale Intelligenz.«

Als sie nach Hause kamen, schob sie die Kassette in den Videorekorder. Als Arnold drei gehäutete Männer in einem Hubschrauber fand, riss Benjamin die Augen weit auf.

»Vielleicht hat es doch einen Grund, dass der ab achtzehn ist«, sagte sie und drückte auf Pause, woraufhin das Bild hin und her zuckte, als würden die Männer auch noch Stromschläge abbekommen.

»Können wir etwas anderes schauen?«, fragte Benjamin.

»Natürlich, Schatz.«

Heute erinnerte sich Benjamin nicht an die brutale Szene. Er erinnerte sich an das Gefühl dazuzugehören, das Gefühl, von ihr wahrgenommen zu werden. Willkommen zu sein in der Welt, die sie bewohnte.

»Gehen wir zurück«, sagte er zu dem Hund.

Gary folgte Benjamin den Weg zum Mobilheim entlang, wobei sie einigen Pfützen auswichen, bis sie zu einer kamen, die sich über die gesamte Breite erstreckte. Weil auf beiden Seiten des Wegs Unkraut wucherte, ging Benjamin direkt um die Pfütze herum, wobei seine Schuhe matschig wurden, und er machte unnatürlich große Schritte, um dem Wasser auszuweichen. Als der Hund sich der Pfütze näherte, starrte er auf sein von Regentropfen verwackeltes Spiegelbild. Benjamin wartete darauf, dass er sprang. Stattdessen trat der Hund unruhig von einem Bein aufs andere und sah ihn an, als könnte er die Pfütze irgendwie verschwinden lassen. Der Nieselregen plättete Benjamins Haar, und Wassertropfen sammelten sich in Klecksen auf den Schultern seines Anoraks.

»Das ist doch bloß Wasser«, sagte Benjamin und deutete auf den schmalen Streifen nassen Grases, auf dem er die Pfütze umrundet hatte. »Geh einfach daran vorbei.«

Der Hund lief auf und ab und gab einen ungewöhnlichen Laut von sich, etwas zwischen Bellen und Winseln. Als Benjamin den Kragen hochschlug und sich wieder in Bewegung setzte, lief der Hund noch nervöser hin und her. Er hockte sich ein paarmal hin, als wollte er springen, tat es aber nicht. Benjamin blieb am Ende des Weges stehen.

»Los, komm«, sagte er. »Ich kann dich nicht rübertragen.«

Der Hund sprang. Nach der Landung rannte er mit voller Geschwindigkeit auf Benjamin zu und schoss dabei einige Meter übers Ziel hinaus, ehe er kehrtmachte und zurückrannte. Sein Schwanz peitschte von einer Seite zur anderen, und die Zunge hing aus dem geöffneten Maul; so aufgeregt hatte Benjamin ihn noch nie gesehen.

Benjamin lächelte. Er betrachtete Garys mageren, im Nieselregen fröstelnden Körper und fragte sich, ob der Hund Pfützen immer auszuweichen versuchte. Vielleicht schon, aber das war in Ordnung, denn er wusste, wie es sich anfühlte, Dingen ausweichen zu wollen. Dingen wie Türklinken und Lichtschaltern, massenhaft begrapschten Einkaufswagen und rohem Fleisch.

6

Als sie am Mobilheim ankamen, stand Benjamins Nachbar auf seiner Veranda und richtete einen Gartenschlauch auf ein Auto in der Einfahrt. Er trug ein speckiges weißes Hemd und keine Hose. Er beäugte Benjamin und den Hund, während ein bogenförmiger Wasserstrahl wirkungslos auf das Metalldach prasselte.

»Hier war vorhin so ein komischer Typ«, sagte er, regulierte die Stärke des Strahls und lenkte ihn auf eine Hecke neben seiner Treppe. »Ich glaube, er hat durch die Fenster gelinst, als du weg warst. Euer Eigentum war völlig ungeschützt. Ein Glück, dass deine Oma nicht mit raushängenden Hupen drinnen rumgelaufen ist.«

Benjamin blieb in der Tür stehen.

»Er klang wie ein Ausländer, und ich habe bei der Polizei angerufen«, sagte der Mann. »Der Spinner hatte in einer Hand eine Tragetasche und in der anderen einen Fisch, mit dem er rumfuchtelte.« Er verstummte und dachte kurz darüber nach. »Keine Ahnung, ob das so eine kulturelle Besonderheit ist oder was.«

Benjamin starrte auf den Boden. »Danke«, sagte er.

Der Mann drehte das Wasser ab. Beim Hineingehen meldete er sich noch einmal zu Wort. »Ich hoffe, du hebst seine Kackwürste auf. Sind bestimmt Riesendinger.«

Benjamin bückte sich, um sich die Schuhe zu binden, und der Hund machte einen Schritt in seine Richtung. In seinen Augenwinkeln klebten Sandpartikel, und seine Pfoten waren voller Erde. Er roch nach Schlamm und Regen. Als Benjamin aufstand, sah er, wie der Mann durchs vordere Fenster seines Mobilheims schaute, halb hinter den Vorhang geduckt, um sein Gesicht zu verbergen. Er öffnete seine eigene Vordertür, und der Hund schob sich durch den Spalt und streifte an seinen Jeans entlang.

»Wir werden dich waschen müssen«, sagte Benjamin und zog die Gummihandschuhe wieder an.

Im Bad hielt Gary eine Duftmischung für etwas Essbares. Er kaute mit hektischen, übertriebenen Bewegungen darauf herum, bevor er es auf den Boden fallen ließ.

»Das soll nur gut riechen«, sagte Benjamin, warf eine Handvoll der Blütenblätter in den Mülleimer und legte ein paar frische aus einer Tüte unter dem Waschbecken dazu. »Wenn du sauber bist, kriegst du noch was zu fressen.«

Benjamin umfasste die Taille des Hundes und führte ihn zur Badewanne. Es war ziemlich schwierig, weil der Hund immer wieder seitlich auszubrechen versuchte, vom Geräusch des tropfenden Wasserhahns fortdrängte. Als sie dicht genug herangekommen waren, stand Benjamin wartend da und hoffte, Gary würde wissen, dass er hineinspringen sollte. Er wusste es nicht, also deutete Benjamin auf die Wanne.

»Bitte?«, sagte er.

Als Gary sich noch immer nicht rührte, bückte sich Benjamin und legte die Arme um Brust und Rücken des Hundes. Er hob sein vorderes Ende an und stellte die Pfoten auf den Wannenrand, wobei er das weiße Plastik mit Schlamm beschmierte. Garys Vorderteil war schwerer, als er aussah. Vermutlich lag das an der Dichte seiner Muskelmasse. Er setzte ihn wieder ab.

»Du bist ganz schön kompakt gebaut«, sagte er.

Der Hund wartete, während Benjamin darüber nachdachte, wie er ihn in die Wanne bekommen sollte. Er überlegte, das Bügelbrett als

Rampe zu benutzen und Müllsäcke als Schutzkleidung zu verwenden, um Gary hochzuheben und hineinzuhieven.

Dann fiel ihm der Löffel wieder ein. Er zog ihn durch die Pfanne, sammelte Porridgeklumpen auf und fuhr damit über die Innenseite der Wanne. Als er den Löffel am Abfluss ablegte, sprang Gary direkt hinein. Benjamin ließ ihn fressen, bevor er den Duschkopf auf die Wand richtete und das Wasser aufdrehte. Er ließ es über seine Hand laufen, um sich zu vergewissern, dass das Wasser Gary nicht die Haut verbrühen würde, und hielt den Duschkopf dann zu Demonstrationszwecken hoch, damit Gary sah, wie wenig bedrohlich der Strahl war, der auf das Weiß der Wanne traf. Der Hund begann zu zittern.

»Das ist wirklich nicht schlimm«, sagte Benjamin. »Ist doch schön, wenn man sauber ist.«

Der Hund legte den Kopf auf den Wannenrand, während Benjamin rosafarbenes Shampoo in sein Fell einmassierte. Durch die Latexhandschuhe fühlte sich das warme Wasser merkwürdig an, als Benjamin Garys massige Hinterbeine abrubbelte und den Schlamm von seinen schmalen Schienbeinen kratzte. Benjamin streckte die Arme aus, um seinen Oberkörper vor dem Schmutz zu schützen, und hinderte zugleich den Schaum daran, am gewölbten Kopf des Hundes hinunterzurinnen, aus Angst, das Shampoo könnte ihm in den Augen brennen.

Gary triefte, und dann schüttelte er sich. Er schüttelte sich so heftig, dass seine Vorderpfoten unter ihm nachgaben und er gegen die Seite der Wanne sackte.

»Mist«, sagte Benjamin. »Ist alles in Ordnung?«

Gary schüttelte sich noch einmal und sprenkelte Benjamin mit warmen Tröpfchen, aber es schien ihm gut zu gehen, woraus Benjamin schloss, dass er wohl einen sehr harten Schädel hatte. Gary schaute über den Wannenrand, bewegte aber die Füße nicht. Er blickte auf sie hinunter, als traute er ihnen nicht mehr über den Weg. Benjamin legte Gary ein Handtuch auf den Rücken und tupfte ihn ab, wobei er darüber nachdachte, wie das Badewasser seinen Weg zurück ins Meer fand.

»Weißt du«, hatte Camille gesagt, als sie eines Sonntags vor wenigen Monaten die Zeitungen vor den Laden stellten, »alles auf der Erde ist durch ein fragiles Netz emotionaler und körperlicher Verbindungen miteinander verbunden. Wie das Wasser in den Meeren und Flüssen.«

Er stellte sich das vor. Malte sich aus, wie das Badewasser, das über Gary – und über Benjamins eigene Arme – lief und ihn reinigte, durch die Rohre gesaugt wurde und Tausende von Kilometern weit trieb, Partikel und Teile von ihnen an Orte trug, an die sie nie gelangen würden. Er dachte an die sechzig Prozent von ihm, die Wasser waren, und fragte sich, wo das enden würde, wenn er tot war, und ob es irgendwo weit weg von einem Fisch aufgewirbelt oder von der Strömung mitgerissen würde, bis es auf die sechzig Prozent flüssigen Anteil anderer Menschen traf, die er gekannt hatte. Wie Eamonn Holmes aus dem Fernsehen oder seine Oma. Es war ein komplizierter Gedanke. Traurig an der Oberfläche, mit einer sonderbaren und hoffnungsvollen Schicht irgendwo tief darunter, bis ihm klar wurde, dass es statistisch gesehen wohl unwahrscheinlich war. Dass Eamonn Holmes und seine Oma für den Rest der Unendlichkeit sehr weit weg sein würden. Er fühlte sich weit von ihr entfernt, in der Zukunft und jetzt. Von Eamonn Holmes weniger.

»Schaffst du es raus?«, sagte er.

Gary trat von einem Bein aufs andere. Er dauerte ein wenig, bis er seinen Mut zusammengenommen hatte, aber dann sprang er aus der Wanne und landete auf der Matte. Während Benjamin Sand in den Abfluss spülte, schüttelte sich der Hund hinter ihm so heftig, dass das restliche Wasser in seinem Fell durch das ganze Bad spritzte. Etwas lief am Spiegel hinunter. Als Benjamin es abgewischt hatte, drehte er sich um, und vor ihm stand der Hund, der eine dekorative Dame in einem Satinkleid sanft im Maul hielt. Sie hing schlaff und schon ein wenig feucht zwischen seinen Zähnen, und sein wedelnder Schwanz schlug gegen den Speicherofen.

»Warum hast du das gemacht?«, sagte Benjamin.

Benjamins Oma deckte mit der Satinfrau die Klopapierrolle ab. Er bemerkte, dass einer ihrer Arme aus dünnem Stoff bereits abgetrennt auf dem Boden lag.

»Du hast sie verstümmelt!«, sagte er.

Gary ließ sie auf den Boden fallen.

»Das hättest du nicht machen sollen«, sagte Benjamin und hob sie mit Daumen und Zeigefinger auf.

Während der Abwesenheit seiner Oma hatte Benjamin sein Bestes getan, um ihre häuslichen Traditionen beizubehalten. Am Wochenende hatte er morgens Toilettenpapierrollen unter die gerüschte Dame gestellt. Er hatte die Läufer draußen über das Geländer gehängt, sie mit einem hölzernen Tennisschläger ausgeklopft und die Quasten nach außen gekämmt, nachdem er sie wieder auf dem Boden ausgebreitet hatte. Er hatte die Duftmischung aufgefüllt, wenn der Geruch nachließ, den Sofatisch mit schäumendem Politurspray bearbeitet und die weiße Wäsche mit Essig gewaschen, damit sie hell blieb. Alles nur, damit er manchmal den Bruchteil einer Sekunde lang vergessen konnte, dass nicht sie es tat. Damit es irgendwo am Rand seiner Wahrnehmung so war, als wäre sie morgens bloß kurz aus dem Haus gegangen und käme bald zurück.

Benjamin legte die Dame auf den Boden.

»Jetzt kannst du sie auch haben«, sagte er. »Sie ist sowieso kaputt.«

Er war nicht wütend. Auch wenn er wusste, dass sie kaum zu ersetzen war, begriff er, dass Wut sinnlos gewesen wäre. Dass Hunde die Dinge nicht so betrachteten. Sie brauchten Zeit, um zu lernen. Es war nicht fair, menschliche Erwartungen an sie zu stellen.

Gary ließ sich mit der Dame im Maul auf die Seite fallen und wälzte sich mit in die Luft erhobenen Pfoten auf dem Boden. Seine Vorderbeine sahen kurz und stummelig aus wie die eines Velociraptors. Mit heraushängender Zunge rieb er sich die Schulterblätter am Teppich. Benjamin sah zu, wie er aufs Sofa sprang. Der Hund schob den Kopf zwischen die Kissen und schloss die Augen. Obwohl Garys Gesicht traurig aussah, glaubte Benjamin, dass er im Inneren ziemlich glücklich war. Benjamin setzte sich und legte seine noch behandschuhten Finger auf den Hund. Er konnte das Fell nicht spüren, also zog er den Handschuh aus. Mit der bloßen Hand auf Garys Rücken fühlte er, wie weich und glänzend das Fell war.

Als Benjamin Gary über dem Hinterbein kratzte, stand der Hund auf. Er stampfte mit den Füßen, während Benjamin ihn streichelte, und legte sich hin, als er aufhörte. Kurze Härchen rieselten aus seinem Fell und landeten auf den Kissen. Benjamin nahm die Hand weg und sah sie lange an, dann ging er zur Spüle und wusch sich die Hände, bis er die innere Entwirrung spürte, die ihm sagte, dass er aufhören konnte.

7

Der Mann band die Tüte mit den getrockneten Fischen zu und stopfte sie ins Handschuhfach. Er wählte auf seinem Telefon eine Nummer und legte es dann auf dem Armaturenbrett ab. Während es klingelte, aß er Pistazien, die er mit dem Fingernagel aufhebelte.

»Hast du ihn gefunden?«, sagte die Stimme am anderen Ende.

Im Hintergrund war Gebell zu hören.

»Noch nicht.«

»Wieso zur Hölle nicht?«

Der Mann setzte sich auf dem Fahrersitz zurecht.

»Da war ein Mann«, sagte er. »Ein Mann ... mit Schlauch.«

In der Leitung herrschte kurz Stille. Als die Stimme wieder erklang, spie sie die Wörter förmlich aus und machte nach jedem einzelnen eine Pause.

»Ich ... will ... den ... Hund ... zurück ... Vasile. Verstanden?«

Der Mann nickte, obwohl er allein war. »Ja«, sagte er und steckte sich eine Pistazie in den Mund. Am anderen Ende wurde aufgelegt. Vasile stieg wieder aus.

8

Gary erwachte knurrend, als jemand gegen die Tür hämmerte.

»Ich weiß nicht, wer das ist«, flüsterte Benjamin. »Wir sollten uns ins Bad setzen, bis er weggeht.«

Er lief hastig zum Bad, und Gary folgte ihm mit auf dem Linoleum klackernden Krallen. Benjamin setzte sich auf den Klodeckel. Es klingelte mehrmals an der Tür.

»Vielleicht mache ich besser auf«, sagte Benjamin und spähte wieder hinaus. Nachdem es noch einige Male geklingelt hatte, drückten wackelnde Finger den Briefschlitz auf.

»Es geht um den Hund«, rief eine Stimme durch den Schlitz.

Garys Ohren stellten sich auf.

»Ich weiß, dass er nicht dir gehört.«

Benjamin ging Hacke an Spitze über den Teppich, ohne zu atmen. Er sah zu, wie sich die Finger zurückzogen, dann stand er still und lauschte. Er hörte den Wind, das an den Fahnenmast peitschende Kabel, das Summen des Kühlschranks aus der Küche. Seine Hände zitterten. Er trat näher ans Fenster heran und blieb hinter den Vorhängen stehen, die er an beiden Seiten packte und dann langsam aufzog, wodurch das blässlich-weiße Gesicht des Essenslieferanten zum Vorschein kam, der ihm durch die Scheibe direkt entgegenstarrte.

»Lass mich rein, Keule. Ich friere mir hier den Arsch ab, du kleiner Sadist.«

Der Mann stand im Türrahmen und rieb sich die Arme und Schultern, um sich aufzuwärmen. Er trug eine grüne Armeejacke und Jeans mit weißer Farbe an den Oberschenkeln. Gary trottete heran und ließ die einarmige Klopapierdame zu seinen Füßen auf den Teppich fallen. Der Mann tätschelte ihm den Kopf.

»Ich weiß, dass das nicht dein Hund ist«, wiederholte er und zeigte auf Gary.

»Das habe ich auch nie behauptet«, sagte Benjamin.

Das Gesicht des Mannes war gebräunt und sonnengegerbt. Er hatte tiefe Falten um die Augen, aber hätte in jedem Alter zwischen dreißig und fünfzig sein können, das war schwer zu schätzen. Dünn war er auch. Benjamin vermutete, dass er nicht genug Kalorien zu sich nahm, um einen gesunden BMI aufrechtzuerhalten, oder nicht genug Wasser trank, um seinen Körper ausreichend mit Flüssigkeit zu versorgen. Er stellte sich sein dehydriertes Gehirn und seine Raucherlunge vor.

»Am Montag gebe ich ihn zurück«, sagte Benjamin und öffnete ein Fenster.

Der Mann ignorierte ihn. Eine Brise wehte herein.

»Bist du bekloppt?«, sagte er, ging hinüber und schloss es wieder. Benjamin beäugte die Gummidichtung, die die frische Luft am Zirkulieren hinderte. Als er das T-Shirt über Nase und Mund zog, sah ihn der Mann verwundert an.

»Das ist für den Luftzug«, sagte Benjamin und deutete mit dem Kopf auf das Fenster. »Gegen Erreger, die durch die Luft übertragen werden.«

Die Stirn des Mannes furchte sich. Benjamin versuchte, sich ihm in den Weg zu stellen, als er weiter in das Mobilheim hereinkam, trat aber zur Seite, als der Mann nicht stehen blieb. Er nahm einen Porzellanclown von der Anrichte, starrte ihn an, dann stellte er ihn achtloser, als Benjamin lieb war, auf den Sofatisch.

»Können Sie bitte aufhören, Sachen in die Hand zu nehmen?«, sagte Benjamin.

Der Mann sah sich um. Betrachtete die ausgeblichenen Wände, die Teppiche und das Klappsofa. Während er abgelenkt war, öffnete Benjamin das Fenster wieder, damit die Luft zirkulieren konnte. Er fand die Brise beruhigend und zog das T-Shirt erneut unter die Nase.

»Mit wem wohnst du denn hier? Mit einer viktorianischen Familie?«, sagte der Mann tonlos.

Gary beschnupperte den Clown auf dem Sofatisch, berührte ihn mit seiner nassen Schnauze, und Benjamin setzte ihn auf die Liste. *Lächelnder Clown*, schrieb er.

»Was hast du da gerade aufgeschrieben?«, fragte der Mann.

»Ich notiere mir, was er berührt hat«, sagte Benjamin.

Der Fahrer zog eine Augenbraue hoch. »Sehr organisiert.« Er hielt sich die Hand über die Nase. »Hier drin riecht's ein bisschen nach Altersheim«, sagte er.

Das gefiel Benjamin nicht.

»Es ist das Mobilheim von meiner Oma«, sagte er.

Der Mann ging zum Kaminsims, ohne die Schuhe auszuziehen. Benjamin sah zu, wie sie sich in den Teppichflor drückten, und versuchte, sich nicht vorzustellen, was er mit den Sohlen in die Fasern quetschte. Der Fahrer nahm ein Bild in die Hand, und Benjamin atmete mehrmals tief durch.

»Alles okay?«, fragte der Mann.

»Ja, nur – können Sie bitte aufhören, Sachen anzufassen?«

Wieder zog der Mann irritiert eine Augenbraue hoch. Benjamin legte sich die flache Hand auf die Brust und versuchte, seine Atmung zu regulieren.

»Hast du irgendwas?«, fragte der Mann.

»Ich fühle mich tachykard.«

Der Mann sah ihn an, das Bild noch immer in der Hand. »Was heißt das?«

»Dass mein Herz zu schnell schlägt.«

»Wieso sagst du das dann nicht?«

»Habe ich doch gerade.«

»Nein. Wieso hast du nicht gesagt: ›Mein Herz schlägt zu schnell.‹«

Benjamin kannte den Grund. Medizinische Fachausdrücke waren präziser. Er hatte ein Buch im Regal stehen, in dem sie alphabetisch aufgelistet waren. Er mochte die Distanz, die sie zwischen einem Gefühl oder einem Leiden und seiner Bedeutung herstellten. *Dyspnoisch* war ihm beispielsweise lieber als *ihre Lunge kann nicht genügend Sauerstoff aufnehmen. Asystolie* war einfacher zu sagen als *der letzte Schlag des menschlichen Herzens.* Und irgendwie war es besser, *palliativ* zu sagen als *am Lebensende.*

»Wo ist deine Oma denn jetzt?«, fragte der Mann.

Benjamin sah sich um.

»Im Krankenhaus«, sagte er.

Der Mann beugte sich ganz dicht über das Bild in seiner Hand. Er nickte zum Zeichen, dass er es gehört hatte. »Ist sie das?«

»Ja«, sagte Benjamin.

Auf dem Foto stand Benjamins Oma im Badeanzug am Strand; ihre struppigen Haare wurden vom Wind aufgewirbelt, die Salzwassergischt hing für immer hinter ihr in der Luft.

»Sah ganz schnucklig aus«, sagte der Mann beiläufig.

Benjamin streckte die Hand aus und nahm das Foto. Er stellte es ins Regal zurück und wünschte, der Mann hätte seine Großmutter nicht sexualisiert. Es ärgerte ihn, dass er in der Vergangenheitsform von ihr gesprochen hatte.

»Sie hat an den Commonwealth Games teilgenommen«, sagte Benjamin.

»Dann hast du ihre Gene jedenfalls nicht abgekriegt«, sagte der Mann. Nicht bösartig, nur als Feststellung. »Ehrlich gesagt siehst du aus, als könntest du ein bisschen Bodybuilding vertragen.«

Benjamin schüttelte den Kopf.

»Ich glaube nicht, dass das sehr hilfreich wäre«, sagte er. »Ich bin xenomorph. Ich habe von Natur aus lange Gliedmaßen.«

Benjamin musterte den Mann. Eigentlich waren sie ganz ähnlich gebaut, aber das sagte er lieber nicht. Der Mann ging zum Fenster und blickte auf die dunkle Leere des Ozeans hinaus. Er sah zu, wie er an Land schwappte und sich wie vergossene Tinte am Strand entlangzog. Sie schwiegen einige Sekunden lang.

»Warum sind Sie hergekommen?«, fragte Benjamin mit vor Anspannung zitternder Stimme.

»Wegen dem Hund«, sagte der Mann, ließ sich aufs Sofa fallen und legte die Füße auf den Kaffeetisch. »Entschuldige, wenn ich mich nicht klar ausgedrückt habe. Ich habe ein paar 1664er Kronenbourg intus.«

Er atmete schwer aus, rieb sich den Bauch, dann streckte er Benjamin die Hand entgegen. »Ich heiße Leonard«, sagte er. »Aber nenn mich nicht Len.«

Benjamin betrachtete seine schmutzigen Finger. Die Schwielen auf der Handfläche und die verblassten Tätowierungen auf dem Unterarm. An der Seite des rechten Zeigefingers war ein gelber Fleck vom Rauchen. Benjamin schüttelte die Hand nicht. Er setzte zu einem Winken an, das er mittendrin abbrach.

»Ich bin Benjamin«, sagte er.

Leonard zog einen Kamm aus der Tasche und kämmte sich die Haare auf eine Seite, wobei er fettige Furchen hineinzog. Als er fertig war, hob er die Hände.

»Hör zu«, sagte er. »Ich merke ja, dass du mich nicht hierhaben willst. Aber ich glaube, du solltest dir anhören, was ich zu sagen habe.« Leonard hob beide Augenbrauen. »Gib mir fünf Minuten, mehr brauche ich nicht.«

Gary saß wieder auf dem Sofa, vergrub den Kopf in den Kissen und schloss die Augen, um zu schlafen. Benjamin schwieg, während sein Gehirn nervöse Berechnungen anstellte. Leonard deutete auf Gary.

»Ich sage nur, es geht um seine Sicherheit.«

Der Hund veränderte seine Position leicht und ließ einen langen Atemzug entweichen.

»Also gut«, sagte Benjamin.

Leonard klatschte lauter als nötig in die Hände. Der Hund ließ sich vom Sofa gleiten und tappte zu Benjamin herüber.

»Du hast nicht zufällig was zu knabbern?«, fragte Leonard. »Bevor wir richtig loslegen.«

»Was zu knabbern?«, sagte Benjamin.

»Ja, du weißt schon, Chips oder so.«

»Ich glaube nicht, dass ich viel dahabe«, sagte Benjamin und ging zum Schrank, Gary an seiner Seite, der gelegentlich sein Hosenbein berührte.

»Macht er das immer?«, rief Leonard herüber.

»Was denn?«

»So dicht neben dir herlaufen. Als würde er an deinem Schienbein kleben.«

»Anscheinend ja«, sagte Benjamin.

Leonard nahm eine Schachtel Bensons aus der Hemdtasche, klopfte sie auf den Tisch und zog mit dem Mund eine der Zigaretten heraus. Er ließ sie lose dort baumeln und zündete sie an. »Er ist ganz schön komisch, oder?«, sagte er.

Benjamin zuckte mit den Schultern. »Bitte rauchen Sie hier nicht«, sagte er und stellte eine Dose mit Buttergebäck auf den Tisch. Wegen der ungesättigten Fettsäuren hatte er die Kekse nicht gegessen. »Ich glaube, er ist nur nervös«, sagte Benjamin und versuchte, den Blick von der glimmenden Zigarettenspitze abzuwenden. Leonard hob wieder die Hände und lehnte sich zurück.

»Ich sage ja nicht, dass mit ihm was nicht stimmt. Wir sind doch alle ein bisschen schräg, oder?«

Rauch stieg in Wolken von Leonards Zigarette auf. Er klopfte die Asche in die Keksdose, und Benjamin fragte sich, was mit den Partikeln geschah, wenn sich der Rauch verzog.

»Hören Sie bitte auf zu rauchen«, sagte er.

Leonard schien ihn noch immer nicht zu hören. »Also, wo hast du ihn mitgehen lassen?«, fragte er.

»Ich habe ihn nicht mitgehen lassen«, sagte Benjamin. »Er ist mir gefolgt.« Gary schob den Kopf in die Lücke zwischen Benjamins Beinen. »Ich habe ihn am Strand gefunden. Er hat an dem toten Wal geleckt.«

Gary ging zu Leonard hinüber und schnupperte an seinen Jeans.

»Den Wal kenne ich«, sagte Leonard und wich zurück, als wäre der Hund giftig. »Wie pervers.« Er lachte, dann beugte er sich vor und verstrubbelte das Fell auf Garys Rücken. »Komm mir nicht zu nah, du Wal-Lecker«, sagte er.

Leonard versuchte ein paar Sekunden lang, ein Stück Asche von seiner Zunge zu klauben, dann wurde seine Miene ernst. »Aber du weißt schon, welcher Hund das ist, oder?«

Benjamin schüttelte den Kopf, während Leonard eine Zeitung aus der Jacke zog. Er schob sie über den Tisch.

Es war eine Ausgabe der *Anglia Racing Post*. Auf der Titelseite war ein Foto von Gary zu sehen; seine Zunge hing heraus, die blutgefüllten Venen in seinen Schultern zeichneten sich auf den Muskeln ab.

Hund, der nie verliert, geht verloren, lautete die Schlagzeile.

9

Benjamin sah zu, wie Gary wieder aufs Sofa sprang. Der Hund schaute ihn an – ein langsames, intelligentes Blinzeln – und rollte sich dann auf den Rücken, sodass seine Beine in der Luft ruderten.

»Ich wollte ihn nicht behalten«, sagte Benjamin.

Leonard zog lange an seiner Zigarette.

»Was hast du dann vor?«

Benjamin vermied es, Gary in die Augen zu sehen. Er zuckte mit den Schultern, blickte auf seine Schuhe.

»Ich weiß nicht«, sagte er. »Am Montag ist der Hundefänger wieder da.«

»Der gute alte Hundefänger!«, sagte Leonard, strich dem Hund über den Kopf und nickte. »Die hündische Gestapo. Die kriegen ihn ganz bestimmt wieder in die Spur.« Er kratzte sich die Bartstoppeln. »Wir müssen wohl einfach hoffen, dass der magere Gary hier das Tempo noch ein paar Jahre halten kann. Dass er noch einen guten Lauf hat, wenn du weißt, was ich meine.«

»Einen guten Lauf?«, sagte Benjamin.

»Du weißt ja, wie das ist, Kumpel. Sie taugen bloß für eine Sache, nicht wahr.« Er zeigte auf den Hund. »Und geht ihnen der Saft aus …« Leonard fuhr sich mit dem Daumen über die Kehle. »Dann geht's ihnen an den Kragen.«

Leonard inszenierte eine hochdramatische Exekution inklusive herumspritzendem Blut, und Benjamin fühlte sich, als hätte er nicht genug Luft in sich. Als würde ihm der Atem abgeschnitten.

»Kommen die nicht einfach in ein Heim?«, fragte er.

»Ja, klar, in ein Heim«, sagte Leonard und malte Anführungszeichen in die Luft. »Wohl eher tot in eine Schubkarre.«

Leonard hob die Augenbrauen und ließ den Blick durch den Raum schweifen, während Benjamin zusah, wie Gary sich die Pfoten leckte. Er musste daran denken, wie der Hund den Kopf hatte hängen lassen, als er ihn in der Badewanne mit Shampoo eingerieben hatte.

»Ich rufe einfach kurz bei der Rennbahn an, wenn dir das hilft«, sagte Leonard. »Die kennen bestimmt den Besitzer.«

Benjamin betrachtete Gary ganz genau. Die kurzen grauen Härchen seiner Wimpern und die flaumigen Stellen hinter seinen Ohren, sein makelloses linkes Auge und den rosafarbenen Höcker unter dem rechten, der dazu beitrug, dass er oft traurig aussah.

»Moment mal«, sagte Benjamin. »Was meinen Sie, wie viele Rennen er noch laufen kann?«

Leonard sog langsam Luft ein wie ein zwielichtiger Mechaniker beim Kostenvoranschlag. Er schüttelte den Kopf.

»Soweit ich weiß, hat er schon die eine oder andere Saison hinter sich. Aber er kommt bestimmt klar.« Er versuchte, optimistischer zu klingen. »Der packt das schon«, sagte er.

Benjamin fühlte sich merkwürdig. Es war, als wären seine Glieder geschwollen, und sein Körper blähte sich auf wie ein Ballon, als würden seine einzelnen Partikel von seinem Schwerpunkt davontreiben. Er sah Gary an und fragte sich, ob er eine Ahnung hatte, wovon sie sprachen. Er stellte sich vor, wie sein schlaffer Körper in einer Schubkarre durch die Gegend geschoben wurde, wie er auf irgendeinem Feld über Schlammklumpen rumpelte. Und ehe er es verhindern konnte, sah er vor sich, wie sich die Hand seiner Oma um die Tischdecke schloss, als sie vom Stuhl rutschte. Wie die Erbsen von ihrem Teller zu einer Lücke unter dem Kühlschrank kullerten. Leonard klang weit entfernt, als er sprach, so als käme seine Stimme aus einem anderen Raum.

»Ich kann dir helfen«, sagte er, »wenn du Angst hast.«

Benjamin sah ihm in die Augen.

»Ich habe Kontakte. Ich habe Ideen«, sagte Leonard.

Benjamin öffnete den Mund, wusste aber nicht, was er sagen sollte.

»Weiß irgendwer, dass er hier ist?«, kam ihm Leonard zuvor. Er ging zu dem Fenster mit Blick auf den Weg und schob die Jalousien mit Zeige- und Mittelfinger auseinander. Er schaute sich um und wandte sich dann wieder Benjamin zu.

»Ich war vorhin mit ihm draußen«, sagte Benjamin.

»Hat dich irgendwer gesehen?«

Benjamin stand stumm da. Sein Atem fühlte sich wieder merkwürdig an, so als drückte ihm etwas auf die Brust. »Er hat uns gesehen«, sagte er. »Als ich mit Gary spazieren war.«

»Wer?«

Benjamin deutete in Richtung des Mobilheims gegenüber und versuchte sich genau zu erinnern, was der Nachbar gesagt hatte. Leonard zog eine Braue hoch und schüttelte den Kopf.

»Er hat gesagt, dass ein komischer Typ hier war«, sagte Benjamin. »Mit einer Plastiktüte und einem Akzent.«

Leonard wurde unruhig. Er kam auf Benjamin zu und starrte ihn an; seine hellblauen Augen erinnerten an die lodernde Flamme eines Boilers.

»Ein komischer Typ?«, sagte er.

Benjamin nickte. Seine Hände kribbelten, also schüttelte er sie. »Er musste sich mal die Beine vertreten«, sagte er.

Leonard wirkte erschrocken. »Das könnten richtig schwere Jungs sein, Benjamin. Dieser Hund ist sehr wertvoll.«

Benjamin rutschte das Herz in die Hose, während er sich an die Einzelheiten zu erinnern versuchte. Es kam ihm vor, als entglitten ihm die Informationen, als könnte er sie nicht festhalten. Alles geschah so schnell.

»Ich glaube, wir bleiben besser nicht hier«, sagte Leonard. »Lass uns woanders weiterreden. Wenn du ihm wirklich helfen willst.«

»Wo sollen wir denn hin?«, fragte Benjamin.

Leonard nickte, als wäre alles ganz einfach, und Benjamin hätte sich richtig entschieden. »Gehen wir zum Billardklub«, sagte er. »Nur bis wir uns überlegt haben, wie es weitergeht.«

Benjamin versuchte, nachzudenken. Er stellte sich vor, wie der Hundefänger Gary mitnahm. Stellte sich vor, wie Gary, dessen einfaches Gehirn nicht imstande war, etwas anderes als die absolute Gegenwart zu verarbeiten, die Treppe hinunterging und in den Laderaum eines Transporters stieg. Wie der Wind gegen seine Flanke drückte. Der Geruch von Diesel, das Geräusch des laufenden Motors. Sanfte Gedanken folgten einer auf den anderen. Glücklich oder traurig, warm oder kalt. Er stellte sich vor, wie der Hundefänger Gary seinen Besitzern zurückgab. Malte sich aus, wie sie ihn laufen ließen, bis er langsamer wurde und ihn dann eines Tages auf irgendeinem Feld oder einem Rastplatz ausknipsten. Den Funken auslöschten, der ihn am Leben hielt.

Benjamin spürte wieder eine Vagheit in seinem Körper, so als gäbe es nicht mehr viel, was ihn zusammenhielt. Er schaute hinaus. In den bedeckten Himmel, die bis zum Bersten mit Regen gefüllten Wolken und dann auf Leonard, der im Mobilheim rauchte und Dinge anfasste.

»Ist gut«, sagte er. »Gehen wir.«

Benjamin öffnete die Tür, und Gary tappte auf die Terrasse. Leonard zog lange an der Zigarette, füllte seine Lunge mit Rauch, dann atmete er aus und ging nach draußen. Benjamin dachte an Krebs.

»Braucht er keine Leine?«, sagte Leonard und zeigte auf den Hund.

Benjamin erinnerte sich an die rote, die auf dem Küchentresen lag.

»Ich glaube nicht«, sagte er.

Leonard zuckte mit den Schultern. Auf dem Weg zum Auto blickte Benjamin auf das Halsband – das goldene Namensschild mit der Aufschrift DER GROSSE GARY. Er öffnete es und steckte es in die Jackentasche, während Leonard die Beifahrertür aufschloss und über mehrere leere Kronenbourg-Dosen hinweg auf den Fahrersitz kroch.

»Das Schloss ist im Arsch«, sagte er, verärgert über den Aufwand.

Gary pinkelte an der Ecke des Mobilheims, und etwas davon spritzte auf seine Beine.

»Er bepisst sich«, sagte Leonard und wedelte mit der Zigarettenhand, dass Funken herunterkreiselten und im Fußraum und auf der Plastikverkleidung des Schaltknüppels landeten. Leonard pustete darauf. Dann beugte er sich vor, öffnete das Handschuhfach und zog ein T-Shirt hervor, wobei mehrere zerknüllte Lottoscheine mit herausfielen.

»Wisch ihm damit die Beine ab«, sagte er. »Ich will nicht, dass er es auf den Sitzen verteilt.«

Benjamin stand auf. Er schaute auf das T-Shirt, dann auf den Hund, dann auf das T-Shirt. Auf die schmutzigen Sitze mit den Brandlöchern und den Stockflecken.

»Wieso guckst du meinen Allzwecklappen so an?«, sagte Leonard. »Als würdest du davon Ebola kriegen.«

»Er sieht nicht besonders sauber aus«, sagte Benjamin.

»Ist er auch nicht. Das ist ja der Witz an einem Allzwecklappen.« Leonard warf Benjamin das T-Shirt zu, und es traf ihn an der Brust. Benjamin zuckte zurück, als wäre es eine Pistolenkugel gewesen. »Wisch es einfach ab«, sagte Leonard.

Durch das Fenster des gegenüberliegenden Mobilheims beobachtete sie Benjamins Nachbar, der über den Rand einer Zeitung spähte. Als würde das etwas beweisen, riss Leonard die Augen weit auf, um anzudeuten, dass sie sich beeilen sollten, also ging Benjamin in die Hocke. Seine Hand schwebte vor Garys nassem Vorderbein in der Luft.

»Kumpel«, sagte Leonard im Auto und sah sich nach Benjamins Nachbarn um, »wir machen besser, dass wir wegkommen.«

Benjamin tupfte Garys Scheinbeine ab, wischte die Urintropfen mit dem T-Shirt weg, und Gary starrte friedlich in die Ferne. Er fuhr mit der Zunge durch die Luft und gähnte.

»Schmeiß den Lappen einfach da rüber«, sagte Leonard und zeigte auf Benjamins Terrasse. »Der Regen kann ihn auswaschen, und ich nehme ihn später mit.«

Benjamin tat wie befohlen. Er wusste, je länger er den Lappen in der Hand hielt, desto wahrscheinlicher war es, dass die Flüssigkeit durch das Material sickerte und seine Hände berührte. Er nahm an, Leonard hätte etwas dagegen gehabt, dass er sie wusch, also schüttelte er einen kleinen Klecks Desinfektionsmittel aus einem Fläschchen in seiner Tasche auf eine seiner Handflächen und verrieb ihn, schob die Finger ineinander.

»Das Streichholzbein soll reinhüpfen«, sagte Leonard und zeigte mit dem Daumen auf die Rückbank. »Du musst das« – er wedelte mit der Hand durch die Luft – »Zeug da hinten vielleicht ein bisschen umorganisieren.«

Benjamin schaute hinein. Die Rückbank war fast vollständig unter Kartons mit japanischer Aufschrift begraben.

»Oder vielmehr die teure Ware«, sagte Leonard abwesend. »Erlesener Sake. Ich hocke schon eine ganze Weile drauf rum und warte, dass der Preis steigt.«

Benjamin schob die Kartons auf eine Seite und bedeutete Gary mit der freien Hand, wohin er springen sollte.

»Hopp«, sagte er.

Benjamins Nachbar stand immer noch am Fenster. Er drückte ein Telefon an seinen bleichen, fleischigen Schädel. Leonard schnallte sich ab und kroch mit der Zigarette im Mund über den Beifahrersitz. Mit beiden Händen schob er Garys Hintern in Richtung Auto und weiter, bis Garys Vorderpfoten auf den Sitzen lagen. Der Hund leistete weiter Widerstand.

»Der ist nicht sehr gut dressiert, oder?«, sagte Leonard, streckte die Hand mit der Zigarette aus und klopfte die Asche ab, die ins Gras fiel, bevor er die Zigarette wieder in den Mund steckte. Er hob Garys Hinterteil an.

»Die Eier hat er noch, wie ich sehe«, sagte er, während er ihn hineinzwängte.

Benjamin blickte auf Garys Hoden. »Warum sollte er nicht?«

»Ich freu mich bloß für ihn«, sagte Leonard. »Ist doch schön.«

Leonard schob das letzte Stück von Garys Hinterteil ins Auto, und Benjamin schaute zum Mobilheim zurück. Ein paar Sekunden lang hielt er inne und wünschte, seine Oma wäre da und könnte ihm sagen, was er tun solle. Er erinnerte sich daran – er war damals noch klein gewesen und hatte noch nicht lange bei ihr gewohnt –, wie sie auf einer Karte aktive Vulkane (der Gedanke daran hatte ihn nachts wachgehalten) markierte und mit ihrer Entfernung zu B (Benjamin) versah, damit er sich keine Sorgen machte.

»Die sind alle so weit weg von uns, Benjamin«, hatte sie gesagt und die Karte hochgehalten. »Tausende und Abertausende von Kilometern.«

Er sehnte sich danach, wie sie auf diese Weise das Gewicht der Dinge verändern, die Welt weniger toxisch machen konnte, einfach indem sie im selben Raum war wie er. Manchmal nur dadurch, dass sie existierte.

»Du musst dich durchsetzen«, sagte Leonard und schlug die Autotür zu. »Der Hund lotet die Machtverhältnisse aus. Er weiß wahrscheinlich, dass ich der Obermacker bin.« Er schlug sich auf die Brust. »Wie ein Grizzly mit einem Riesenständer.«

10

Leonard klopfte auf das Autodach und kroch wieder auf die Fahrerseite. Gary stand auf der Rückbank, zu Benjamin gedreht. Seine Schnauze berührte die Scheibe und hinterließ einen nassen Schmierfilm auf dem Glas.

Leonard drückte die Daumen und drehte den Zündschlüssel. Der Motor stotterte ein paarmal, aber das elektrische Geräusch des Anlassers erstarb, bevor er zum Leben erwachte. Er klang kraftvoll, aber schlecht gewartet, mit unregelmäßigen Umdrehungen. Leonard schrie über den Lärm hinweg.

»Du fährst hinten mit und hinderst ihn daran, mich anzufallen.«

»Es ist ganz schön eng hier drin«, sagte Benjamin.

»Wir lassen beim Fahren die Fenster auf«, sagte Leonard und kurbelte seins herunter. »Du brauchst dir keinen Kopf zu machen.« Benjamin griff in die Hosentasche und zog einen Ziplock-Beutel mit zwei OP-Masken heraus.

»Die habe ich für Krankenhausbesuche«, sagte er. »In Japan trägt man sie, wenn man erkältet ist.«

Er hielt Leonard eine der Masken hin, der danach griff und sie am Gummiband vor sich hielt wie schmutzige Unterwäsche.

»Wir sind nicht in Tokio, Kumpel«, sagte er und legte sie sich auf den Kopf wie einen Hut.

Benjamin fand nicht, dass geografische Unterschiede die Sache weniger vernünftig machten.

»Die trage ich auf keinen Fall«, sagte Leonard.

»Ich dachte einfach, wir könnten sie beide aufsetzen. Zum gegenseitigen Schutz.«

»Äh, nein. Im Auto kannst du sie tragen, aber im Klub nimmst du sie ab, sonst ziehst du die ganze Aufmerksamkeit auf uns. Wir müssen uns unauffällig verhalten. Allen lüsternen Blicken entgehen.«

Benjamin setzte die Maske auf und stieg ein. Er schloss den Anschnallgurt auf Garys Seite und legte ihn quer über die Brust des Hundes. Er rutschte immer wieder auf Garys Hals, also hielt Benjamin ihn fest. Leonard gab ihm die verunreinigte Maske zurück und grinste, als er das Arrangement sah. Er nickte förmlich zu dem Hund hinüber.

»Sein Kopf sieht aus wie ein Regenschirm, was?«

Benjamin antwortete nicht.

»Er hat auch was von Dobby, dem Hauself«, sagte Leonard.

»Ich weiß nicht, was das ist.«

»Er ist so eine Art Kobold. Er putzt bei den Zauberern«, sagte Leonard.

Benjamin sah Leonard an.

»Sicher, dass Sie fahren können?«, sagte er.

»Das ist aus einem Buch«, sagte Leonard. »Aus *Harry Potter.*«

»Ich lese keine Kinderbücher«, sagte Benjamin.

Als sie im Schein der untergehenden Sonne losfuhren, knatterte der Motor, als hätte er Atemprobleme. Leonard drehte die Lüftung voll auf, um die vom Atem beschlagene Scheibe freizubekommen.

»Das Auto klingt kaputt«, sagte Benjamin.

»Du hast anscheinend noch nie den Hochleistungsmotor eines reinrassigen Sportwagens gehört«, sagte Leonard, und seine Haare flatterten im durch das offene Fenster hereinströmenden Wind. »Außerdem hat mir irgendein Troglodyt den Katalysator geklaut.«

»Was ist das?«

»Ein Troglodyt oder ein Katalysator?«

»Beides«, sagte Benjamin.

»Ein Troglodyt ist einer, der in einer Höhle lebt. Ein Katalysator ist etwas, das die giftigen Abgase von einem Verbrennungsmotor reduziert.«

Benjamin nickte. »Warum sollte den jemand stehlen?«, fragte er.

»Wahrscheinlich wegen des Metalls, das gibt gutes Geld auf dem Schwarzmarkt.«

»Und brauchen Sie denn keinen?«

Leonard machte eine Handbewegung, die das Führerhaus einschloss, als demonstrierte das irgendetwas Zufriedenstellendes.

»Offensichtlich nicht«, sagte er. »Du musst bloß die Fenster auflassen, damit dich die Abgase nicht umbringen.«

Benjamin studierte Leonards Gesicht und hoffte auf eine Veränderung seiner Miene, die auf einen Scherz hindeutete.

»Darum ist es ein Win-win, dass ich dir erlaube, die Maske zu tragen«, sagte Leonard strahlend.

Benjamin kurbelte sein Fenster herunter. Er saß da, die Hände im Schoß, den wackelnden Gary neben sich, und beobachtete Leonards Augen im Rückspiegel. Er spürte, wie die vorbeipeitschenden Laternenmasten den Druck in seinen Ohren veränderten, und lauschte dem Motorengeräusch, das zwischen Reihen blässlicher Backsteinhäuser mit Doppelglasfenstern hin und her geworfen wurde. Benjamin kraulte Gary dort, wo sonst das Halsband saß, und Leonard drehte das Radio auf. Er trommelte zu Hair-Metal-Songs auf dem Lenkrad und hustete. Er schlug sich mit der Faust gegen die Brust und drehte sich wieder zum Fenster. Benjamin hielt sich eine Hand vor die Maske.

»Hatten Sie in letzter Zeit erhöhte Temperatur?«, fragte er und versuchte, entspannt zu klingen.

»Erhöhte Temperatur?«, sagte Leonard.

»Ja.«

Leonard dachte sorgfältig nach.

»Nein«, sagte er. »Wieso?«

»Was ist mit Geruchs- und Geschmackssinn?«, fragte Benjamin.

»Was soll damit sein?«

»Ich frage mich nur wegen … Sie wissen schon, dieser Sache in den Nachrichten.«

Leonard zog eine Augenbraue hoch.

»Ich brauche wohl ein paar mehr Informationen, um zu wissen, wovon du sprichst.«

Leonard drehte sich zu Benjamin um.

»Die Sache mit den Fledermäusen«, sagte Benjamin.

»Ach, das! Ich dachte, du wärst einfach ein Spinner, weil du zu Hause so schräg drauf warst.« Leonard strich sich die Haare zurück. »In ungefähr drei Wochen ist die ganze Geschichte hundertprozentig erledigt«, sagte er. »Da geb ich dir Brief und Siegel drauf. Wenn das überhaupt echt ist.« Er hielt die Zigarette hoch. »Der Husten kommt eher hiervon, denke ich mal.«

Benjamin betrachtete seine Miene und spürte die von den offenen Fenster ausgehende Kälte. »Warum glauben Sie, dass das einfach so vorbeigeht?«, fragte er.

Leonard strich sich die Haare aus dem Gesicht.

»Das beruht jetzt nicht auf wissenschaftlichen Fakten oder so. Ich weiß es einfach. Bei so was kann ich mich auf mein Gefühl verlassen.«

Benjamin saß nachdenklich da und sah den Hund an, der seinen Blick erwiderte, bis sie in einem Gewerbegebiet ankamen und vor einem der Gebäude anhielten. An der Fassade hing ein großes Schild mit der Aufschrift *Snooker und Pool.*

»Das ist ein bedeutender Ort«, sagte Leonard und manövrierte das Auto quer auf zwei Parkplätze. »Geradezu spirituell.«

Benjamin ließ den Blick über den Parkplatz schweifen, sah zu einer Straßenlampe hinüber, die eine schlaff aus einem Container hängende fleckige braune Matratze beleuchtete. Er betrachtete das Gebäude mit einem Gefühl des Schreckens, das sich offenbar unwillkürlich auf seinem Gesicht niederschlug.

»Keine vorschnellen Urteile, Kumpel«, sagte Leonard. »Wir sind hier, um auszuknobeln, wie wir dem Tier am besten helfen können.« Er zeigte auf Gary hinten im Wagen und tippte sich an die Schläfe. »Ich muss klar denken können. Und hier denke ich am klarsten.«

»Ist da viel los?«, fragte Benjamin.

Leonard dachte über die Frage nach.

»Früher war immer viel los«, sagte er. »Aber heutzutage nicht mehr so.«

Leonard tat so, als schaute er wie ein Pantomime über ein unsichtbares Objekt hinweg.

»Du musst diese Maske abnehmen, Kumpel«, sagte er.

Benjamin drückte den Draht über seiner Nase fester. Leonard atmete aus.

»Ich will dich nicht runterziehen«, sagte er, »aber das ist eine ernste Angelegenheit.« Er drehte sich ein wenig, um auf den Hund zu zeigen. »In Bezug auf sein Wohlergehen.«

Benjamin sah Gary an, und Leonard wartete darauf, dass er sich wieder zu ihm umwandte.

»Du willst doch, dass es ihm gut geht, oder, Kumpel? Dass er in Sicherheit ist?«

Benjamin nickte. Er nahm die Maske ab.

»Braver Junge«, sagte Leonard. »Wir danken für Ihre freundliche Mitarbeit.«

Leonard griff unter den Sitz und zog eine Kühltasche hervor. »Die alte Flitzpiepe wird wohl im Auto warten müssen; der Klub ist leider nicht sehr hundefreundlich, wenn ich mich recht erinnere. Aber hiermit kann ich ihn bestimmt aufheitern.«

Leonard zog die Folie von einer Schale mit süßsauren Hühnerbällchen und hielt Gary eines hin. Der Hund leckte erst prüfend daran, dann nahm er es Leonard aus der Hand.

»Die habe ich Mr. Chen geklaut«, sagte Leonard. »Meinem ausbeuterischen Unterdrücker.«

Während Gary dasaß und sich über Lefzen und Tasthaare leckte, beschlich Benjamin Angst bei dem Gedanken, ihn im Auto zurückzulassen. Er kurbelte das Fenster hoch, und Leonard tat es ihm gleich.

»Das schmeckt ihm«, sagte Leonard lachend.

Sie stiegen aus. Leonard nahm den Kamm aus der Innentasche und zog sich die Haare quer über die Kopfhaut.

»Der kommt schon klar«, sagte er. »Wir bleiben nicht lange weg.«

»Haben Sie das Auto abgeschlossen?«, fragte Benjamin.

»Na logisch.«

Benjamin schaute auf den hinter der Scheibe aufragenden Plastikknopf. »Es ist nicht abgeschlossen«, sagte er und zog am Türgriff. Die Tür schwang auf, und Gary sprang heraus.

»Mistdreck«, sagte Leonard und lief zum Auto. Er scheuchte Gary wieder hinein. »Sorry, ich war mir ganz sicher«, sagte er.

Leonard drückte demonstrativ auf den Knopf für die Zentralverriegelung und zog probeweise an den Türgriffen.

»Okay?«, sagte er.

Benjamin ging um den Wagen herum und probierte die Türgriffe nacheinander durch. Sein Blick verharrte auf Gary, der sich auf der Rückbank zusammengerollt hatte, und er nickte. Dann folgte er Leonard in den Klub und fragte sich dabei, ob es die Wahrscheinlichkeit der Ansteckung mit einem durch die Luft übertragenen hochansteckenden Virus verringerte, wenn man ausschließlich durch den Mund atmete.

Er kam zu dem Schluss, dass es das wohl nicht tat.

11

In dem Mobilheim brannte ein Licht. Es erhellte die Küche, sodass Vasile Garys rote Leine auf dem Tresen liegen sah, als er durch das Glas spähte. Er ging auf die Rückseite, wo er sich an die Wand lehnte, Lederhandschuhe überstreifte und die Finger ineinandersteckte, damit sie fest saßen. Er versuchte, die Tür zu öffnen, aber sie war verschlossen, also drückte er gegen die Verkleidung, um ihre Widerstandsfähigkeit zu testen. Sie gab ein wenig nach. Er nahm etwas Abstand und sah sich um, dann trat er die Tür ein, die gegen die Wand schlug und im Dunkeln zitternd wieder auf ihn zukam.

12

Benjamin und Leonard folgten einem Korridor ins gedämpfte Licht des Billardklubs. Auf der anderen Seite einer Schwingtür stand ein Mann hinter einem Tresen und schaute auf einen Fernseher. Er hatte langes gelocktes Haar wie ein Fußballer aus den Achtzigern, und seine Haut war von einer ungesunden Bräune wie gegerbte Tierhaut. Vor ihm lag eine Zigarette in einem gläsernen Aschenbecher, die zu dem Rauchgeruch im Raum beitrug. Benjamin kämpfte gegen die Versuchung an, das T-Shirt wieder über die Nase zu ziehen.

»Na, Leonard«, sagte der Mann tonlos und ging dorthin, wo die Queues und Kugeln aufbewahrt wurden. Er nahm einen Satz Kugeln aus dem Regal. Als Leonard dem Mann die Hand entgegenstreckte, ergriff er sie nicht.

»Mein Queue ist wohl nicht mehr da, oder?«, fragte Leonard.

Der Mann schüttelte den Kopf. »Nein, ist er nicht, Len«, sagte er. »Wir haben entrümpelt und eine Menge von dem alten Kram rausgeschmissen.«

Leonard versuchte, mit einem Lachen darüber wegzugehen.

»Ich brauche wahrscheinlich eh bald einen neuen«, sagte er und schaute auf die Bilder an der Wand. »Dann leihen wir einfach ein Paar, Terry.«

Der Mann griff hinter den Tresen, nahm zwei Queues aus einem Ständer und legte sie hin.

»Benjamin, das ist Terry. Terry, das ist Benjamin«, sagte Leonard.

Während Terry ihn musterte, versuchte Benjamin, so wenig wie möglich zu atmen, um die Menge an Rauch und Partikeln, die in seinen Körper gelangten, zu begrenzen.

»Hallo«, sagte er.

Terry nickte und sagte: »Alles klar«, aber es war keine Frage.

»Wir bleiben nur eine Stunde, glaube ich«, sagte Leonard und griff nach dem Tablett mit den Kugeln.

Terry hielt es an beiden Seiten fest. »Bezahlung im Voraus«, sagte er.

Leonard klopfte theatralisch seine Taschen ab. »Kannst du das übernehmen?«, sagte er zu Benjamin und schaute dabei auf den Fernseher an der Wand. »Ich trage grundsätzlich kein Bargeld bei mir.«

Terry sah Leonard an und lachte, während Benjamin das Portemonnaie herauszog, aber es war kein freundliches Lachen. Benjamin trennte mit dem Daumen einen Geldschein ab.

»Wir nehmen auch noch zwei Bier«, sagte Leonard, während Terry Kugeln und Queues über den Tresen schob. Terry zapfte eins der Biere.

»Dir mache ich vielleicht einfach einen Orangensaft, oder?«, sagte er zu Benjamin, der sich nicht die Mühe machte, ihm mitzuteilen, dass er alt genug für Bier war, weil er ohnehin keins wollte, denn Alkohol tötete die Gehirnzellen ab.

»Ja, bitte.«

Terry schob die Getränke herüber, und Leonard griff nach seinem Bier. Er ging ein paar Schritte und sprach dann, ohne sich umzudrehen.

»War Sally in letzter Zeit mal da?«

»Nein, Len«, sagte der Mann. »Natürlich nicht.«

Sie gingen zu einer Tür in der Ecke, vorbei an einem Mann, der an einem Spielautomaten lehnte. Er sah aus, als würde er mit dem Gerät verschmelzen; seine Unterarme waren an die Seiten gepresst, das Gesicht wenige Zentimeter von den blinkenden Lichtern der Anzeige entfernt.

Leonard zog beiläufig einen Dartpfeil aus der Scheibe und warf ihn, verfehlte das Ziel aber so weit, dass sich der Pfeil in den Putz bohrte. Er warf Terry einen Seitenblick zu, während er den Pfeil herauszog.

»Kannst du die Tür aufmachen?«, sagte er.

Benjamin drückte sie mit dem Ellbogen auf. Der Raum war leer. Er war froh, dass sich niemand darin befand, mit dem er sich den Sauerstoff teilen musste. Die Glühbirne über ihrem Billardtisch gab ein Geräusch von sich, als tippte man gegen Glas, und leuchtete dann flackernd auf.

Benjamin sah zu, wie Leonard, dessen Gesicht größtenteils hinter dem langen Lampenschirm über dem Tisch verborgen war, die Kugeln platzierte. Er schien der Ansicht zu sein, dass jede Kugel eine eindeutige Ober- und Unterseite hatte, und drehte sie immer wieder mit Daumen und Zeigefinger um eine Winzigkeit hin und her, bis er vollends zufrieden war. Benjamin dachte an Gary, der im Auto auf ihn wartete.

»Also, bist du so ein Bazillenspinner oder wie?«, fragte Leonard.

»Was?«, sagte Benjamin.

»Du weißt schon« – er zeigte auf die Tür – »Türen mit dem Ellbogen aufmachen und so?«

»Türen werden von vielen Leuten angefasst«, sagte Benjamin und blickte auf seine Schuhe.

Leonards Augen verengten sich.

»Aber du bist bestimmt richtig gut in Mathe oder so.«

»Warum sollte ich gut in Mathe sein?«, fragte Benjamin.

»Na ja, ich dachte, das wäre so bei … du weißt schon, Leuten wie dir. Im Umgang mit anderen tut ihr euch schwer, oder? Aber ihr seid gut in Mathe.«

»Ich war nicht besonders gut in der Schule«, sagte Benjamin.

Leonard hob das Kinn, um anzuzeigen, dass ihn die Information überraschte, dann stellte er das leere Kugeltablett auf das Regal unter der Zähltafel ab. Er nahm seinen Queue und rieb die Spitze mit Kreide ein, wobei eine kleine Wolke türkisfarbener Staub in der Luft schwebte. Er spannte die dünnen Arme an. »Das macht auch nichts«, sagte er. »Ich war total mies in der Schule, und schau, was aus mir geworden ist. Ein verdammter Megalith.«

Benjamin war sich recht sicher, dass Megalithen große Steine waren, sagte aber nichts. Leonard beugte sich über den Tisch, drückte das Kinn gegen den Queue und schoss die weiße Kugel gegen die zum Dreieck angeordneten roten. Er sah zu, wie die Kugeln ausrollten. »Wovor fürchtest du dich eigentlich?«, sagte er schließlich.

Benjamin nahm einen Schluck Orangensaft aus seinem Glas. Er sagte nicht: vor Vulkanen, menschlichem Blut, Tierblut, der Dunkelheit oder im Grunde jeder tödlichen oder schwächenden menschlichen Krankheit, von der er je gehört hatte. Stattdessen sagte er nur: »Vor so einigem.«

Leonard kratzte sich am Kinn. »Ehrlich gesagt kommt mir das einfach wie eine ganz klassische Art von Angst vor«, sagte er und versenkte eine rote Kugel in einer der Ecktaschen. »Wahrscheinlich vor dem Ableben.«

Leonard betrachtete den Tisch, blickte an seinem Queue entlang auf die Möglichkeiten, die sich ihm boten. Nach reiflicher Überlegung schoss er die rosa Kugel an der Bande entlang in die Tasche. »Aber das alles«, sagte er und machte eine ausgreifende Bewegung, die alles um sie herum einschloss – die sich lösende Tapete, den ausgetretenen Teppich, sein Bierglas –, während die Tasche allmählich ausschwang, »ist letztlich nur der langsame Marsch in Richtung Auslöschung.«

Benjamin betrachtete die Gegenstände, auf die Leonard seine Aufmerksamkeit gelenkt hatte.

»Das hilft mir nicht gerade«, sagte er.

»Ich meine bloß, wenn in fünf Milliarden Jahren die Sonne explodiert, wird dein längst toter Körper sowieso in den Orkus geblasen. Du weißt schon, mit dem ganzen Schlamm und allem, womit er sich vermischt hat.«

»Das auch nicht«, sagte Benjamin.

Leonard ging um den Tisch herum und sah Benjamin zum ersten Mal seit einiger Zeit richtig an.

»Das soll es auch gar nicht«, sagte er. »Es ist einfach eine kosmische Unvermeidbarkeit. Aber vielleicht wirst du Teil eines anderen Sonnensystems? Und darin liegt doch so eine Art tragische Hoffnung, finde ich.«

Benjamin trank noch etwas Orangensaft. »Man kann sich nicht aussuchen, was einem Angst macht«, sagte er.

Leonard führte das Glas zum Mund und strich dann mit der Hand über den grünen Filz des Tisches. »Das stimmt«, sagte er.

Leonard starrte wie gebannt auf die Oberfläche des Tisches, und seine Augen wurden leicht glasig. Benjamin glaubte, die winzigen Spiegelungen der Kugeln in den feuchten Stellen seiner Augen zu erkennen. Nach einem Moment des Schweigens sah Leonard Benjamin an.

»Hast du schon mal Snooker gespielt?«, sagte er.

Benjamin schüttelte den Kopf.

»Denk mal drüber nach«, sagte Leonard und tippte sich an die Schläfe. »Ist eine ausgezeichnete Übung für das Hauptorgan.«

»Hauptorgan?«

»Ja, den Großrechner. Den zentralen Cortex.«

Benjamin wusste nicht genau, worauf Leonard anspielte.

»Ich will nur sagen, es ist gut, ein Hobby zu haben, das die Chemie im Gleichgewicht hält.«

Benjamin stellte sich vor, wie es wäre, ein Hobby zu haben. Eins, für das man eine spezielle Ausrüstung brauchte und regelmäßig üben musste. Er hatte schon einmal über Fechten nachgedacht, aber das konnte man nirgends machen, und es kam ihm ziemlich körperbetont vor. Tischtennis war eine Option.

»Ist es nicht schlecht für die Augen?«, sagte er.

»Für die Augen?«

»Uhrmacher büßen viel früher als andere ihr Sehvermögen ein«, sagte Benjamin. »Weil sie den ganzen Tag auf diese winzigen Teile gucken müssen. Ich dachte, das könnte hier ähnlich sein, weil man so konzentriert auf die Kugeln schaut.«

Leonard lochte eine Kugel ein und schüttelte den Kopf. Mit den Fingern spreizte er die Augen so weit wie möglich. »Nicht, dass ich wüsste. Ich sehe messerscharf wie ein Kampfpilot. Vielleicht hast du's mit Wichsen verwechselt?«, sagte er trocken.

Benjamin trank einen großen Schluck Orangensaft und befeuchtete das schüttere Haar auf seiner Oberlippe. Solche Kommentare machten ihn verlegen. Kommentare, wie Männer sie untereinander machten, wenn sie sich unbeobachtet fühlten.

»Bei dem Spiel geht es um den richtigen Winkel«, erklärte Leonard. »Wie eigentlich bei allem im Leben.«

Benjamin versuchte wieder unter den langen Lampenschirm zu blicken, aber Leonards Kopf war abgeschnitten.

»Es geht immer nur darum, zur passenden Zeit den richtigen Winkel zu finden«, sagte Leonard. »Sich in günstige Positionen zu bringen.«

Benjamin verstand nicht so recht, was Leonard da über Winkel redete. Es sah aus, als würde er einfach nur Kugeln einlochen. Wenn Leute etwas unnötig verkomplizierten, sagte Camille immer, sie redeten Dünnschiss.

Während einer Inventur auf der Arbeit hatte Andy Nelson (der Bereichsleiter) lange über Absatzprognosen und Rückgänge in Relation zur »untersten Gewinnmarge« gesprochen. Er sagte, seine Expertise auf diesem Gebiet habe ihm ermöglicht, ein Fahrzeug von Audi mit Metallic-Lackierung zu kaufen.

Camille sagte, Metallic-Lackierung bereichere nicht auf der Gefühlsebene. Sie sagte, sie habe kürzlich erfahren, dass für die schönen und seelenvollen Menschen in Bhutan das persönliche Glück der einzig relevante Maßstab sei. Bei Entscheidungen über politische und nationale Projekte legten sie den Bruttonationalglück-Index zugrunde. Sie sagte, sie überlege, nach Bhutan zu ziehen oder zumindest verantwortungsvollen Tourismus dorthin zu organisieren.

Die Vorstellung beunruhigte Benjamin. Camille war ein menschlicher Filter für alles, was ihm am Arbeitsplatz Schwierigkeiten bereitete, und am Ende der Schicht leerte sie immer seinen Mülleimer, damit er ihn nicht anfassen musste.

Benjamin dachte darüber nach, wie viel besser es ihm manchmal dank Camille ging, während Leonard weiterspielte. Er umrundete den Tisch, schaute am Queue entlang wie am Lauf einer Flinte und lochte Kugeln ein. Manche plumpsten locker in die Taschen, andere schoss er so fest hinein, dass sie gegen die ledernen Rückseiten der Taschen knallten. Es war hypnotisch. Benjamins Gedanken schweiften zu dem Auto draußen. Wahrscheinlich war es schon dunkel. Er wusste nicht, ob das Gary beunruhigen würde, aber er fürchtete, dass es das tat. Dass er eine ähnliche Unruhe in sich trug wie Benjamin selbst. Etwas, das in ihm verankert war durch Echos in seiner DNS von Ahnen, die in Höhlen Schutz gesucht und rohes Fleisch von Knochen genagt hatten.

Nach und nach wurden weitere Tische beleuchtet. Leute gingen in den Schatten und an den Außenwänden hin und her, spielten und unterhielten sich leise. Benjamin sah, wie Terry sie von der Bar aus durch die Scheibe beobachtete.

»Also, wo genau hast du ihn gefunden?«, fragte Leonard schließlich. »Den Hund.«

»Das habe ich Ihnen doch schon gesagt. Er hat an dem Blauwal am Strand geleckt. Dem toten aus der Zeitung.«

»Ganz sicher nicht«, sagte Leonard.

Benjamin wusste nicht, was er sagen sollte, außer der Wahrheit, und genau das hatte er getan. Er wurde verlegen und kratzte sich an der Innenseite seines Arms.

»Das am Strand ist ein Finnwal«, sagte Leonard. »Der Blauwal ist der größte Wal der Welt und der Finnwal der zweitgrößte.« Er lochte eine weitere Kugel ein. »Sie sind leicht zu verwechseln. Manche nennen Finnwale übrigens die Windhunde der Meere, was ganz witzig ist«, sagte er und deutete mit dem Queue hinter sich auf den Parkplatz. »Wegen dem Kollegen im Auto.«

Benjamin reckte wieder den Hals, um Leonards Gesicht unter dem Schirm zu sehen. Er wirkte nicht wie einer, der Naturdokus schaute.

»Dann hat er eben an dem Finnwal geleckt«, sagte Benjamin.

Leonard nickte.

Benjamin musste an den Pinguin im Fernsehen denken. Er war so hilflos, etwas so Übermächtigem schutzlos ausgeliefert. Nicht nur den Haien, sondern dem Ozean selbst. Er spürte beinahe das Gewicht, das den Pinguin niederdrückte, das einen Moment lang seinen Körper und seine Organe zusammenquetschte, bevor es seine Gedanken wieder an Land zog, den Strand entlang und auf die Krankenstation seiner Oma zu. Er widersetzte sich dem Schleier der Erinnerung und Fantasie, den auf ihn eindrängenden Vorstellungen, und zog sich selbst wieder in die Hülle aus Licht um den Billardtisch zurück. Er musste pinkeln.

»Kann ich mal auf Toilette?«, fragte er unvermittelt.

Leonard lachte. »Wieso fragst du mich?«

»Ich weiß nicht. Ich kenne die Regeln nicht.«

»Du kannst pissen gehen, ohne zu fragen«, sagte Leonard. »Du stehst nicht unter Zwang.«

Benjamin stand einen Augenblick lang reglos da. Er fühlte sich schon ein bisschen wie unter Zwang. Er wollte Leonard fragen, warum er ihm half – um Klarheit zu gewinnen und etwas über seine Motive herauszufinden.

»Ich bin gleich wieder da«, sagte er.

Benjamin ging am dunklen Rand des Raums entlang zur Toilette. Er drehte sich um und sah Leonard, der zur leise von der Bar herüberschallenden Musik mit dem Kopf nickte, und dann Terry, der mit verschränkten Armen wieder am Fenster stand. Benjamin blieb vor einer Wand mit Schwarz-Weiß-Fotos stehen. Die meisten zeigten Westen tragende Billardspieler, die sich über Tische beugten, Pokale hochhielten oder Hände schüttelten. Benjamin ließ den Blick über die Bilder gleiten. Auf einem hatte Leonard einen Pokal über den Kopf erhoben. Es gab noch weitere von ihm, auf denen er viel jünger aussah, aber als Benjamin sich umdrehte, um Leonard zu bedeuten, dass er sie gesehen hatte, standen drei Männer am Billardtisch, die ihn ablenkten. Leonard gestikulierte und schien sich für etwas zu entschuldigen, als ihn einer der Männer am Kragen packte und auf die Zähltafel drückte. Leonard nickte, als willigte er in irgendetwas ein, ergab sich demonstrativ, bis der Mann seinen Griff lockerte und Leonard ihn zu schlagen versuchte. Er verfehlte den Mann, der sich auf ihn stürzte, Leonard mitten ins Gesicht schlug und seinem Gehirn dabei einen so heftigen Stoß versetzte, dass sein Körper in sich zusammenfiel. Niemand im Raum schien dem Geschehen viel Aufmerksamkeit zu schenken. Oder sie ignorierten es. Während sich der Mann die Hand rieb, mit der er Leonard geschlagen hatte, trat ein anderer vor und versenkte seinen Stiefel in Leonards Rippen. Benjamin zog sich rückwärts in die Herrentoilette zurück.

Wie zu erwarten, roch es auf der Toilette leicht nach Urin. Der Raum wurde von einer schwachen Glühbirne erhellt, und an der Rückwand zog sich unter einer kaputten Fensterscheibe ein stählernes Urinal entlang. Benjamin hörte den Regen draußen. Sein Körper pulsierte, oder vielmehr das Blut darin, angetrieben vom beschleunigten Schlag seines Herzens. Es geschah zu viel, als dass es in seinen Kopf gepasst hätte. Er ging auf den Fliesen auf und ab und wich den nassen Stellen aus, als der Mann vom Spielautomaten hereinkam. Schwankend und mit zusammengekniffenen Augen stand er da und richtete sich auf, als er Benjamin sah.

»Bist du drauf oder was?«, sagte er.

Benjamin blieb stehen.

»Eigentlich muss ich nach Hause«, sagte er und ging zum Fenster. Der Sims war mit Feuchtigkeit und Zigarettenasche bedeckt, und auf der glänzenden Oberfläche des Urinals klebte ein Klumpen dunkles Blut. Der Mann vom Spielautomaten sammelte sich.

»Für so was gibt's eine Tür«, sagte er grinsend und freute sich über den gelungenen Scherz.

»Haben Sie gesehen, was da draußen passiert ist?«, fragte Benjamin.

»Habe ich«, sagte der Mann. »Ein Freund von dir?«

Benjamin zuckte mit den Schultern. »Eigentlich kenne ich ihn kaum«, sagte er.

Der Mann ging schwankend vorwärts. Sein Gesicht war verschwitzt und verschmiert.

»Wenn er dein Freund wäre«, sagte er, würdest du wahrscheinlich trotzdem aus dem Fenster da klettern wollen.«

Benjamin antwortete nicht.

»Weißt du, was ich meine?«

Benjamin wusste es.

»Ich meine, er ist ein Arschloch«, sagte der Mann und griff an Benjamin vorbei, um das Kippfenster aufzudrücken. Es schwang weit auf, und feine Regentropfen landeten auf dem Sims, stanzten Löcher in die Schmutzschicht darauf.

»Ich würde mir da keine großen Gedanken machen«, sagte er. »Er hat's wahrscheinlich verdient.«

Damit ging der Mann zum Urinal und öffnete den Hosenschlitz. Benjamin schaute noch einmal auf den dreckigen Sims, dann stieg er hinauf und schob seinen Oberkörper hindurch. Er versuchte, möglichst nichts mit den Händen zu berühren, während er sich vorsichtig an der Außenseite der Scheibe hinabließ und dabei fürchtete, sie könnte unter seinem Gewicht bersten. Er dachte an durchtrennte Arterien und sprudelndes Blut, an den Schmutz vom Sims, der in die Wunde eindrang. Behutsam zog er erst ein Bein nach draußen, dann das andere und wurde so in die regennasse Nacht hinein geboren.

13

Benjamin rannte durch die Gasse, die Hitze einer Schürfwunde auf der Brust, im Gesicht den kühlen Regen. Als er am Auto ankam, drückte Gary die Schnauze ans Fenster. Er hatte die Kühltasche herausgezerrt und die Folie zerfetzt.

»Ich hole dich da raus«, sagte Benjamin und zog an einem der Türgriffe. Er empfand einen unglaublichen Druck, es schien so viel auf dem Spiel zu stehen – Benjamin wusste nicht, wie viel Zeit ihm blieb, bis jemand herauskam –, also erschien es ihm angemessen, sich am Außenspiegel festzuhalten und gegen das Fenster zu treten. Sein Fuß rutschte ab, und er stürzte und schlitzte sich dabei den Ellbogen auf.

»Ich bin gleich wieder da«, sagte er und sah sich nach einem Gegenstand um, mit dem er sich Zugang zum Auto verschaffen konnte. Am Fuß der einstürzenden Parkplatzmauer fand er einen Ziegelstein und warf ihn von einer Hand in die andere, um sein Gewicht zu prüfen. Er war bröckelig, aber an der Seite hing noch ein Stück Zement, das ihm etwas Gewicht verlieh. Er ging um den Wagen herum zur Fahrerseite und schleuderte den Stein mit aller Kraft gegen das Fenster. Der Winkel stimmte nicht. Der Ziegel prallte ab und flog ihm aus den Händen, seine raue Oberfläche schnitt in Benjamins Haut ein, als er seiner neuen Laufbahn folgte. Gary sprang auf die Rückbank. Er wirkte äußerst beunruhigt.

»Entschuldige«, sagte Benjamin mit deutlichen Lippenbewegungen, um nicht zu laut sprechen zu müssen. »Es tut mir leid.« Er versuchte, Gary zu zeigen, dass er nicht in Panik war, indem er ganz ruhig wirkte, aber er fühlte, wie sich seine Gesichtszüge unwillkürlich verzerrten. »Bleib, wo du bist«, sagte er. »Ich hole dich da raus.«

Gary schien sich ein wenig zu beruhigen. Er sprang durch den Spalt auf die Vordersitze.

»Du musst hinten bleiben«, sagte Benjamin und wippte auf den Fußballen auf und ab. Angst, Frustration und schmutzige Hände beherrschten seine Gedanken. »Ich schlage das Fenster ein.«

Diesmal durchbrach die Ecke des Steins das Glas. Benjamin klopfte vorsichtig weiter gegen die Scheibe, bis das Loch größer wurde und er die scharfkantigen Splitter herausziehen konnte. Er schnitt sich erneut, konnte aber nicht aufhören. Obwohl er daran dachte, wie die Keime von dem Toilettensims in seinen Blutkreislauf eindrangen, und ihm davon übel wurde, steckte er den Arm durch das Loch und zog den Knopf hoch, und die Tür öffnete sich.

Gary sprang heraus. Er schien es für ein Spiel zu halten, und er umkreiste Benjamin, während sie in Richtung Meer rannten. Der lange schwarze Schatten des Hundes zog sich über den Beton, während sie unter den Straßenlampen hindurchliefen. Mit jedem Schritt hatte Benjamin etwas weniger das Gefühl, dass die Welt unterging.

Er lief, bis ihm die Lunge brannte. Als er stehen blieb und lauschte, hörte er nur die Wellen und seinen eigenen Atem. Er sah nur die blinkenden Lichter der Fischerboote, die vor dem Ufer auf und ab wippten.

Er ging zum Meer hinunter und tauchte die Hände in das eisige Salzwasser. Es brannte, aber es hatte etwas Beruhigendes, im Dunkel keine Einzelheiten erkennen zu können und nur zu wissen, dass das Meer seine Schnittwunden reinigte. Er rieb den Schmutz mit Sand ab und spürte seinen Herzschlag in den Adern seiner Hände. Der Gedanke an Rohre, die Abwasser ins Meer leiteten, ging ihm durch den Kopf, aber die Verbindung zwischen dem Meer und seiner Oma, die darin geschwommen war, schien ihn zu vertreiben. Die Sorge verebbte, während er sich vorstellte, wie der Dreck von dem Toilettensims in die Tiefe hinaustrieb. Er dachte an die Männer, die Leonard im Klub angegriffen hatten, versuchte, sich an ihre Gesichter zu erinnern, fragte sich, warum sie wohl so brutal auf ihn eingetreten hatten. Es war die Art von Gewalt, die einen ins Gefängnis brachte. Die Art von Gewalt, die man nicht ohne Anlass verübte. Das laute Rauschen des Wassers holte ihn an den Strand zurück. Es erinnerte ihn an seine Großmutter, die in die Wellen hinausschwamm, hin und her geworfen wurde, während sie eine gezackte Linie durch das Wasser zog und sich immer weiter entfernte. Er fröstelte. Ihm war, als würde ihm das Wasser den Sand unter den Schuhen wegziehen, als würde der Boden unter ihm nachgeben wie unter dem Wal. Als er Gary ansah, fühlte er sich etwas weniger einsam.

Auf dem Weg nahm der Regen zu, und Gary zog sich immer mehr in sich zusammen. In der Ferne ragte der Schatten des Landungsstegs aus dem Dunkel auf, wurde größer und größer, bis Gary darunter lief und Benjamin ihm folgte. Seine Augen passten sich der Dunkelheit gerade so weit an, dass er die Umrisse der Pfeiler erkennen konnte, die sich in regelmäßigen Abständen über ihnen aufreihten. Hier unten war das Geräusch ein anderes. Es war nicht das vereinzelte Geräusch der brandenden Wellen, sondern Wasser, das auf Holz klatschte. Benjamin setzte sich hin, weil sich seine Beine leer anfühlten, und Gary kam herangeschlichen. Der Hund lehnte sich schwer an seine Seite und sah sich um, und Benjamin horchte, ob ihnen jemand gefolgt war. Niemand kam. Nach einer Weile lichtete sich die Angst und wich einer durchdringenden Kälte.

Sie zitterten beide unter dem dicken Mond, der tief am Himmel hing und alles in einen kühlen weißen Schimmer tauchte. Benjamins Schuhe waren durchnässt und seine Füße kalt. Er schlang die Arme um Garys Körpermitte und fühlte den Muskelstrang, der sich am unteren Teil seines Brustkorbs entlangzog, und das glatte, nasse Fell, fühlte die kalte Nachtluft in seiner Kehle. Als Gary den Kopf gegen

Benjamins Seite drückte, ließ sich kaum unterscheiden, von welchem ihrer beiden Körper das Zittern ausging.

Benjamin spürte den gleichmäßigen Atem des Hundes auf der Haut, und nach einiger Zeit zitterte Gary weniger.

»Gehen wir nach Hause«, sagte Benjamin.

14

Als das Mobilheim in Sichtweite kam, waren die Vorhänge zugezogen, und das Licht brannte. Benjamin wunderte sich, weil er normalerweise alles ausschaltete, um Geld zu sparen und einem Brand vorzubeugen. An der Kasse stellte er sich manchmal vor, wie heiße Glühbirnen explodierten und die Läufer in Brand setzten, wenn er unterwegs war, wie Flammen an den Vorhängen hinaufleckten und das Mobilheim in einen Scheiterhaufen verwandelten. Er versuchte, sich zu erinnern, wie sie es zurückgelassen hatten, als sie zum Klub gefahren waren, aber die Kälte lenkte ihn ab. Er schlang die Arme um sich und rieb sie. Die Vorhänge zuckten. Er spürte die Angst wie ein lautes Geräusch und lehnte sich an einen nahen Zaun. Er suchte nach einem Versteck, aber Gary war schon auf die Terrasse gelaufen. Seine Krallen klopften auf das Holz, während er mit in die Luft gereckter Schnauze herumlief und schnupperte. Er winselte, was Benjamin ungelegen kam; er machte einen Satz nach vorn und hielt Gary mit den Händen vorsichtig das Maul zu. Gary drückte die Schnauze tiefer hinein. Die Terrasse knarrte.

»Pssst«, machte Benjamin, der sich nicht bewegen wollte; es fühlte sich an, als würden seine Füße feststecken. Er legte das Ohr an die Tür und hörte das flüssige Anschwellen des Herzschlags in seinem Kopf, spürte das kalte Plastik am Ohr und lauschte. Minuten vergingen. Die Kälte kroch weiter in das magere Fleisch seines Körpers hinein, bis das Unbehagen ihn zwang, sich zu bewegen. Er steckte den Schlüssel ins Schloss und drückte die Klinke hinunter.

Im Mobilheim war es eiskalt. Die Hintertür stand sperrangelweit offen, ebenso wie die meisten Schränke, deren Inhalt auf den Boden des Wohnzimmers geschleudert worden war. Die Klorollendame aus Satin lag noch immer auf der Fußmatte, der abgetrennte Arm daneben. Gary schnüffelte an ihrem Kleid, während Benjamin sich die Schuhe von den Füßen streifte und eintrat. Er inspizierte das gesplitterte Holz um das Schloss herum und einen schlammigen Fußabdruck auf der Tür. Er versuchte, sie zu schließen, aber sie passte nicht mehr in den Rahmen, also drückte er sie mit der Schulter in den Spalt. Der Fußabstreifer war vom Regen durchnässt. Auf dem Teppich lagen Glasscherben, und mehrere zerbrochene Bilderrahmen waren auf dem Boden verstreut. Gary sprang aufs Sofa.

»Sei vorsichtig«, sagte Benjamin. »Glas ist extrem scharf.«

Es war nicht das erste Mal, dass er sich Sorgen um die weiche Haut an Garys Pfoten machte. Während er von einem Raum zum anderen ging, stellte er sich vor, wie jemand die Sachen durchwühlte, wie er Dinge in die Hand nahm und an den falschen Platz zurückstellte. Sie beschmutzte. Er dachte auch an die Körperpflege desjenigen und fragte sich, ob er sich die Hände gewaschen hatte, nachdem er sich zuletzt an den Genitalien berührt hatte. Bevor er all seine persönlichen Gegenstände angefasst hatte.

Das Mobilheim fühlte sich dadurch weit weg und fremd an, als gehörte es jemand anderem. Er spürte die Schwere in der Brust, nahm zwei Hübe aus seinem Inhalator und wartete darauf, dass das Salbutamol seine Bronchiolen weitete.

Als sein Atem wieder ruhiger ging, schob er das Sofa vor die kaputte Tür. Es hinterließ rechteckige Vertiefungen im Teppich, und er musste an die Füße seiner Oma denken, die in den Flor eingesunken waren, als das Mobilheim neu, als ihr Körper jünger gewesen war. Er dachte an das Krankenhauszimmer, in dem sie jetzt lag, an Maschinen, die um sie herum in der Dunkelheit piepten, Körperzellen, die allmählich ihre Aufgaben vergaßen. Es war ein schmerzhafter Gedanke, dass sie das Mobilheim so sah.

Er ging ins Bad, um seinen Körper mit Seife abzuschrubben, und wusch die Teile seines Körpers, die den Sims berührt hatten, und dann seine aufgeschürfte Brust, bis sie zu bluten begann. Er sah zu, wie sich das Blut mit dem Seifenschaum mischte, und erinnerte sich daran, wie sich seine Oma in der Küche beim Karottenschneiden in den Finger geschnitten hatte.

»Ich habe keine Zeit zum Bluten«, sagte sie, hielt den Finger über den Kopf und drückte auf die Wunde.

Das war ein merkwürdiger Satz.

»Was?«, sagte Benjamin.

»Das ist aus *Predator*!«, sagte sie. »Entschuldige. Ich vergesse andauernd, dass wir ihn gar nicht zu Ende geschaut haben.«

Sie hielt die Hand hoch, und ein einzelner Blutstropfen fiel auf den Boden und zerplatzte.

»Was hast du denn gemacht?«, fragte Benjamin und lief zu ihr, erschrocken, weil er glaubte, sie könnte eine Arterie verletzt haben.

»Ist schon gut, das ist bloß ein Kratzer«, sagte sie lächelnd. »Es ist gar nichts.«

Als sein Körper sauber war, wollte Benjamin sich hinlegen. Die Augen zumachen und schlafen. In einer anderen Erinnerung, der zu widerstehen ihm die Kraft fehlte, sah er seine Oma in der Küche an einem Regal lehnen. Ihre Haut war blass, jeder Atemzug flacher als der vorherige. Sie war zu schwach zum Sprechen, aber sie lächelte. Benjamin spürte wieder, wie er abdriftete. Er wollte sich anders fühlen. Weniger hoffnungslos, weniger so, als hätte man ihm seinen Kern herausgerissen und er würde in sich zusammenfallen. Er begann aufzuräumen.

Er zog die Gummihandschuhe über und schrubbte die Spüle mit Bleichmittel, sprühte antibakterielles Spray auf alle Oberflächen. Er stellte die Fotos auf den Kaminsims und benutzte einen Gartenhandschuh aus dem Schrank, um die Scherben aufzusammeln, ohne die weiche Haut seiner Fingerkuppen aufzuschneiden. Er stapelte Dinge aufeinander. Gary sah vom Sofa aus zu, wie er den Boden wischte.

Als er fertig war, rückte Benjamin den Lehnstuhl so zurecht, dass er der Tür gegenüberstand, und setzte sich hinein. Als er die Augen schloss, wurde ihm schwindelig. Als wäre die Schwerkraft angepasst worden und er triebe in die Unendlichkeit des Weltalls davon. Gary sprang vom Sofa und streckte sich neben ihm auf dem Teppich aus, und sie warteten im Dunkeln, ohne zu wissen, worauf.

15

Benjamin wurde vom Geruch einer Zigarette geweckt. Mit zusammengekniffenen Augen blickte er ins Halbdunkel, in Richtung eines hämmernden Geräuschs, das von der Terrasse kam. Jemand stand draußen und drückte gegen die kaputte Tür. Benjamin legte die Hand an die Lampe, ließ sie über dem Schalter in der Luft hängen. Als sich ein Kopf durch den Spalt zwängte, knipste er die Lampe an, die Leonards blutverschmiertes Gesicht erhellte.

»O Gott. Was machen Sie denn?«, sagte Benjamin.

Leonard versuchte zu sprechen, hustete aber stattdessen nur in seinen Ärmel. Er schob seinen Oberkörper und einen Arm in den Raum. »Die Sache ist ernster als gedacht«, sagte er und schlug sich gegen die Brust, wie um etwas darin zu lösen. »Die Scheiß-Braunhemden haben mich ganz schön vermöbelt.«

Er trug eine Fliegersonnenbrille. Als er sie mit einem Finger an seiner Nase herunterschob, konnte Benjamin schon den dunklen Bluterguss sehen, der sich um beide Augen gebildet hatte. Seine Oberlippe war geschwollen. Er hustete noch einmal, und Gary starrte ihn an.

»Lässt du mich dann mal rein?«, sagte Leonard und zog eine Augenbraue hoch. Benjamin schob das Sofa beiseite.

»Wie spät ist es?«, fragte Leonard beim Hereinkommen.

Benjamin sah auf die Uhr an der Wand.

»Es ist drei Uhr morgens«, sagte er. »Warum sind Sie hergekommen?«

»Sehr charmant«, sagte Leonard und rieb sich das Kinn.

Benjamin blickte sich im Zimmer um, das er nach dem Dunstschleier des Schlafs wie etwas Neues betrachtete. Wie eine frische Wunde.

»Mach dir keine Sorgen wegen meiner Verletzungen«, sagte Leonard. »Die sind rein oberflächlich.«

»Waren Sie im Krankenhaus?«, sagte Benjamin.

»Nein. Die würden zu viele Fragen stellen.«

»Der Mann auf der Toilette meinte, Sie hätten es bestimmt verdient«, sagte Benjamin.

Leonard schüttelte den Kopf. »Welcher Mann auf der Toilette?«

»Der vom Spielautomaten.«

»Tony?«, sagte Leonard. »Tony Langley?«

Benjamin zuckte mit den Schultern.

»Noch so ein Troglodyt, Benjamin«, sagte Leonard, der sich so echauffierte, dass ihm etwas Speichel aus dem Mund flog. »Vor ein paar Jahren war er mal so besoffen, dass er vom Hocker gefallen ist und sich den Kopf am Automaten gestoßen hat. Als er wieder zu sich kam, hat er behauptet, er könnte sehen, woraus das Universum gemacht ist.«

Leonard zog lange an seiner Zigarette. Als er sie wieder senkte, stieg Rauch auf und trieb davon, kräuselte sich im Lampenlicht. Benjamin wünschte, er würde im Mobilheim nicht rauchen, aber er hatte das Gefühl, es gäbe Dringenderes. Er fragte sich, was Tony Langley wohl gesehen hatte, stellte sich winzige Farbkleckse mit unscharfen Rändern vor, die pulsierten und leuchteten und wie Pollen durch die Luft trieben.

»Hast du Paracetamol da?«, fragte Leonard, streckte sich und ächzte übertrieben, wenn er an die Grenzen seiner Bewegungsfähigkeit stieß. Er ging in die Küche und öffnete einen Schrank. Nahm ein Röhrchen mit Vitaminbrausetabletten heraus.

»Die werden helfen«, sagte er und schüttelte die Packung. An der Spüle füllte er ein Glas mit Wasser, kippte drei oder vier der Tabletten hinein, legte den Kopf in den Nacken und trank sie, bevor sie sich ganz aufgelöst hatten.

»Man soll immer nur eine davon nehmen«, sagte Benjamin.

»Über meine Vitaminzufuhr musst du mich schon selber entscheiden lassen«, sagte Leonard und schlug sich wieder auf die Brust. »Meine Röhren sind meine Angelegenheit.«

Benjamin fühlte Garys Gewicht an seinem Bein. Die Nähe war tröstlich.

»Was ist denn mit der Tür passiert?«, sagte Leonard und sah sich im Zimmer um, betrachtete das Glas und die herausgerissenen Sachen, die sich vor dem Schrank stapelten.

»Jemand ist eingebrochen«, sagte Benjamin.

Leonard nickte. Er paffte noch ein paarmal an seiner Zigarette.

»Ich glaube, hier ist was richtig Ernstes im Gang, Benjamin«, sagte er.

Gary schob die Schnauze wie eine Kelle unter Benjamins Bein, und Leonard schüttelte den Kopf.

»Der Hund ist ganz schön nass«, sagte er.

Benjamin gestikulierte in Richtung von Leonards ramponiertem Gesicht. »Wissen Sie, wer die waren?«

Leonard atmete tief durch. Er schaute zur Tür zurück, die schief in den verbogenen Angeln hing, dann kam er herüber und legte Gary die Hand auf den Kopf. Er ging in die Hocke, um dem Hund ins Gesicht zu sehen.

»Das sind keine netten Leute, Benjamin«, sagte er und rieb sich über den eigenen Nacken. »Und offensichtlich wissen sie von ihm.«

Benjamin ging auf und ab. Er steuerte auf den Läufer zu und grub die Zehen hinein, dann sah er sich im Raum um und machte ein paar flache Atemzüge. Seine Haut wurde kalt. Er griff nach einem Kissen und drückte das Gesicht hinein. Es fühlte sich an, als drehte sich das Mobilheim um ihn. Leonard trat unbehaglich von einem Fuß auf den anderen, während Benjamin mit dem Stoff einen tierähnlichen Schrei erstickte.

»Ich weiß nicht, was ich tun soll«, sagte Benjamin und sah Leonard an, wartete darauf, dass er etwas sagte.

Leonard hob die Hand vor das Gesicht. Er zupfte an einem Stück trockener Haut auf seiner Handfläche.

»Ich weiß nicht, was die Nummer mit dem Kissen sollte, aber ich glaube, du bleibst besser nicht hier«, sagte er.

Benjamin legte die Hände seitlich an sein Gesicht, starrte auf den Teppich und wippte auf den Fußballen auf und ab. Er kratzte sich am Unterarm. Gary hatte sich auf dem schmutzigen T-Shirt zusammengerollt, das Benjamin am Vorabend auf den Boden geworfen hatte.

»Meinen Sie, die kommen wieder?«, fragte Benjamin.

»Ich glaube schon«, sagte Leonard.

Benjamin setzte sich neben Gary auf den Boden. Der Hund hob den Kopf und öffnete ein Auge. Er wedelte fast unmerklich mit dem Schwanz, während Benjamin ihn ansah und jetzt daran zurückdachte, wie er neben ihm unter dem Landungssteg gestanden hatte, wie der Hund aufgehört hatte zu zittern, als er in seiner Nähe gewesen war.

Er betrachtete die Blutergüsse in Leonards Gesicht.

»Ich will ihn nicht zurückgeben«, sagte er.

Leonard schaute zwischen dem Hund und Benjamin hin und her.

»Ich weiß nicht, ob es drin ist, ihn zu behalten«, sagte er.

»Aber ich will nicht, dass die …« Benjamin verzog das Gesicht. »… Sie wissen schon. Was Sie gesagt haben. Wenn seine Beine nicht mehr so wollen.«

Leonard versuchte, sich mit der Hand übers Kinn zu fahren. Der Schmerz ließ ihn zusammenzucken.

»Das verstehe ich«, sagte er.

Benjamin sah ihn mit großen Augen an. »Werden Sie uns helfen?«

Leonard dachte einen Moment lang darüber nach. Dann deutete er auf sein Gesicht und versuchte zu lächeln.

»Ich glaube, ich hänge eh schon mit drin«, sagte er.

Draußen war ein Geräusch zu hören. Eine Tür, die zugeschlagen wurde, oder eine Mülltonne, die umfiel. Leonard sah mit zusammengekniffenen Augen zum Fenster. »Aber hier können wir nicht bleiben«, sagte er.

Benjamin schluckte.

»Wo sollen wir denn hin?«

Leonard ging zu dem Haufen der aus dem Schrank gerissenen Sachen. Er griff nach einem Zelt, das obenauf lag.

»Vielleicht könnten wir im Wald campen«, sagte er. »Wir könnten Kaninchen essen und aus Bächen trinken. Wie Ray Mears.«

Benjamin aß generell keine Tiere, aber der Gedanke, ein Kaninchen zu essen, war besonders traurig. Ray Mears kannte er nicht.

»Zelten will ich auf keinen Fall«, sagte er.

Leonard lachte. Es bereitete ihm Mühe, die lädierten Teile seines Gesichts zu bewegen.

»Du brauchst die Entscheidung nicht übers Knie zu brechen«, sagte er mit gequälter Miene. »Ich habe mich sogar schon mal ein bisschen umgeguckt, als ich vor einer Weile so eine Sache am Laufen hatte«, sagte er. »Ich dachte, ich müsste vielleicht abtauchen oder so. Es gibt da ein Waldstück, nicht weit von hier, das am Strand entlang verläuft und komplett umzäunt ist. Ich glaube, auf dem Parkplatz treffen sich manchmal Leute, Frauentausch oder was weiß ich, aber wenn du ungesehen im Wald verschwindest, kannst du dich dort wochenlang verstecken, ohne dass dich einer findet.«

Benjamin wusste nicht, was Leonard mit »eine Sache am Laufen haben« meinte, ging aber nicht weiter darauf ein.

Leonard wedelte mit dem Zelttuch in seiner Hand. »In der Nähe gibt es auch einen Karpfenteich«, sagte er in optimistischem Tonfall. »Essen kann man die kaum, schmecken bloß nach Schlamm. Aber zum Ausspannen. Außerdem jede Menge frische Luft, und darauf stehst du doch.«

Benjamin betrachtete das Zelt. Es erinnerte ihn an eine Reise mit seiner Oma, nicht lange, nachdem er ins Mobilheim gezogen war. Als er aus der Schule gekommen war, hatte sie in der Tür gewartet, die Haare hochgebunden, strahlend. Es war ihr Lächeln, an das er sich am deutlichsten erinnerte. Wie glücklich sie gewesen war, dass sie fuhren.

Benjamin war noch nie zelten gewesen. Als alles aufgebaut gewesen war, hatte er eine Würstchenpackung berührt, während sie an einem Einweggrill das Essen zubereitete. Er saß auf einem Campingstuhl und sah zu, wie die bleichen Schweine-Chipolatas auf einer Seite braun wurden, dachte an die Stelle, an der er die Folie berührt, an die unsichtbare Blutspur, die seinen Finger überzogen hatte.

In seiner Erinnerung war es das erste Mal, dass er sich fühlte, als wäre sein Körper aufgedunsen und voller Falten, als wäre alles auf eine undefinierbare Weise verdorben. Er hatte sich nicht darauf konzentrieren können, was sie sagte, oder es ihr auch nur irgendwie erklären können.

Er hatte nur gesagt, er müsse nach Hause.

Während der Fahrt hatte er die Hände über den Oberschenkeln in der Luft gehalten, zu losen Fäusten geballt, um eine weitere Verunreinigung zu verhindern.

»Ich möchte wirklich nicht draußen übernachten«, sagte Benjamin noch einmal.

»Wir könnten uns einen Unterstand bauen und eine Grube ausheben, wenn du dir deswegen Gedanken machst«, sagte Leonard.

»Das ist es nicht.«

»Was dann?«

Benjamin schüttelte den Kopf.

»Ich will einfach nicht«, sagte er.

Leonard zuckte mit den Schultern. »Okay.« Er stand da und dachte nach, drückte auf verschiedene Stellen seines Gesichts, um zu prüfen, wo es wehtat. »Vielleicht könnten wir auch in mein Ferienhaus fahren«, sagte er.

Ein Ferienhaus klang vernünftiger. Hygienischer.

»Wo ist denn Ihr Ferienhaus?«, fragte Benjamin.

»Ein Stück weiter die Küste runter. Oben auf den Klippen.«

Benjamin sah zu, wie Gary sich auf dem Boden bewegte, die Schnauze am Teppich rieb, um sich zu kratzen.

»Wie lange müssen wir wohl wegbleiben?«, fragte Benjamin.

Leonard ließ Luft aus dem Mundwinkel entweichen, ahmte das Geräusch eines sich leerenden Reifens nach.

»Das könnte ein bisschen dauern, Kumpel. Wir müssen einiges klären.«

Benjamin sah sich in dem verwüsteten Mobilheim um.

»Das können wir nicht so lassen«, sagte er.

Leonard schob das Sofa wieder vor die kaputte Tür. Er schleppte Bücher von einem Regal heran und stapelte sie auf dem Polster, bis es sich unter der Last verformte.

»Wir müssen die Verteidigungsanlagen verstärken«, sagte er.

Benjamin ließ die Schultern lose in den Gelenken hängen und entspannte die Augen, bis er seine verschwommenen Wimpern sah. Als er den Blick wieder scharf stellte, sah er die Schränke, deren Türen alle offenstanden, die zerbrochenen Bilderrahmen auf dem Kaminsims und schließlich den Hund, der ihn mit großen bernsteinfarbenen Augen anstarrte.

»Okay«, sagte er.

Benjamin zog eine alte lederne Reisetasche unter dem Bett hervor. Er füllte sie mit sauberer Kleidung und trug sie dann ins Wohnzimmer, wo Leonard die kleine Porzellanfigur eines Fischers in der Hand hielt, die er im Regal gefunden hatte.

»Die gehört meiner Oma«, sagte Benjamin und fragte sich, warum Leonard immer alles in die Hand nehmen musste.

»Ist ein schönes Stück«, sagte Leonard.

Benjamin ballte die Fäuste, während Leonard den Gegenstand in den Händen drehte.

»Alles in Ordnung?«, fragte Leonard. »Du siehst aus, als müsstest du aufs Klo.«

»Muss ich nicht«, sagte Benjamin.

»Was ist dann los?«

Benjamin antwortete nicht.

»Ich will dir ja nicht zu nah treten, aber ich glaube, du musst an deiner Kommunikation arbeiten. Vor allem musst du lernen zu sagen, was du auf dem Herzen hast.«

»Ich will sie besuchen«, sagte Benjamin.

Leonard schaute auf.

»Wen?«

»Meine Oma.«

Leonard verzog das Gesicht und schüttelte den Kopf. »Ich weiß nicht. Die ist im Krankenhaus, oder? Eigentlich müssen wir Orte meiden, an denen viel los ist.«

Benjamin dachte an all das, was er hätte sagen müssen. Was er bisher nicht gesagt hatte.

»Sie meinten, wir könnten länger weg sein?«

»Ja, aber nicht monatelang oder so. Wir fahren nicht zur See«, sagte Leonard. »Also, wenn's nicht gerade so aussieht, als würde sie die Grätsche machen ...«

Leonard lachte, verstummte aber sofort, als Benjamin ihn anstarrte.

»Wir müssen hin«, sagte er.

Leonard nickte kurz.

»Gott noch mal«, sagte er. »Du lässt einem ja keine Wahl. Aber lange können wir nicht bleiben.«

Benjamin steckte seinen Ersatz-Inhalator in einen Ziplock-Beutel und stopfte ihn in die Hosentasche. Leonard nahm die Reisetasche. Sein Bizeps zog sich zusammen, und der dünne Arm spannte sich wie bei einem Hanteln stemmenden Bodybuilder, dass die Adern hervortraten. Draußen ging die Sonne auf.

»Wir müssen hier verschwinden«, sagte er. »Die könnten jeden Moment zurückkommen.«

Leonard blieb in der Tür stehen.

»Hast du Bargeld?«, fragte er.

Benjamin nickte. Er schaute zu dem Schrank hinüber, in dem er das Geld vom Supermarkt versteckte.

»Wenn Sie wegschauen, hole ich welches«, sagte er.

Leonard kniff demonstrativ die Augen zusammen.

»Können Sie sich bitte umdrehen?«, fragte Benjamin.

Leonard wandte sich um und hielt sich die Augen zu. »Ich gucke nicht, versprochen«, sagte er.

Benjamin zog eine Keksdose aus einer Schublade und hob behutsam den Deckel ab, um kein Geräusch zu machen. Er nahm eine Handvoll Scheine heraus. Als er die Dose zurückstellte, sah er, dass Leonard ihn im reflektierenden Fernsehschirm beobachtete.

»Ich habe welches«, sagte er und schaltete das Licht aus.

Es war ein kühler, klarer Morgen. Auf dem Weg zum Auto hob Leonard seinen Allzwecklappen auf und schlug damit auf das Holz der Terrasse. Gary blieb dicht an Benjamins Seite.

»Ich klopfe nur die Pissepartikel raus«, sagte Leonard und stopfte den Lappen in die Hosentasche.

Am Auto angekommen, versuchte Benjamin, nicht auf das am Vorabend eingeschlagene Fenster zu schauen, auf den vom Wind nach innen gedrückten schwarzen Müllsack, mit dem Leonard es überklebt hatte. Als er die Tür öffnete, sah er, dass Leonard das zerbrochene Glas im Fußraum liegen gelassen hatte. Auf der Rückbank stand immer noch eine Menge Sake. Gary machte ein paar Schritte vorwärts, dann stand er da und ließ die Schnauze über dem Leder in der Luft schweben, während Benjamin einen der Kartons auf den Scherben platzierte. Er stellte Garys Vorderpfoten auf die Rückbank und hob sein Hinterteil hinein.

»Darüber werden wir irgendwann reden müssen«, sagte Leonard mit einer Kopfbewegung zu dem Fenster, als Benjamin einstieg. »Aber Ratenzahlung geht in Ordnung.«

Als sie losfuhren, erschien die warme orange Sonne über der flachen Linie des Horizonts. Benjamin spürte die kalte Luft, die ihm ins Gesicht strömte, gegen den Stoff seines T-Shirts drückte und ihn an die Schürfwunden auf seiner Brust erinnerte. Gary ließ sich auf der Sitzbank nieder.

Sobald das Mobilheim außer Sichtweite war, begann Benjamin sich etwas besser zu fühlen. Je weiter sie fuhren, desto weniger spürte er die unangenehme elektrische Spannung der Sorge, die durch seinen Körper pulsierte.

16

Immer wenn Benjamin glaubte, dass Leonard sich ganz auf die Straße konzentrierte, warf er ihm verstohlene Blicke zu und beobachtete, wie sich die glänzenden Stellen seiner Augen im Spiegel rasch hin und her bewegten.

»Wird gleich wärmer«, sagte Leonard, schlug mit der flachen Hand aufs Armaturenbrett und versuchte sich an einem Lächeln, was ihm sichtlich Schmerzen bereitete. Die Kälte kroch in Benjamins Knochen, sog das Blut nach innen, fort von seiner Haut und seinen Organen. Er nahm einen Pullover aus der Reisetasche und breitete ihn über Gary. Das kleine Stück, das überhing, drapierte er über seine eigenen Beine. Er zog den Kragen seines Anoraks höher und ließ sich in den Beifahrersitz sinken. Kleine Atemwölkchen drangen aus ihren Mündern. Leonard bog auf den Parkplatz des Krankenhauses ein und schlitterte in eine Parklücke.

»Ich weiß nicht, ob um fünf Uhr morgens Besuchszeit ist«, sagte er.

Benjamin saß da und starrte vor sich hin. »Wir können einfach warten«, sagte er.

»Da fällt mir ein ...«, sagte Leonard und beugte sich über Benjamin, um das Handschuhfach zu öffnen. Das Innere war so nachlässig wie großzügig mit Alufolie ausgekleidet.

»Hast du ein Handy?«, fragte er und gestikulierte in Richtung des bizarren Fachs, als wäre er stolz darauf. Er tippte sich an die Schläfe. »Wenn ja, leg's da rein.«

»Was ist das?«, fragte Benjamin.

»Das hindert sie daran, unser Signal zu orten.«

»Ich habe kein Telefon.«

Leo wirkte überrascht. »Wegen 5G und so? Kluge Entscheidung, Kumpel.«

»Nein. Ich brauche einfach keins.«

»Sonst irgendwelche Geräte, die man aufspüren könnte? Hast du einen Pager? Ein iPad? Was ist mit ›Sexting‹?«, sagte er. »Wie verschickst du denn deine Sextnachrichten?«

»Das mache ich nicht«, sagte Benjamin tonlos. »Wer sollte uns denn überhaupt orten?«

»Die Besitzer des Hundes oder die Polizei. Alle möglichen Leute im Moment«, sagte Leonard. »Wenn du nicht aufpasst, hast du sie auf einmal in der Bude, sie stellen dir einen Fuß auf den Hinterkopf und sagen dir, du sollst nicht mit einem Album voll Hochzeitsfotos beim neuen Freund deiner Ex-Frau im Garten rumlungern.«

»Verstehe«, sagte Benjamin.

»Jedenfalls habe ich ein bisschen Schlaf nachzuholen«, sagte Leonard, verschränkte die Arme und rutschte an seinem Sitz hinunter. Leonard schloss die Lider, und Benjamin betrachtete ihn weiter. Er wusste nicht, wonach er Ausschau hielt. Vielleicht nach einem Zucken oder irgendeinem Zeichen, dass er sich entspannen, dass er ihm vertrauen konnte. Oder einen Hinweis, dass er es nicht konnte. Leonard öffnete verstohlen ein Auge und schloss es sofort wieder, als er sah, dass Benjamin ihn anstarrte.

»Das ist ein bisschen unangenehm«, sagte er und kratzte sich am Bart.

»Entschuldigung«, sagte Benjamin.

Gary stand auf und legte den Kopf auf Leonards Schulter.

»Er riecht irgendwie komisch«, sagte Leonard.

»Er war gestern im Regen.«

»Das hat irgendwas in Gang gesetzt. Er riecht wie Suppengemüse.«

Während Leonard schlief, sah Benjamin zu, wie die Krankenhausmitarbeiter zur Arbeit kamen oder ihre Schicht beendeten. Die meisten hatten so oder so rote Augen. Sie trugen Thermosflaschen und hatten Ausweiskarten um den Hals hängen. Um sich die Zeit zu vertreiben, betrachtete Benjamin Gary beim Schlafen, der von Zeit zu Zeit aufwachte und sich die Pfoten säuberte, mit der rosa Zunge über die Vorderbeine fuhr und das Fell befeuchtete. Benjamin betrachtete die schwarzen Streifen auf dem Rücken des Hundes und den weißen, der über die Schnauze lief, die einzelnen Muskelsegmente entlang des Bauchs. Gary hob den Kopf an der Grenze zum Schlaf und sah Benjamin an. Benjamin dachte an den schwammigen Klumpen seines Gehirns, fragte sich, ob er sich über irgendetwas anderes als den gegenwärtigen Moment bewusst war. Er war sich nicht sicher. Aber je länger er ihn ansah, desto mehr wuchs in ihm die Überzeugung – desto mehr *wusste* er –, dass es dort drinnen ein Gefühl gab, das tief und kompliziert war, eine Art Freundlichkeit, die jede Zelle seines Körpers durchdrang. Etwas Gutes und Reines, das gepflegt werden musste. Benjamin wusste nicht, ob er je etwas Vergleichbares gesehen hatte. Oder vielleicht war es auch nur das erste Mal, dass er dafür verantwortlich war.

Als seine Oma ins Krankenhaus gekommen war, hatte Benjamin sich öfter vorgestellt, wie sie sich aufsetzte und sprach und wie der Arzt ihr sagte, sie könne nach Hause gehen. Wieder wünschte er sich, das wäre der Fall, auch wenn er wusste, dass es wahrscheinlich nicht so sein würde. Er malte sich aus, wie sie ein Taxi riefen und er ihr von Gary erzählte, wie sie am Tisch Marmeladentoast aßen und sie mit dem Hund redete wie mit einem Menschen. Das machte sie bei Tieren immer so. Nach dem Essen würde Benjamin ihr von dem Wal erzählen – von seinem trägen Bewusstsein, das durch tiefes, schweres Wasser glitt, und dem Schicksal am Strand, dem er entgegenschwamm, dem Augenblick, der ihn dort erwartete.

»Sterben macht mir nichts aus«, hatte sie einmal gesagt. »Ich will bloß nicht dabei sein, wenn es geschieht.«

Benjamin wünschte, er würde auch so empfinden, aber der Gedanke erschütterte ihn. Er war oft so überwältigt von der Gebrechlichkeit seines eigenen Körpers, der Zerbrechlichkeit seiner Existenz. Er machte sich Sorgen über bedrohliche Dinge, die in seinem Inneren vor sich gingen, und den allmählichen Verfall seiner Organe, selbst wenn er sich sehr gesund ernährte. Die letzten Augenblicke vor einer ewigen Stille.

Als die Besuchszeit begann, war es taghell. Benjamin stieß Leonard mit dem Ellbogen in den fleischigen Teil seines Arms, um ihn zu wecken.

»Ich kümmer mich drum«, sagte Leonard und versuchte, wieder einzuschlafen.

Benjamin knuffte ihn noch einmal.

»Ich kümmer mich doch drum«, sagte er aggressiver, mit einer Härte in der Stimme, die Benjamin so noch nicht kannte.

»Leonard?«, sagte Benjamin.

Leonard öffnete ganz langsam die Augen, als fürchtete er sich vor dem, was er sehen würde.

»Ich gehe jetzt rein«, sagte Benjamin.

Leonard nickte. »Ich warte mit dem Hungerhaken hier draußen«, sagte er und schloss wieder die Augen.

Als Benjamin die Hand nach dem Türgriff ausstreckte, quetschte Gary seinen Vorderkörper zwischen die Sitze und drückte die kalte, nasse Schnauze gegen Benjamins Kopf. Leonard schob ihn mit einem Arm zurück.

»Ich wünschte, du würdest nicht so auf meinen Sitzen rumturnen«, sagte er zu dem Hund.

Benjamin wandte sich Gary und dann wieder Leonard zu.

»Und Sie warten wirklich hier?«, fragte er.

»Genau hier«, sagte Leonard.

Benjamin sah wieder Gary an und schaute dann auf die am Lenkrad baumelnden Schlüssel. »Kann ich die mitnehmen?«

Leonard zog eine Augenbraue hoch.

»Was?«, sagte er.

»Die Schlüssel. Kann ich die mitnehmen?«

Leonard lächelte.

»Wofür brauchst du sie denn?«

Benjamin kam sich dumm vor. Seine Haut kribbelte wieder. Gary ließ sich hinten nieder, streckte sich quer über die Sitze aus.

»Ich ... ich lasse ihn einfach nicht gern aus den Augen«, sagte er. Er dachte ein paar Sekunden lang nach. »Vielleicht könnten Sie vor dem Eingang warten?«

»Das ginge schon«, sagte Leonard und öffnete die Augen weit, um Benjamin zu mustern. »Ich parke wohl sowieso besser mal in Fluchtrichtung.«

Benjamin runzelte die Stirn. Er verstand nicht.

»Man soll immer so parken, dass man schnell den Aal machen kann, wenn die Luft brennt«, sagte Leonard.

Benjamin begriff noch immer nicht richtig.

»Dass man schnell wegkommt«, sagte Leonard.

Leonard setzte rückwärts aus der Parklücke und steuerte auf den verglasten Eingang des Krankenhauses zu. Er schwenkte in eine Ladebucht direkt gegenüber einer großen Automatiktür ein. Ein älteres Paar versuchte gemeinsam, einen Rollstuhl auf den Rücksitz eines Autos zu hieven.

»Das ist nicht perfekt«, sagte Leonard, »aber wir sollten bei Bedarf rasch abrücken können. Jetzt geh zu deiner Oma. Erzähl nur keinem von dem Hund. Oder von mir.« Er legte den Zeigefinger an die Lippen.

Benjamin drückte die Tür auf und stieg aus. Er zog sich die elastischen Bänder einer OP-Maske über die Ohren und ging in das Krankenhaus, trat in die kühle Brise des klimatisierten Foyers. Er drehte sich um und sah, wie Gary kerzengerade auf dem Rücksitz saß und ihm hinterherblickte, ein Ohr aufgestellt, eins abgeknickt.

Benjamin ging den spärlich beleuchteten Flur entlang und hielt sich dicht an der Wand, als er an der Leichenhalle mit ihrem verunreinigten Sauerstoff vorbeikam. Er blieb stehen, als ein sehr großer Mann auf einer Aufsitzreinigungsmaschine vorbeisauste, der die Linoleumböden auf Hochglanz polierte. Am Eingang der Station pumpte Benjamin sich durchsichtiges Desinfektionsmittel auf die Hände, das in den Schnittwunden brannte. Er tupfte sich etwas davon auf den Hals, wo Gary ihn abgeleckt hatte, dann biss er die Zähne zusammen und rieb die Hände aneinander, bis sich der Alkohol verflüchtigt hatte.

Auf der Schwesternstation war niemand, also ging er direkt zum Zimmer seiner Oma. Von der Tür aus beobachtete er, wie sich ihre zusammengesunkene Gestalt unter den frischen weißen Laken hob und senkte, und lauschte dem Piepen der Geräte um sie herum. Er füllte am Waschbecken einen Plastikbecher und goss damit eine Topfpflanze auf dem Fensterbrett, dann setzte er sich auf einen mit abwaschbarem Plastik überzogenen türkisen Lederstuhl. Er betrachtete ihr Gesicht, auf dem derselbe nichtssagende Schlafausdruck lag wie immer, seit sie wieder auf die Station verlegt worden war. Er zog die Maske herunter, um mit ihr zu sprechen.

»Mir ist ein Hund zugelaufen«, sagte er mit gesenkter Stimme. »Ich musste mich um ihn kümmern. Sonst wäre er noch überfahren oder vergiftet worden.«

Benjamin beugte sich vor, um ihre Hand zu berühren.

»Unter der Haut kann man seine ganzen Muskeln sehen«, sagte er. »Er heißt Gary.«

Ein Pfleger, den Benjamin kannte, erschien in der Tür. Er hieß Mike. Er hatte lange braune Haare, die zu einem Pferdeschwanz zusammengebunden waren, und ging immer leicht gebeugt, wie um sich für seine Größe zu entschuldigen. Benjamin zog sich die Maske wieder übers Gesicht.

»Morgen«, sagte Mike lächelnd.

»Hallo«, sagte Benjamin.

Beim letzten Mal im Krankenhaus hatte Benjamins Oma nicht so krank gewirkt. Sie war die meiste Zeit wach gewesen, sodass Mike sie im Rollstuhl auf den Parkplatz schieben konnte und Benjamin nicht hineingehen musste. Mike stand dann in gebückter Haltung vier, fünf Meter entfernt da und rauchte eine Zigarette, während Benjamin und seine Oma sich unterhielten.

Benjamin hatte Mike einmal im Ort gesehen. Er hatte vor dem Supermarkt gestanden und ein Hawaiihemd getragen. Dort hatte er auch geraucht, aber die Zigarette hatte anders gerochen. Er hatte Benjamin gesagt, er würde eine Jolle durchziehen, und ihn höflich gebeten, es für sich zu behalten. Das hatte Benjamin getan, aber er hatte sich auch am Computer der öffentlichen Bibliothek einen Ratgeber über den Zusammenhang zwischen Marihuana und psychischen Problemen ausgedruckt.

»Dachte mir doch, dass du das warst, der da durch den Flur getapert ist wie ein Panther mit BWL-Abschluss«, sagte Mike lächelnd. Er sagte oft solche leicht abstrakten Dinge. »Was bequatscht ihr gerade?«

Es gefiel Benjamin, dass Mike es so ausdrückte – dass es ein Austausch war. Dass sie beteiligt war. Auch wenn sie nicht mehr richtig antworten konnte, seit Benjamin sie auf dem Küchenboden gefunden hatte, wo sie neben ihrem Essen lag. Er fragte sich, wie lange es dauerte, bis man vergaß, wie jemand geklungen hatte.

»Ich habe ihr gerade erzählt, dass ich etwas am Strand gefunden habe«, sagte Benjamin.

»Ah, cool. Waren es zufällig sechs Reisetaschen voll Koks? Darüber habe ich neulich eine Doku gesehen.«

»Nein, das war es nicht.«

»Schade. Du hast ja keine Ahnung, wie dekadent ich drauf wäre, wenn ich so was finden würde. Ich würde im seidenen Morgenrock *Game of Thrones* lesen. Auf einer Zebra-Attrappe sitzend Pizza essen.«

Benjamin mochte Mike, aber er hielt es für keine gute Idee, ihm von Gary zu erzählen. Er steckte die Hand in die Tasche und spürte die kühle Oberfläche des Steins vom Strand.

»Ich habe bloß einen Stein gefunden«, sagte er und zog ihn hervor.

Mike streckte die Hand aus, und Benjamin legte den Stein hinein.

»Cool«, sagte Mike. »Ich hätte schwören können, du hättest über einen Hund geredet.« Er schüttelte den Kopf. »Aber Steine sind auch total abgefahren.«

Benjamin nickte.

»Der Gesteinszyklus ist so krass«, sagte Mike. »Ich meine, je mehr Hitze und Druck er über Millionen von Jahren oder so ausgesetzt ist« – er drückte die Handflächen zusammen – »desto mehr wird der Stein zum Stein. Durch Metamorphose.«

»Woher weißt du das?«, fragte Benjamin.

»Ich glaube, ich fühle einfach eine Verbundenheit. Ich fahr voll auf den Gedanken ab, sich durch Druck und Stress zu *entwickeln*. Ich habe mich mal damit beschäftigt, nachdem ich eine beträchtliche Menge Pilze mit Zauberkräften konsumiert hatte.«

Mike streckte die Arme in die Luft und ahmte eine Off-Stimme in einem Film nach.

»MANN WIRD ZU MARMOR«, sagte er und gluckste.

Benjamin lächelte.

»Ich wollte mir mal ein Tattoo von einer Küchenarbeitsplatte stechen lassen«, sagte Mike. »Granit und so. Aus Gründen der Komik. Und Philosophie. Außerdem ist das subtiler, als sich einfach einen Felsbrocken auf die Brust tätowieren zu lassen, was ich zuerst überlegt hatte.«

Beim Gedanken an unauslöschlich in der Haut verewigte Witze zog sich in Benjamin etwas zusammen.

»Du magst keine Tattoos?«, sagte Mike. »Kein Thema. Das verstehe ich. Bleib rein und unberührt.« Er hob eine Handfläche, erinnerte sich dann, dass Benjamin normalerweise nicht einschlug, und brach die Geste ab. Er überprüfte die Anzeigen an einem der Geräte.

»Das wollte ich dir eh sagen, Mann: Rede auf jeden Fall immer weiter mit ihr. Sag ihr alles, was du zu sagen hast.«

Benjamin blickte aus dem Fenster.

»Ich weiß, das machst du wahrscheinlich sowieso. Aber wenn es irgendwas Wichtiges gibt oder so?«, fügte Mike hinzu. Er sah sich um, schaute auf ein Klemmbrett an der Wand. »Ich will dich ja nicht langweilen, und ich weiß, ich habe es letztes Mal schon angesprochen, aber die Ärzte müssen dringend mal mit dir reden«, sagte er.

Benjamin antwortete nicht.

»Es ist wichtig«, sagte Mike.

Benjamin nickte. Manchmal wollte er nicht hören, was man ihm hier sagte.

Er versuchte oft, die Worte konturlos und leicht an sich vorbeiziehen zu lassen. Als Mike den Raum verlassen hatte, wollte Benjamin aus dem Fenster auf den Eingang schauen, wo Leonard geparkt hatte, aber die Sicht war durch Bäume und Gebäude versperrt. Er wandte sich wieder seiner Oma zu und dachte an das letzte Mal, dass er ihre Augen gesehen hatte. Traurigkeit überkam ihn. Er war traurig, weil es ihm so schwergefallen war, die richtigen Worte zu finden, als sie krank wurde. Traurig, weil die Krankheit alles beschwerte, weil so viel davon abhing, das Schweigen zu brechen, dass er am Ende gar nicht viel gesagt hatte. Traurig, weil es ihm jetzt, wo sie nicht mehr antwortete, leichter fiel, mit ihr zu reden. Er spürte all die Wörter unter der Oberfläche, Hunderte, wenn nicht Tausende, die er damals gern gesagt hätte. Sein Mund war trocken. Er ging zur Tür und blieb im Rahmen stehen, sah einige Leute in OP-Kleidung einen Patienten durch den Flur schieben und hielt den Atem an, als sie ihn vorbeirollten.

»Die WHO hat den Gesundheitsnotstand ausgerufen«, sagte einer von ihnen. »Sie denken über Quarantäne nach.«

Benjamin wusste nicht, was das bedeutete, aber es bereitete ihm Unwohlsein, und er hatte noch weniger Lust, auf Mike oder den Arzt zu warten. Auf noch mehr schwierige Wörter. Schwierig, weil er wusste, wenn er sie einmal gehört hatte, würden sie sich nicht mehr ändern oder zurücknehmen lassen. Er drehte sich zu seiner Oma um.

»Ich komme wieder«, sagte er und legte den gefundenen Stein neben eine Handvoll weiterer auf dem Fensterbrett. Der Stein warf einen winzigen Schatten auf die glänzende Farbe. »Ich komme wieder.«

Leonard wartete noch draußen. Vor seinem Auto parkte noch immer das ältere Paar, und auf der Rückseite war ein Krankenwagen fast bis an die Stoßstange herangefahren. Benjamin sah von dem Gehweg im Vorhof aus zu, wie er vor- und zurückfuhr und mit gerötetem Gesicht den Wagen aus der Lücke zu bugsieren versuchte. Benjamin lief die Treppe hinunter und durch die Schiebetür zum Auto. Als er sprach, spürte er, wie seine Stimme zitterte.

»Was machen Sie denn?«, fragte er.

Leonard zeigte auf das alte Paar vor ihm.

»Ich wollte uns gerade für einen flotten Rückzug in Stellung bringen«, sagte er. »Aber die zwei Kalkleisten sind mir in die Quere gekommen.«

Benjamin sah die beiden an. Er stellte sich vor, einen alten Körper zu haben. Haut, die lose auf den Knochen hing.

»Es sah aus, als wollten Sie wegfahren«, sagte er.

»Warum zum Henker sollte ich das tun?«

Auf dem Weg aus der Stadt hinaus hielt Leonard an einer Tankstelle. Er tippte auf die Tankanzeige und fingierte erschrockene Überraschung, den Mund zu einem *O* geformt wie bei einer Reanimationspuppe.

»Es ist schon auf Reserve«, sagte er und sprang aus dem Wagen. »Ich tanke, und du gehst rein und zahlst.«

Während Leonard auftankte, sah Benjamin sich beim Tierfutter um. Er inspizierte eine gelbe Dose mit einem Collie auf dem Etikett. Gary war zwar kein Collie, aber Benjamin nahm an, dass sie ganz ähnliche Dinge fraßen. Er entschied sich für eine Dose mit Fisch, weil Fische ziemlich seelenlose Augen hatten, und eine mit Huhn, weil Hühner von allen Hundefuttertieren die kleinsten Gehirne hatten. Er nahm die Dosen mit zu den Zeitschriften und wartete dort auf Leonard.

In der Tankstelle gab es zwei Regale mit halb verhüllten Zeitschriften für Erwachsene – die, bei denen die untere Hälfte mit schwarzer Folie abgedeckt war, damit man die erotischen Teile nicht sehen konnte. Benjamin betrachtete die Leute, die unter den Titeln sexy Gesichter machten, und stellte sie sich in anderen häuslicheren Situationen vor. Nicht, weil er annahm, dass sie mit ihrer Arbeit unglücklich waren – er malte sich einfach nur aus, wie sie im Regen auf den Busfahrplan schauten oder Weetabix aßen. Das tat er manchmal: sich in das Leben von Menschen, die er sah, hineinversetzen.

»Das nennt man Empathie«, sagte Camille. »Es ist eine Superkraft.«

Er wusste nicht, warum er es tat, nur dass er dadurch mehr Wärme für andere empfand. Wodurch er sich zugehöriger fühlte. Liebevoller. Weniger einsam.

Am Schalter steckten ein Mann und eine Frau in identischen gelben Polo-Shirts die Köpfe zusammen und tuschelten. Sie sahen fast gleich aus, wie Zwillinge. Benjamin überlegte gerade, ihnen zu sagen, dass er sich nur vorstellte, wie eine der Frauen aus *Bored Housewives* in einem Topf mit Nudeln rührte und Radio hörte, als die beiden laut auflachten. Er wandte sich ab und sah sich die Zeitungen an. Seine Wangen fühlten sich heiß an, während er die Schlagzeilen überflog und die Wörter kaum wahrnahm, bis sein Blick auf eine der Titelseiten fiel. Sie zeigte ein Militärflugzeug, das mit Menschen beladen wurde. »AIR FORCE EVAKUIERT BRITEN AUS VIRENHERD«, lautete die Schlagzeile.

Draußen füllte Leonard den Tank bis zum Rand, quetschte immer noch ein paar Tropfen mehr hinein, wenn die Pumpe automatisch abschaltete. Er richtete sich auf und winkte Benjamin zu, der es kaum wahrnahm. Er war zu sehr damit beschäftigt, sich die Krankheitserreger in dem Flugzeug vorzustellen, die in zweihundert Lungen hinein- und wieder herausströmten. Bei dem Gedanken wünschte er, er hätte in der Tankstelle die Maske aufgesetzt. Auf dem Weg zur Kasse blieb er vor einem halb leer geräumten Regal mit Medizinbedarf stehen. Er nahm ein Thermometer und noch mehr Desinfektionsmittel und schob den Beinahe-Zwillingen die Dosen über den Tresen, ohne ihnen in die Augen zu schauen. Er zeigte auf Leonard, um ihnen zu bedeuten, dass er das Benzin bezahlen wollte.

»Nur das hier und den Sprit?«, fragte der Mann grinsend. »Sonst brauchst du sicher nichts?«

Benjamin schüttelte den Kopf. Der Mann sah zu seiner Kollegin hinüber.

»Eine Zeitschrift oder so?«

Sie lachten beide.

»Nein«, sagte Benjamin.

»Dann macht das vierundsechzig-fünfundsiebzig, bitte.«

Benjamin zog das Geldbündel heraus. Während er die Scheine abzählte, dachte er daran, wie er im Fernsehen einen Film gesehen hatte, in dem Angeline Jolie kokste, und wie er sich anschließend in der Bibliothek über die Gefahren informiert hatte und dabei auf die Information gestoßen war, dass 75 Prozent der in England im Umlauf befindlichen Geldscheine schon einmal für den Konsum harter Drogen verwendet worden waren. Leonard trottete von den Kühlfächern herüber und legte ein paar Sandwiches auf die Theke. »Die auch noch«, sagte er. »Und eine große Schachtel Golden Virginia.« Er schaute auf das Thermometer. »Ohne Gleitcreme stecke ich mir das aber nicht hinten rein«, sagte er lachend. Der Mann hinter dem Tresen sah die Frau mit weit aufgerissenen Augen an.

Benjamin musste einen weiteren Schein aus dem Bündel ziehen, um zu bezahlen. Leonard stand an der Kaffeetheke, steckte die Hand in die enge Jeanstasche und zog eine Handvoll Münzen heraus. Er schnaufte.

»Du willst bestimmt auch einen, was?«, sagte er.

Benjamin zuckte mit den Schultern, während die Frau Leonard einen trüben Kaffee auf den Tresen stellte. Dampf stieg aus dem Styroporbecher auf.

»Ist schon gut. Daraus kann ich sowieso nicht trinken«, sagte Benjamin.

»Woraus?«

»Aus solchen Bechern. Ich mag das Material nicht. Ich habe einmal in einen reingebissen, und das hat sich ganz komisch angefühlt.«

Leonard hob eine Augenbraue. Die Frau hinter dem Tresen legte einen Keks neben Leonards Kaffee und schob auch Benjamin einen hin.

»Auf geht's«, sagte Leonard und ging zur Tür.

Auf dem Weg nach draußen kamen sie an einer neben den Toiletten hängenden Wandtafel vorbei, auf der sich fünf Knöpfe befanden. Die Knöpfe waren mit Gesichtern bedruckt, die verschiedene Grade der Zufriedenheit zeigten, von sehr glücklich bis sehr traurig. Die Golden Virginias, die Sandwiches und den Kaffee auf den Händen und Unterarmen balancierend, drückte Leonard auf das gleichgültige Gesicht in der Mitte.

»Ich glaube, damit soll man die Sauberkeit der Toiletten bewerten«, sagte Benjamin.

Leonard wirkte verwirrt. »Ich dachte, die wollen wissen, wie ich gerade drauf bin«, sagte er.

Das Auto sprang auf Anhieb an. Hinten klopfte Garys wedelnder Schwanz gegen die schmuddeligen Sitze, und Leonard richtete einen Finger auf den Keks in Benjamins Hand.

»Isst du den?«, fragte er.

Benjamin hatte schon das Etikett gelesen, und der Keks war voll mit Glutamat und schlimmen Fetten.

»Sie können ihn haben«, sagte er.

Leonard packte den Keks aus und aß ihn. Er schüttelte die Verpackung über dem Mund aus, um an die Krümel heranzukommen.

»Das war ein sehr effektiver Boxenstopp«, sagte er. »Sämtliche Motoren mit Kraftstoff versorgt!« Er klopfte aufs Armaturenbrett und dann auf seinen Bauch.

Durch die Jeans befühlte Benjamin sein Geldbündel. Selbst durch den Stoff spürte er, wie viel dünner es geworden war. Er wollte vorschlagen, dass sie sich das Geld fürs Benzin teilten, wusste aber nicht, wie er es ansprechen sollte. Leonard betrachtete die Sandwiches eingehend. Er las die Etiketten, indem er sich die Packungen dicht vors Gesicht hielt, und riss sie dann auf. Er nahm eine Hälfte heraus, quetschte sie in die Verpackung des anderen Sandwiches und gab Benjamin die übrig gebliebene Hälfte.

»Ich habe dir ein Schinkensandwich geholt«, sagte Leonard.

Benjamin schaute auf das leuchtend weiße Brot und den an den Rändern herabhängenden Schinken.

»Ich bin Vegetarier«, sagte er.

Leonard drückte Benjamins Arm prüfend zusammen. »Ich hätte es wissen müssen. Du siehst auch aus wie ein Vegetarier.« Leonard biss ein großes Stück von einem seiner Sandwiches ab. Als er die Hand senkte, war das Sandwich durch einen dünnen Speichelfaden mit seinem Bart verbunden.

»Nimm den Schinken halt runter«, sagte er kauend.

»Aber dann ist es nur noch Brot.«

»Ist nicht meine Lebensentscheidung, Kumpel.«

17

Benjamin hielt Leonards Kaffee mit beiden Händen fest, während der den Wagen wild hin und her lenkte, in die Kurven schlitterte und Vollgas gab, wann immer es ging.

»Das Auto fährt sich heute irgendwie träge«, sagte er, während sie sich einen Berg hinaufquälten. »Muss an dem zusätzlichen Gewicht von dir und dem Hund liegen.«

Leonard zündete sich noch eine Zigarette an, und Benjamin steckte den Kopf aus dem Fenster, um frischen Sauerstoff zu bekommen. Er überlegte, ob er das nicht ohnehin tun sollte, von wegen Virus, kam aber zu der Einsicht, dass es dafür in Bezug auf Leonard sowieso zu spät war.

»Wie viel wiegst du eigentlich?«, fragte Leonard.

»Ungefähr 55 Kilo«, sagte Benjamin.

Leonard musterte Benjamin von oben bis unten. »Wir essen was, wenn wir da sind«, sagte er und beschleunigte von einer Kreuzung auf eine baumgesäumte Landstraße.

Eine Zeit lang schlängelten sie sich an den Klippen entlang, vorbei an Reihen leer stehender Bungalows, die vom Land in den Ozean abrutschten, deren Mauern buchstäblich ins Meer stürzten. Benjamin stellte sich vor, wie sich die Ziegel unter den Wellen sammelten, wie ihre von Menschenhand gezogenen klaren Kanten vom Wasser abgeschliffen wurden.

Die Häuser wurden spärlicher, das Auto holperte über immer schmalere Pfade zwischen weiten, offenen Feldern. Leonard zeigte ein paar Kühen den Mittelfinger.

»Warum machen Sie das?«

»Kühe sind Arschlöcher«, sagte er.

Gary schob den Kopf zwischen den Sitzen hindurch, um an das offene Fenster neben Benjamin zu gelangen. Während seine Zunge im Fahrtwind flatterte, betrachtete Benjamin Garys Zähne, die sich am Zahnfleisch gelb verfärbten. Ihr Zustand beunruhigte ihn, weil beim Menschen Zähne und Herzerkrankungen eng verknüpft waren. Er nahm sich vor, es weiter zu beobachten.

Das Auto kroch einen weiteren Hügel hinauf, und der Innenraum füllte sich mit einem Plastikgeruch, der von der Kupplung herrührte. Oben angekommen, hielt Leonard vor einer Einfahrt mit einem Tor. Benjamin tat so, als würde er den verschmorten Geruch der Autoteile nicht wahrnehmen. Gary nieste.

»Wie gesagt«, sagte Leonard und schnupperte, »es ist ein Sportwagen und als solcher in Bezug auf Leistung und Gewicht für einen einzelnen Passagier ausgelegt. Auf jeden Fall ist er nicht für euch zwei Klopse gemacht.«

Leonard sprang aus dem Auto und ging zum Tor, um das eine Kette und ein Schild mit der Aufschrift »TÖDLICHE EBOLA-ZONE« hingen. Das Schild sah aus wie mit Filzstift auf eine Fußleiste gekritzelt.

»So viel, wie wir getankt haben, dachte ich, wir würden weiter fahren«, sagte Benjamin.

»Ich tanke immer voll. Das ist ökonomischer. Und wenn wir verduften müssen, sind wir nicht eingeschränkt. In dem Wagen kommen wir mit einer Tankfüllung fast bis Wales.«

Benjamin schaute auf das Ebola-Warnschild und fragte sich, was »verduften müssen« wohl beinhalten mochte.

»Ich war noch nie in Wales«, sagte er.

»Wir müssen auch nicht nach Wales«, sagte Leonard. »Aber wir würden fast hinkommen. Wenn wir müssten.«

Benjamin nickte.

»Meinen Sie, die Leute glauben, was auf dem Schild steht? Das war doch in Afrika, oder?«

Leonard dachte darüber nach.

»Hier gab es auch ein paar Fälle. Aber wie dem auch sei, es ist nur Angst, Benjamin. Ungezügelte Angst, geschürt durch neumodische Schlagwörter.« Er schaute nachdenklich drein. »Aber vielleicht sollte ich es mal auf den neuesten Stand bringen? ›ORIENTALISCHE FLEDERMAUSGRIPPE‹.«

»Das klingt rassistisch.«

»Ist bloß eine Tatsache. Orientalisch bedeutet östlich.«

Leonard zog einen Schlüssel aus der Jeanstasche und steckte ihn in ein Schloss, dann stellte er an einem anderen eine Kombination ein. Er löste die Kette, sah Benjamin an und hob die Daumen.

Das Auto holperte über das Gras auf einen Stapel Heuballen vor einer großen Hecke zu. Hinter den Heuballen hielten sie an einem mit grauem und grünem Schimmel überzogenen Mobilheim.

»Von der Straße aus habe ich das gar nicht gesehen«, sagte Benjamin.

»Das habe ich auch extra so eingerichtet«, sagte Leonard. »Es ist wie bei *Große Träume, große Häuser*, nur für gewiefte Typen wie mich.«

Benjamin öffnete die Tür und ließ Gary herausspringen. Der Hund lief sofort zu der Hecke hinter dem Mobilheim und hob das Bein. Als er sich erleichtert hatte, trabte er die Hecke der Länge nach ab, das Gesicht in den Blättern vergraben.

»Was macht er da?«, fragte Leonard.

»Das macht er bei Hecken öfter«, sagte Benjamin. »Er steckt gern das Gesicht hinein.«

Benjamin wandte sich wieder dem Mobilheim zu. »Das ist also Ihr Ferienhaus?«, sagte er und deutete darauf.

»Jawoll. Das Roadmaster VI«, sagte Leonard.

»Aber Sie wohnen nicht immer hier, oder?«

»Eigentlich nicht. Ehrlich gesagt ist es meist einfacher, im Auto zu pennen.«

Leonard steckte einen Schlüssel in die Tür und drehte ihn langsam, als wüsste er genau über die inneren Vorgänge im Schloss Bescheid.

»Ich glaube nicht, dass ich hereinkommen kann«, rief Benjamin und stellte sich die Sporen vor, die wohl im Inneren herumflogen und jeden Kubikzentimeter des Mobilheims ausfüllten. Auch Gary schien Bedenken zu haben, denn er blieb an seiner Seite und schnüffelte.

»Ich glaube, wir gehen da besser nicht rein«, sagte Benjamin zu dem Hund, öffnete eine der Dosen mit Hundefutter und schüttelte die Brocken in einen Essensbehälter aus Plastik, den er im Auto gefunden hatte. Gary leckte an dem klein geschnittenen Fisch und hob dann den Kopf, abgelenkt von Leonard, der drinnen Gegenstände hin und her räumte. Leonard rief nach draußen.

»Du weißt schon, dass er keine Ahnung hat, was du sagst, oder?«, sagte er.

Benjamin spürte, wie Blut in die winzigen Gefäße in seinen Wangen strömte. Er sah Gary an. Er glaubte nicht, dass das stimmte. Der Hund verstand vielleicht nicht die einzelnen Wörter, aber ganz bestimmt das, was er damit ausdrücken wollte.

»Du verstehst mich, stimmt's?«, flüsterte er, hob die Schale mit den soßigen Futterstücken auf und hielt sie dem Hund hin.

»Hier, nimm«, sagte er.

Gary sah Benjamin kurz an und lief dann davon. Benjamin ging zum Auto hinüber und drückte ohne nachzudenken den Finger auf eine rostige Stelle. Er bohrte ein Loch in die Karosserie. Leonard streckte den Kopf heraus. »Was machst du da?«, fragte er.

Benjamin hörte auf, in das Auto zu pieksen.

»Du fummelst hoffentlich nicht an den rostigen Stellen rum.«

Benjamin betrachtete den orangen Staub auf seinem Zeigefinger.

»Warum kaufen Sie sich kein neues Auto?«, fragte er.

»Ich will kein neues. Sie verlieren zu schnell an Wert. Außerdem mag ich dieses.«

»Kommt das denn überhaupt noch durch den TÜV?«

»Der TÜV ist was für Lemminge, so wie Rundfunkgebühren, Geschwindigkeitsbegrenzungen und Einkommenssteuer. Außerdem würde das neue auch bald rosten. So nah am Meer fängt alles an zu rosten.«

Leonard schaute zum Himmel hinauf. »Ehrlich gesagt«, sagte er, »ist Rost auch nur eine Metapher für den allmählichen, aber unaufhaltsamen Verfall.«

Benjamin zuckte mit den Schultern. Der Gedanke deprimierte ihn.

»Wieso kannst du eigentlich nicht reinkommen?«, fragte Leonard.

»Davon wird mein Asthma schlimmer«, sagte Benjamin.

»Wovon?«

»Wenn ich mich dort drinnen aufhalte.«

»Komm rein oder bleib draußen, mehr Möglichkeiten gibt's leider nicht.«

Benjamin wollte die Entscheidung nicht übers Knie brechen. Auf die Art bekam man Hepatitis, Legionellen und Babys, für die man nicht sorgen konnte, weil man selbst noch zu unreif war. Er musste erst die Faktenlage prüfen.

»Ich denke noch ein bisschen darüber nach«, sagte er, riss die Verpackung von dem Thermometer ab und steckte es in den Mund. Anhand der Geräusche aus dem Mobilheim versuchte Benjamin zu erraten, was Leonard dort drinnen trieb. Er hörte das metallische Klackern einer Pfanne, die auf ein Kochfeld gestellt wurde, dann ausströmendes Gas und das prasselnde Geräusch von überhitztem Öl. Er hörte Leonard etwas von einer vertanen Chance, »in der Wildnis der eigenen Seele ins Auge zu blicken«, sagen und nahm an, dass sich das auf seinen anderen Vorschlag bezog, zu zelten und nach Schlamm schmeckende Karpfen zu essen. Benjamin nahm das Thermometer aus dem Mund, und es zeigte 37,1 Grad an, was normal war, wie er wusste.

»Gut«, sagte er.

Leonard erschien in der Tür, einen rosa Pfannenwender in einer Hand und eine Bierdose in der anderen. Er trug eine Schürze, auf deren Vorderseite die klar definierten Bauchmuskeln eines Bodybuilders aufgedruckt waren.

»Gib mal«, sagte er und deutete mit dem Kinn auf das Thermometer.

Leonard wischte es an seinem T-Shirt ab und steckte es in den Mund.

»Hast du Hunger?«, murmelte er um das Thermometer herum. »Ich mache Eier.«

»Ein bisschen«, sagte Benjamin und hoffte, die Eier hätten diesen rosa Stempel, der anzeigte, dass sie nicht mit Salmonellen verseucht waren. Er dachte an Flaumfedern, an denen womöglich Fäkalienreste klebten und die seine Oma immer sorgfältig von den Eierschalen abwusch.

»Der Herr der Eier verrichtet sein Werk!«, sagte Leonard.

Er ging hinein und begann wieder herumzupoltern. Die Fenster des Mobilheims öffneten sich der Reihe nach. Leonard streckte den Kopf heraus.

»37!«, sagte er und wedelte mit dem Thermometer. »Allererste Sahne!« Er warf es über die Schulter in den Raum, klatschte in die Hände und nahm dann zwei kleine Schüsseln.

»Ich habe kein Brot, also müssen wir sie so essen«, sagte er. »Direkt vom Porzellan.«

Gary lief nach drinnen. Benjamin blickte auf seinen Arm und sah eine Mücke auf seinem Bizeps herumturnen. Er wischte sie beiseite. Nun, da Zika-Virus, West-Nil-Fieber, Chikungunya-Virus, Denguefieber und Malaria drohten, kam es ihm gar nicht mehr so übel vor, hineinzugehen.

»Vielleicht gehe ich nur mal aufs Klo«, sagte er.

Leonard stand im Halbdunkel an einer Herdplatte, ganz darauf konzentriert, ein Ei aus der Schale in eine Bratpfanne zu bugsieren.

»Klaro. Pass bloß auf, dass du nicht eintunkst – ich glaube, da sind ein paar von den Chemikalien aus der Kläranlage raufgekrochen.«

»Eintunken?«

»Ja. Pass auf, dass dein Johannes nicht das Wasser berührt.«

Leonard zeigte auf eine schmale Tür gegenüber der Kochstelle, die wie eine Schranktür aussah.

»Da drin«, sagte er und wedelte wieder mit dem Pfannenwender, wobei Tropfen von heißem Öl durch die Gegend spritzten. Benjamin ging zur Kochplatte und hielt nach den Eierschalen Ausschau. Sie lagen alle in einem Mülleimer weiter hinten in der Küche.

»Da drin«, sagte Leonard. »Das Klo.«

Das Mobilheim wackelte hin und her, während Benjamin zur Toilette ging und sich an einem Stapel Schmutzwäsche vorbeidrückte, der verhinderte, dass die Tür richtig schloss. Das Wasser in der Schüssel war mit einem farbigen Film überzogen, der schimmerte wie eine Ölschicht, und durch die Wand wuchs Efeu herein. Während Benjamin pinkelte, stand Gary neben ihm, den Kopf unnötig nah am Strahl. Als Benjamin zurückkam, kratzte Leonard gerade mit dem rosa Pfannenwender die Eier aus der Pfanne.

»Spiegeleier sind meine Spezialität«, sagte er.

Benjamin nahm das Desinfektionsmittel heraus, das er an der Tankstelle gekauft hatte, und drückte sich eine große Menge auf die Handflächen. Leonard reichte ihm eine Gabel und verzehrte dann sein eigenes Ei in drei Happen, wobei er ziemlich kleckerte.

»Nimm dir ruhig Pfeffer«, sagte Leonard und drehte eine Pfeffermühle über seinem Teller wie ein Fernsehkoch. »Ich geh mal ums Eck.«

Benjamin schaute auf seinen Teller. Er wollte weder Durchfall bekommen noch sterben, also suchte er das Ei nach durchsichtigen Stellen ab und aß dann etwas von dem weißen Teil. Den Rest schob er für Gary auf den Boden. Das Eigelb klatschte auf das PVC und zerplatzte. Der Hund schleckte sich noch Tropfen von der Schnauze, als Leonard zurückkam.

»Gut?«, sagte Leonard.

Benjamin nickte. Er ging zur Spüle, um Leonard abzulenken, während Gary weiter den Boden sauberleckte. Leonard schien es kaum zu bemerken.

»Für gute Eier braucht es nur Selbstvertrauen«, stellte er unaufgefordert fest.

Benjamin antwortete nicht darauf, denn was Leonard sagte, ergab keinen Sinn.

»Kann ich den Teller hier abwaschen?«, fragte er.

»Würde sich anbieten«, sagte Leonard.

Benjamin spülte den Teller mit kaltem Wasser ab und stellte ihn in das Trockengestell. Er griff nach dem rosa Pfannenwender, den Leonard für die Eier benutzt hatte.

»Der sieht nicht wie ein normaler Pfannenwender aus«, sagte er.

»Ist auch keiner – das ist so ein Spatel für Katzenscheiße.«

»Warum ist dann Ei dran?«, sagte Benjamin, der sich die schreckliche Wahrheit zusammenreimte, dass der Katzenspatel bei der Zubereitung seines Essens eine Rolle gespielt hatte.

»Er hat genau die richtige Form.«

Benjamin würgte. Er spuckte die Spurenelemente der Eier, die er noch in seinem Mund ausfindig machen konnte, in die Spüle.

»Immer mit der Ruhe«, sagte Leonard. »Der war nie im Einsatz.« Er streckte die Zunge heraus und führte das Gerät in einer schaufelnden Bewegung über den Tresen.

»Meine Ex hat die Katze mitgenommen; den Spatel hat sie dagelassen.«

Benjamin hörte auf zu spucken.

»Ich würde auch sagen, er ist sicherer als das Wasser da in deinem Mund. Das koche ich immer ab, bevor ich es zu mir nehme, weil es einfach in einem Riesentank ohne Deckel unter dem Mobilheim lagert. Einmal habe ich gesehen, wie ein paar Ratten es als Whirlpool benutzt haben.«

Benjamin spuckte weiter, bis er kaum noch Spucke im Mund hatte.

»War nur Spaß«, sagte Leonard lachend. »Das Wasser ist total hygienisch.« Er kam zu Benjamin herüber. »Ehrenwort, Kumpel, es ist sauber.«

18

Leonard nahm eine Handvoll Kleider und einen Stapel Papier – Rechnungen und offiziell aussehende Dokumente, größtenteils mit roten Buchstaben darauf – von einem Lehnstuhl, der neben das Bett gequetscht war.

»Setz dich, Kumpel«, sagte er und warf die Sachen auf den Boden. Als Benjamin zögerte, sprang Gary an seiner Stelle hoch, rollte sich zusammen und schob die Schnauze unter das Hinterbein.

»Fühl dich ganz wie zu Hause«, sagte Leonard zu dem Hund. »Du komisches Croissant.«

»Ich bleibe einfach stehen«, sagte Benjamin.

Leonard versuchte, die Hände unter Gary zu schieben, um ihn hochzustemmen. »Stühle sind für Menschen da.«

»Nein, ist schon gut«, sagte Benjamin. »Er sitzt gern erhöht.«

Leonard zuckte mit den Schultern.

»Du musst ihnen zeigen, wer der Boss ist. Ihnen klarmachen, wo ihr Platz ist.«

»Warum?«

»Eine Frage des Gleichgewichts.«

Benjamin schaute verwirrt.

»Dann setz dich halt da drauf«, sagte Leonard, drehte einen Eimer um und stellte ihn neben den Stuhl.

Benjamin blickte sich im Raum um, betrachtete die mit Angelzubehör und Essensbehältern vollgestellten Oberflächen. Er wischte sich den Mund mit der Innenseite seines T-Shirts ab. Er wusste, wenn dort eine Katze gelebt hatte, würde es nicht lange dauern, bis er auf irgendeine Art reagieren würde.

»Wann hat die Katze denn hier gelebt?«, sagte er.

»Ach, das war im Haus von mir und meiner Ex-Frau. Also nie.«

Benjamin sah sich um.

»Und, was sagst du? Ganz netter Unterschlupf, was?«, sagte Leonard.

»Es ist ziemlich unordentlich«, sagte Benjamin.

»Oha. Sprich doch einfach frei von der Leber weg.«

Benjamin zuckte mit den Schultern.

»Verzeihung, dass ich nicht den ganzen Tag damit verbringe, meine Habseligkeiten zu ordnen«, sagte Leonard.

Benjamin zuckte wieder mit den Schultern. Er fragte sich, wie es sich wohl anfühlte, in einem schimmligen Mobilheim zu ersticken.

»Wäre dir lieber, wenn ich in einem Musterhaus wohnen würde, was?«

Benjamin merkte, dass er Leonard beleidigt hatte, wusste aber nicht, was er zur Wiedergutmachung sagen sollte. Solche Dinge fielen ihm schwer. Leonard stand auf.

»Ich will einfach nicht so viele meiner glanzvollen Tage auf dieser Erde in den Orkus feuern, indem ich meine Sachen putze und von links nach rechts und wieder zurück trage«, sagte er.

Leonard ging zum Kühlschrank, als wäre damit alles gesagt. Gary hob den Kopf und sah zu, wie Leonard mit zwei Bierdosen zurückkam.

»Willst du eins?«, sagte er.

»Nein, danke. Ich bin kein großer Biertrinker.«

»Wieso nicht?«

»Meine Oma hat einmal so einen speziellen Wein ins Tiramisu gemacht, und mir wurde davon ganz komisch.«

Leonard öffnete die Dose und leerte sie etwa zur Hälfte. Benjamin fand die Mittagszeit ein bisschen früh zum Biertrinken, sagte aber nichts.

»Bier ist sehr erfrischend«, sagte Leonard, hielt die Dose hoch und betrachtete sie eingehend. »Außerdem habe ich sonst nichts zu trinken. Abgesehen von dem Wasser im Tank. Wenn du willst, kannst du das weiter trinken.«

Als Leonard wegschaute, spuckte Benjamin noch einmal kurz in den Kragen seines T-Shirts, was einen kleinen Fleck über seiner Brust hinterließ.

»Ein paar Bier sind sogar gesund«, sagte Leonard.

»Das glaube ich nicht«, sagte Benjamin leise.

»Ich meine nicht, dass Fosters gut für dich ist oder so, ich meine, Bier an sich. Ich rede auch gar nicht von der körperlichen Seite. Man muss die Hülle in Schuss halten, das ist mir natürlich klar« – Leonard deutete auf verschiedene Teile seines feingliedrigen Körpers – »aber es gibt Wichtigeres. Bier kann dir helfen, andere Ebenen zu erreichen.« Er schaute sich um, als erklärte das alles.

Leonard sah Benjamin wieder direkt an, ohne mit seinen strahlend blauen Augen zu blinzeln, und eine Zeit lang sprach keiner von ihnen. Benjamin dachte an die Leute auf der Zeitung in der Tankstelle, die nach England zurückgeflogen wurden, und hoffte, dass man sie erst ein wenig beobachtete, bevor sie sich draußen frei bewegen durften. Er schaute aus dem kleinen Fenster mit dem Vorhang in die Wintersonne und stellte sich vor, wie sie von der Quarantäne aus dieselbe strahlend weiße Silhouette sahen. In einem Flughangar voller Etagenbetten oder einem geräumten Travelodge-Hotel an einer Schnellstraße. Er dachte auch an seine Oma. Er fragte sich, ob sie sich davor fürchtete, was mit ihr geschah – so wie er es ganz bestimmt getan hätte – oder ob sie so etwas überhaupt noch empfand. Er konnte sich gar nicht vorstellen, nicht die ganze Zeit Angst zu haben. Wusste nicht, ob es dazu eine gewisse Abstumpfung brauchte oder ob die Abwesenheit von Angst tatsächlich besser war. Ob es möglich war, zu verstehen, was mit dem eigenen Körper geschah, und trotzdem frei von Furcht zu sein.

Er dachte an sie alle. Die Leute im Flugzeug, seine Oma, Leonard, Camille, alle auf einmal, wie sie um einen identischen Punkt am Himmel kreisten. Alle auf eine gewisse Art beinahe gleich. Leonard machte eine Kopfbewegung zu Gary hinüber.

»Manchmal fühle ich mich ein bisschen, wie er aussieht«, sagte er. »Da hilft ein Bier auf jeden Fall. Gegen die gute alte Düsternis.«

Benjamin blickte zu Leonard auf und sah, wie er sich die Bartstoppeln kratzte.

»Es ist ein ziemlich gutes Bollwerk gegen den Wunsch, ins Meer hinauszuschwimmen, bis ich untergehe«, sagte er. »Was ich sonst wohl tun würde.« Er nahm noch einen Schluck. »Mich treiben lassen, bis ich von der Herrin des Meeres verschlungen werde.«

Leonard blickte himmelwärts, stellte sich vielleicht vor, wie sich das anfühlen oder ob er es wirklich tun würde.

»In einer städtischeren Gegend und ohne das nötige Bier würde ich mich vielleicht in einen Kanal stürzen«, sagte er.

Benjamin sah ihm in die Augen.

»Ich weiß, mein Jammerkontingent ist aufgebraucht«, sagte Leonard, öffnete eine weitere Dose und schob sie über den Tisch.

»Danke«, sagte Benjamin, ließ sie aber stehen, wo sie war.

Leonard trank.

»Manchmal schlafe ich morgens ganz lange«, sagte Benjamin.

»Irgendein bestimmter Grund?«

»Ich glaube, es fühlt sich manchmal eben einfacher an. Zu schlafen.«

Leonard lächelte.

»Ich weiß, was du meinst. Ich denke mir immer, wie toll es wäre, wenn sie irgendeine Technologie erfinden würden – Drähte im Kopf, ein Eingabegerät wie ein Game Boy –, mit dem sich das Bewusstsein steuern lässt. Und du kannst ihm sagen, wie lang dein Hirn ausgeknipst sein soll. Oder vielleicht, wie weit du vorspulen willst. Damit du nicht geistig anwesend sein musst, wenn du dich mit irgendwas nicht auseinandersetzen willst. Gerichtsverhandlungen, Scheidungen, die sich ewig hinziehen, Magen-Darm-Grippe, solche Geschichten.«

Es war seltsam, dass Leonard das sagte, weil Benjamin sich etwas Ähnliches überlegt hatte. Eine Art, seine Wahrnehmung abzuschalten und unangenehme Ereignisse in der Zukunft trotzdem hinter sich zu bringen. Wenn er nicht arbeiten musste, blieb Benjamin manchmal bis mittags im Bett. »Das würde ich ziemlich oft benutzen«, sagte er.

Er fragte sich, ob Leonard so empfand, weil er einsam war. Weil niemand da war, um ihn aufzumuntern. Benjamin fühlte sich viel häufiger so, seit seine Oma im Krankenhaus lag.

»Gefällt dir das Bild?«, unterbrach Leonard seinen Gedankengang und zeigte auf ein goldgerahmtes Familienporträt an der Wand.

»Ist das Ihre Familie?«, fragte Benjamin.

Leonard lachte.

»Nein, nein. Ich habe es bloß in einem Trödelladen entdeckt und mochte das Arrangement. Der Vater sieht doch wie ein Riesenarschloch aus, oder? Ich wette, er zwingt die Kinder, Instrumente zu spielen, die sie nicht mögen, und Spargel zu essen.«

Die Familie wirkte wohlhabend. Und der Vater sah wirklich wie ein Arschloch aus, auch wenn Benjamin nicht fand, dass es einen zum Arschloch machte, wenn man Kindern Gemüse zu essen gab, denn Gemüse zählte zu den wertvollsten Nahrungsmittelgruppen. Der Vater auf dem Bild hatte das Gesicht leicht erhoben, wodurch es wirkte, als würde er auf Leonards Wohnzimmer herabblicken.

»Ich stelle mir gern vor, dass sie dem finanziellen Ruin zum Opfer gefallen sind«, sagte Leonard.

Benjamin beugte sich weiter vor. Die Pinselstriche verrieten, dass es ein echtes Gemälde war. Zu Füßen der Familie lag ein übergewichtiger Labrador. Benjamin hoffte, dass es wenigstens dem Hund gut ging, wenn sie verarmt waren – dass er noch lebte. Die altmodischen Kleider sagten ihm, dass das wahrscheinlich nicht der Fall war.

Camille hatte ihre eigene Meinung zu toten Haustieren. Sie sagte, sie habe einmal eine Katze mit Haarausfall gehabt. Als die Katze starb, sei sie nicht traurig gewesen, weil sie Dankbarkeit für ihre gemeinsame Zeit empfunden habe; die Katze sei ein Geschenk gewesen und befinde sich jetzt ganz sicher an keinem schlechten Ort. Sie sagte auch, sie glaube fest an das Konzept der Reinkarnation, und eine so starke und gottbegnadete Katze werde im nächsten Leben mit ziemlicher Sicherheit als Mensch geboren. Wahrscheinlich sogar als jemand Berühmtes oder jemand aus dem Fernsehen wie Chris Tarrant oder Amanda Holden. Benjamin sah Gary an und wusste, dass er ein Geschenk war. Das Problem war nur, dass er nicht gegen das Gefühl ankam, dass sich die Katze nicht an »keinem schlechten Ort«, sondern eher nirgendwo befand. Er wünschte, Camille wäre da gewesen, um ihn zu trösten.

Benjamin ging wieder zu dem Eimer, den Leonard ihm gegeben hatte, und setzte sich. Leonard sank in seinen Sessel. Er lehnte sich zurück, bis sich von unten eine Fußstütze ausklappte. Er öffnete ein weiteres Bier.

»Hattest du denn schon mal einen Hund?«, fragte Leonard.

»Nein«, sagte Benjamin. »Und Sie?«

»Nee. Keine Lust, überall im Garten versteinerte Kackhaufen rumliegen zu haben.«

Leonard sah sich um wie auf der Suche nach einem anderen Gesprächsthema. Er beugte sich vor und drückte den Zeigefinger prüfend auf das Bein des Hundes, berührte ein Stück weiche Haut über dem Knöchel und dem kräftigen Muskelstrang, der sich wie ein Segel daran anschloss.

»Das ist eine coole Stelle«, sagte Leonard. »Wie ein Lampion.«

Während Leonard auf dem flachsten Teil seines Schenkels eine Zigarette drehte, betrachtete Benjamin die verwischten Tätowierungen von Flammen und einer Meerjungfrau auf seinem Unterarm, die ehemals schwarzen, nun bläulich verfärbten Linien, die sich unter der Oberfläche seiner Haut verästelten. Benjamin fühlte sich merkwürdig, wenn er Tätowierungen betrachtete. Bleibende Zeichen auf weichem Fleisch. Die unumkehrbare Abwertung eines Körpers. Er fragte sich, ob sie von einem professionellen Tätowierer stammten.

»Was bedeuten die?«, fragte er und zeigte auf Leonards Arm.

»Was bedeutet was?«

»Ihre Tattoos.«

»Das ist eine sehr persönliche Frage.«

»Oh, Entschuldigung«, sagte Benjamin.

»Nein, schon gut. Du musst bloß aufpassen, dass du das nicht den Falschen fragst. Du weißt schon, einen, der im Knast war oder so. So einen fragst du besser nicht.«

Benjamin überlegte, ob Leonard wohl schon einmal im Gefängnis gewesen war. Leonard fuhr sich mit der Hand über den Unterarm. Er schaute auf seine Tätowierungen, als hätte er sie schon lange nicht gesehen, dann hob er den Arm und streckte ihn aus. Er deutete auf die Meerjungfrau.

»Die habe ich mir an dem Abend stechen lassen, als ich Sally kennenlernte«, sagte er.

»Die, nach der Sie im Klub gefragt haben?«

»Eben die. An den genauen Grund kann ich mich nicht mehr erinnern. Aber Meerjungfrauen sind wohl irgendwie Frauen. Und Sally ist auch eine Frau. Wo auch immer sie gerade sein mag.«

Benjamin nahm an, dass Sally Leonards Freundin oder Frau war. Er stellte sich vor, mit einer unauslöschlich auf dem blassen Fleisch seines Unterarms verewigten Meerjungfrau aufzuwachen, und der Gedanke verursachte ihm Übelkeit. »Sehr hübsch«, sagte er.

»Sie strahlte so eine schwarze Folg-mir-in-den-Abgrund-Magie aus, die ich hocherotisch fand«, sagte Leonard. »Aber letztlich war sie einfach zu festgefahren. Mit der schnellen Entwicklung und ständigen Verfeinerung meiner persönlichen Eigenschaften konnte sie nicht Schritt halten. Ich machte während der Beziehung eine persönliche Veränderung durch, so wie Wasser, das zu Eis wird.«

Benjamin nickte, als wüsste er, wovon Leonard sprach, auch wenn er sich nicht sicher war. Er zog die Schnürsenkel seiner Turnschuhe fester, während Leonard ins Leere starrte.

»Aber im Grunde war es eine gemeinsame Entscheidung«, sagte er. »Dass sie ging.« Leonard kratzte sich etwas Schlamm von der

Hose. »Die anderen Tattoos haben ehrlich gesagt keine große Bedeutung«, sagte er.

Danach saßen sie beide da und sahen Gary beim Schlafen zu. Es dauerte nicht lange, bis sich Benjamins Augenlider wieder schwer anfühlten. Er lehnte den Kopf an die Wand und schaute durch die sich verschwommen abzeichnenden Wimpern.

»Du siehst aus, als könntest du ein Nickerchen vertragen«, sagte Leonard.

Benjamin nickte.

»Jetzt, wo wir hier die Hufe stillhalten, gibt's nicht viel zu tun. Eigentlich überhaupt nichts. Gönn dir ruhig ein Schläfchen«, sagte Leonard. »Wir können uns beraten, wenn du aufwachst.«

Obwohl die Wanne gegen seinen Rücken drückte, dauerte es nicht lange, bis Benjamin einnickte. Es war kein tiefer Schlaf, sondern ein unruhiger mit vielen Unterbrechungen. Immer wieder kam er zu sich und schaute nach Gary. Irgendwann wachte er auf, und Leonard war verschwunden. Panik stieg in ihm auf, aber nur so lange, bis er sah, dass Gary noch auf dem Lehnstuhl schlief. Durch die offene Tür drang Kälte herein. Benjamin stand auf, um sie zu schließen, und sah Leonard, der ihn von draußen anschaute, das Telefon am Ohr.

»Geht's besser?«, fragte er, als er hereinkam.

Benjamin nickte und gähnte. Leonard legte das Telefon in eine Schublade und machte sich daran, in der Küche herumzuräumen. Er hockte sich auf die Ecke des Bettes, als würde er über irgendetwas Wichtiges nachdenken.

»Ich weiß«, sagte er plötzlich und ging zum Kühlschrank hinüber. Er nahm eine Brotdose aus dem Eisfach und öffnete sie. »Ich zeige dir meinen Spatz.«

Leonard streckte die Brotdose aus. Darin lag ein gefrorener Vogel. »Den habe ich draußen gefunden. Vor ein paar Jahren«, sagte er.

Benjamin wich vor dem Plastikbehälter und seinem Inhalt zurück.

»Was ist das?«, fragte er.

»Ein Spatz.«

»Er ist tot«, sagte Benjamin.

»Ich weiß. Darum habe ich ihn ja. Schau dir mal seine Flügel an.«

Benjamin beugte sich vor, aber nicht zu weit.

»Der beißt nicht«, sagte Leonard und kam mit dem Behälter auf ihn zu. »Guck ihn dir an. Aber ich darf ihn nicht zu lange draußen lassen. Er soll nicht auftauen.«

Der Körper des Vogels war wie in der Zeit erstarrt, seine schattenschwarzen Federn mit Frostschlieren überzogen. Benjamin stellte sich seine gefrorenen Organe vor, die winzigen organischen Strukturen, die Leonard in seinem Gefrierfach konserviert hatte, und es machte ihn traurig. Der Vogel lebte nicht mehr, aber er war auch nicht ganz verschwunden. Es war schwer vorstellbar, was die Veränderung herbeigeführt haben konnte, wenn sein Körper so vollkommen unversehrt war. Leonard schloss den Deckel der Brotdose und schob sie wieder ins Gefrierfach. Er ging zur Tür, steckte sich eine Zigarette an und starrte dann in die Ferne.

»Es gab mal ein Experiment, bei dem Wissenschaftler Leute vor und nach dem Tod gewogen haben«, sagte Benjamin. »Um herauszufinden, ob das Leben in uns ein Gewicht hat.«

»Schräg«, sagte Leonard.

Benjamin dachte über das Leben in Gary nach, während er zusah, wie er sich kratzte und in die Decken auf dem Sessel hineinwühlte, sie unter sich zusammenschob. Leonard zog lange an seiner Zigarette und blies dann den Rauch zur Tür hinaus. Er drehte sich wieder um und klopfte die Asche in eine Tasse auf dem Tisch.

»Ich habe noch nie einen Hund gesehen, der damit sein Lager wirklich verbessert hätte«, sagte er.

Benjamin musste länger gedöst haben, als er gedacht hatte. Draußen wurde es schon dunkel. Er saß stumm da, während Leonard in einer Schublade voller Batterien und ungeöffneter Umschläge kramte. Schließlich nahm er eine Taschenlampe heraus und verschwand hinter dem Roadmaster. Nach ein paar Minuten sprang ein Generator an, und Lichter leuchteten auf.

»Ich trinke auf dem Dach noch ein paar Bier«, sagte Leonard. »Ich kann dann einfach im Sessel pennen. Nimm du ruhig das Bett.«

Als er hinausgegangen war, erklang noch einmal seine Stimme: »Wenn er heute Nacht drinnen schläft, pass auf, dass dem Läufer nichts passiert.« Nach einer kurzen Pause: »Der ist praktisch unbezahlbar.«

19

Benjamin ließ die Kleider an, weil er nicht wusste, wann die Bettwäsche zuletzt gewechselt worden war. Er lag auf dem Laken, als wollte er einen Bleistift imitieren – kerzengerade, die Hände an die Seiten gelegt – und lauschte dem Quietschen von Leonards Schuhen auf der Leiter, als er aufs Dach hinaufstieg. Gary sprang aufs Bett, streckte sich neben ihm aus und schob die Schnauze unter Benjamins Körper. Er war warm wie eine Wärmflasche. Es gefiel Benjamin, den gleichmäßigen Rhythmus seines Atems zu spüren und sein Gewicht, das gegen seinen Schenkel drückte. Einen Augenblick lang gab er sich dem Gedanken hin, dass Gary ihm gehörte, dass er ihn auf ganz normale Weise gekauft oder aus einem Tierheim geholt hatte. Dass er ihm beigebracht hatte, nicht auf den Teppich zu pinkeln und zu ihm zu kommen, wenn er ihn rief. Dass er bei einem anerkannten Unternehmen gegen jede Art von Krankheit versichert war und dass er so einen implantierten Chip mit Benjamins Kontaktdaten unter der Haut am Hals trug. Es war ein schönes Gefühl. Weniger, als wäre er völlig auf sich gestellt. So als wäre er nicht ganz allein, während seine Oma im Krankenhaus lag.

Wenn Leonard über ihnen sein Gewicht verlagerte oder sich umherbewegte, sah es aus, als würde sich das Dach in der Mitte durchbiegen. Als sich seine Augen an die Dunkelheit gewöhnt hatten, konnte Benjamin all die dunklen Flecken an der Decke erkennen, die wie

Schimmel aussahen. Er schloss die Augen und fragte sich, ob das Dach dafür gemacht war, das Gewicht eines Mannes zu tragen, dann schwang er die Beine aus dem Bett und stand auf. Gary hob den Kopf, als Benjamin seinen Inhalator aus dem Ziplock-Beutel zog und zwei Hübe nahm.

»Du bleibst hier«, sagte er und sah, wie sich Garys Augen öffneten und schlossen, bis er wieder eingeschlafen war.

Draußen stieg Benjamin auf der Leiter bis zur Dachkante und lugte darüber. Leonard lag auf dem Rücken und schaute mit einer Zigarette im Mund zum Himmel hinauf. Neben ihm stand eine neue Bierdose.

»Ist das hier sicher?«, fragte Benjamin.

Leonard drehte den Kopf in seine Richtung und öffnete ein Auge.

»Wo ist es denn schon wirklich sicher?«, sagte er.

»Na ja«, sagte Benjamin. »In Polizeiwachen und Banken ist es ziemlich sicher.«

Benjamin betrat das Dach.

»Hat Ihnen noch niemand gesagt, dass man davon Krebs bekommt?«, sagte Benjamin, als Leonard an seiner selbst gedrehten Zigarette zog.

Leonard hielt den Tabakbeutel hoch. »Klar doch. Guck dir bloß mal die schrecklichen Bilder an.«

Auch wenn die Einzelheiten im Dunkel kaum zu erkennen waren, sah Benjamin nicht hin.

»Ich konnte nicht schlafen«, sagte er.

Leonard beugte sich vor und hielt ihm seine Bierdose hin. »Verständlich. Wir befinden uns in einem moralisch komplexen Szenario. Dein Nickerchen hat dich bestimmt erfrischt.«

Benjamin starrte auf die Dose.

»Ich habe sie gerade erst aufgemacht«, sagte Leonard. »Die Oberseite ist sauber – schau, ganz hygienisch.«

Benjamin schüttelte den Kopf. Leonard beugte sich zu einer ungeöffneten Dose auf dem Boden hinunter und öffnete sie.

»Na los«, sagte er. »Trink einen Schluck.«

Benjamin nippte an dem Bier, und Leonards Miene hellte sich auf.

»Schon besser«, sagte er. »Und jetzt setz dich.«

Benjamin sah sich auf dem Dach um, betrachtete die Moosflecken und die dunkleren, ominöseren Stellen. Leonard warf ihm einen Pullover zu, auf den er sich setzen konnte, und Benjamin schaffte es, sich niederzulassen, ohne mit den Händen etwas zu berühren. Er schaute zu den vor einem verrauchten Horizont aufragenden Bohrinseln hinaus.

»Wie lange wohnen Sie schon hier?«, fragte Benjamin.

»Mein ganzes Leben.«

»Dann muss es Ihnen sehr gefallen.«

»Weiß ich nicht genau«, sagte Leonard und schnippte seine Zigarettenkippe ins Dunkel. »Orte wie dieser haben einfach so eine komische Anziehungskraft, oder?«

Benjamin sah starr geradeaus. Der Mond erhellte den wie mit dem Messer gezogenen marineblauen Horizont vor ihnen.

»Einmal habe ich über einen Umzug nachgedacht«, sagte Leonard. »Als Sally und ich uns getrennt hatten und so weiter. Ehrlich gesagt bin ich ein bisschen durchgedreht – habe auf der Hauptstraße mit einem mittelalterlichen Schwert herumgefuchtelt. Nicht schön.« Leonard schaute zu Benjamin herüber, um zu sehen, wie er reagierte. Er griff in die Tasche und zog ein Portemonnaie aus braunem Leder heraus, das aussah, als hätte er es schon sein halbes Leben lang. Er zeigte Benjamin ein Bild hinter einem durchsichtigen Plastikfenster, das eine Frau in einem Fotoautomaten zeigte. »Ich will es natürlich die ganze Zeit schon wegschmeißen«, sagte er. »Aber das ist sie, wenn's dich interessiert.«

Leonard hielt die Brieftasche hoch, sodass sie ein, zwei Sekunden lang vor Benjamins Augen wackelte. Die Frau hatte ein freundliches Lächeln. Eines, bei dem man wusste, dass es aufrichtig war. »Als sie mich verließ, hatte ich eigentlich vor, professioneller Fahrer zu werden. Kann sein, dass ich den Übergang nicht so gut hingekriegt habe.«

»Sie wollten chinesisches Essen ausfahren?«

»Ich wollte ein *professioneller Fahrer* werden. Es gibt hier nicht so viele Jobs als Stuntman. Um ganz ehrlich zu sein, geht mir Arbeit einfach grundsätzlich gegen den Strich. Arbeiten ist langweilig und sinnlos.« Er nahm einen Schluck Bier. »Daher mein nomadischer Lebensstil«, sagte er und deutete mit der aufgeklappten Brieftasche in der Hand auf das Auto und das Mobilheim.

»Mir macht es nichts aus«, sagte Benjamin.

»Weil du Teil der Herde bist, Kumpel. Du sehnst dich nach Führung. Ich habe genug Verstand, um zu wissen, wie sinnlos und unbefriedigend das im Grunde alles ist. Nichts für ungut.«

Benjamin trank noch einen winzigen Schluck Bier.

»Wie steht's mit dir?«, fragte Leonard.

»Ich habe letztes Jahr die Oberstufe abgeschlossen. Ich weiß noch nicht genau, wie es weitergeht. Im Moment arbeite ich im Supermarkt.«

Benjamin sah eine Sternschnuppe am Rand seines Gesichtsfelds, die eine leuchtend weiße Linie in den Himmel zeichnete.

»Ein gebildeter Mann, wie?«, sagte Leonard. Er nickte langsam, um seine Anerkennung zu zeigen, und zog dann lange an seiner Zigarette. Er stieß den Rauch seitlich aus, kramte wieder in der Brieftasche und zog noch einige Fotos heraus.

»Das bin ich«, sagte er und reichte Benjamin ein Schwarz-Weiß-Foto, auf dem er einem anderen Billardspieler die Hand schüttelte; beide hatten schulterlanges Haar. Leonard war blass, und seine Haare sahen sauber aus. Benjamin erkannte ihn kaum wieder.

»Ich habe Fotos von Ihnen an den Wänden gesehen«, sagte Benjamin. »Im Klub.«

»Ich war professioneller Billardspieler«, sagte Leonard und schon das Portemonnaie wieder in die Hosentasche. »Habe sogar ein paar ziemlich große Turniere gewonnen.«

»Ich habe kein Hobby«, sagte Benjamin.

»Ich habe bloß angefangen, weil mein alter Herr manchmal Billard gucken durfte, als er im Bau war. Ich hatte ihn nie großartig mit irgendwas beeindruckt. Aber Billard schien ihn zu beeindrucken. Er starb, bevor ich richtig erfolgreich war, also hat er mich nicht spielen sehen. Aber ich habe mir beim Spielen immer vorgestellt, dass er da wäre.«

Leonard verstummte, und der Wind frischte auf. Der Mond schien hell genug, um das Feld um sie herum zu beleuchten, und sein Licht spiegelte sich in den Tropfen im Gras.

»Ich habe auch im Crucible gespielt«, sagte Leonard.

»Ich weiß nicht, was das ist.«

»Bloß ein großer Veranstaltungsort in Sheffield. Sogar der größte.«

Leonard schnaufte, als hätte er einen langen Tag hinter sich. Oder ein langes Leben. In ein, zwei Kilometern Entfernung sahen sie die roten und grünen Lichter von Fischerbooten, die vor der Küste auf- und abwippten. Sie wirkten klein und isoliert, umgeben von der großen grauen Fläche aus Wasser und Himmel.

»Was sollen wir Ihrer Meinung nach tun?«, brach Benjamin das Schweigen.

»Was?«

»Wegen Gary.«

Leonard lachte.

Benjamin sah ihm nicht in die Augen.

»Ich könnte ihn doch bestimmt besuchen, oder?«

Leonard holte Luft. Schüttelte langsam den Kopf.

»Diese Leute laden dich nicht am Wochenende ein, Kumpel. Du hast denen den Hund weggenommen.«

»Ich habe ihn nicht genommen. Er ist mir nachgelaufen.«

»So werden die das nicht sehen, fürchte ich.«

Mit einem Mal spürte Benjamin Verzweiflung in sich aufsteigen. Wenn er an den mageren Hund dachte, der unten in dem Mobilheim lag, wenn er sich vorstellte, wie ihn jemand mitnahm, war ihm, als hätte die Luft plötzlich weniger Sauerstoff. Als bräuchte er immer mehr davon, um bei Bewusstsein zu bleiben. Er wusste, sie waren füreinander bestimmt, sonst wäre Gary ihm nicht nach Hause gefolgt. Wäre nicht ohne Leine die ganze Zeit bei ihm geblieben. In der Stille konnte Benjamin den schweren, tiefen Ozean hören. Er dachte daran, was Benjamin gesagt hatte – dass ein Ort eine Anziehungskraft haben konnte –, und einen Moment lang fragte er sich, ob er sie spüren konnte.

»Warum helfen Sie mir, Leonard?«, sagte Benjamin. Aber Leonards Augen waren geschlossen. Er schlief.

Benjamin stieg hinunter und ging nach drinnen. Gary hob den Kopf, als Benjamin sich im Dunkeln neben ihn legte. Bevor er wegdämmerte, hörte er, wie Leonard sich in der Tür die Zähne putzte. Als er fertig war, spuckte er ins Gras, dann zog er die Stiefel aus, kroch in seinen Schlafsack und zog den Reißverschluss hoch. Benjamin stellte sich vor, wie jemand Leonard gegen den Kopf schlug. Wie sein Gehirn im Schädel herumpolterte.

»Als Sie von denen verprügelt wurden, Leonard«, sagte er. »Hatten Sie da Angst?«

»Bisschen schon«, sagte Leonard, dann schwieg er und dachte einen Augenblick lang darüber nach. »Wusstest du, dass Honigdachse keine Angst empfinden?«, fragte er.

Benjamin antwortete nicht. Er drehte sich auf die Seite und schaute dorthin, wo Leonard auf dem Boden lag, und dann dorthin, wo er Gary atmen hörte.

»Das ist Freiheit«, sagte Leonard schließlich. »Wahre Freiheit.«

20

Als Benjamin aufwachte, kam wieder eine Brise durch die offene Tür. Gary lag zusammengerollt zu seinen Füßen, halb unter einer Decke. Benjamins Hals juckte, und seine Lunge fühlte sich verengt an, was vermutlich an dem Schimmel lag. Er nahm zwei Hübe aus dem Inhalator und ging zur Tür.

Leonard stand am äußersten Ende der Klippe und schaute aufs Meer. Er trug kein Hemd und machte in Zeitlupe Kampfsportübungen. Benjamin ging zu ihm. Er blieb einige Meter rechts von ihm stehen, Gary dicht neben sich.

»Ich mache nur meine Atemübungen«, sagte Leonard, ohne ihn anzusehen. Seine Haare wehten im Wind, Gänsehaut überzog seinen Oberkörper.

»Ist das eine Art Kampfsport?«, fragte Benjamin.

»Nein. Kampfsport ist für Arschlöcher. Ich improvisiere einfach.«

»Dachte ich mir. Ich habe ja gesehen, wie Sie kämpfen«, sagte Benjamin.

Leonard schnippte Benjamin seine brennende Zigarette vor die Füße. Benjamin und Gary wichen gemeinsam zurück.

»Hör zu, gegen mehrere Gegner zu kämpfen, ist ganz schön schwierig«, sagte er und boxte ein paarmal schnell in die Luft. »Die haben sich im Billardklub ohne Vorwarnung auf mich gestürzt.«

Benjamin schwieg.

»Jedenfalls mache ich das als Achtsamkeitsübung, aber auch weil zu viele Leute den körperlichen Teil vernachlässigen.« Leonard zeigte auf Gary, der dicht bei Benjamin blieb, aber auf ein paar Maulwurfshügel urinierte. »Wir sind genau wie er. Nur dass wir das Fell abgestreift und uns nach drinnen verzogen haben.« Er zog das Bein an und trat in die Luft. »Wir müssen unseren Bewegungsdrang ausleben.«

Von ihrem Standort aus konnte Benjamin den Strand sehen, der sich am Fuß der Klippe erstreckte. Oben lagen weite Felder mit wild wucherndem Gras. Die Klippe fiel zum Ort hin ab, bis sie abflachte und sich mit dem Ufer vereinigte. Der obere Teil einer Achterbahn ragte über den Spielhallen und Imbissbuden auf, ihr metallener Körper war von Reihen bunter Glühbirnen gesäumt. Einige flackerten im Dunst. Leonard beendete seine Übungen, indem er einen unsichtbaren Gegner packte und ihm einen Kopfstoß versetzte. Bei Tageslicht wirkten die Blutergüsse in seinem Gesicht etwas blasser, sahen aber noch immer sehr schmerzhaft aus. Der Wind wehte vom Meer herauf über den Hügel und drückte die Grashalme alle in dieselbe Richtung. Jenseits der Uferzeile in Richtung seines Zuhauses, konnte Benjamin den durch die Entfernung geschrumpften toten Wal ausmachen. Die Wellen leckten um ihn herum, und es standen einige Leute dort. Mehrere kleine Boote warteten unweit im seichten Wasser. Es sah aus, als wollten sie ihn zurück ins Meer ziehen.

»Wie ist er wohl gestorben?«, fragte Benjamin.

Leonard blickte mit zusammengekniffenen Augen in die Ferne.

»Der Wal?«, sagte er.

»Ja.«

»Wahrscheinlich ist er unter Wasser den hochfrequenten Geräuschen der Maschinen auf den Bohrinseln gefolgt und vom Kurs abgekommen«, sagte er. »Oder es hatte emotionale Gründe.« Er legte den Kopf zur Seite und hob die Hände, um aus der Aussage eine Frage zu machen. »Vielleicht ist seine Frau mit einem erfolgreicheren Krill-Versorger davongeschwommen.« Er lachte kurz auf und wurde dann ernst. »Oder sie war die erfolgreichere Krill-Versorgerin, und er hatte altmodische Ansichten zu den Geschlechterrollen, die ihn in einen tiefen inneren Konflikt stürzten. Zerstörerische Selbstzweifel, so was in der Art.«

Benjamin dachte darüber nach.

»Aber vielleicht hat er auch einfach aufgegeben«, sagte Leonard. »Manchmal wird einem alles zu viel, oder? Selbst als Wal. Außerdem ist er bestimmt voller Plastik, der arme Kerl.«

»Was machen sie jetzt mit ihm?«

»Wenn man nichts unternimmt, sammeln sich die Gase in seinem Inneren, und irgendwann explodiert er«, sagte Leonard.

Das bezweifelte Benjamin.

»Ehrlich. Sie detonieren quasi. Manche Teile werden Hunderte von Metern durch die Luft geschleudert. Für den Tourismus ist das furchtbar. Stücke von Walkadavern, die auf kleinen Kindern landen, und so weiter.«

Als Leonard verstummt war, stieß eine Windböe Gary vorwärts, als würde sie ihn jagen. Er sprang hoch und schnappte nach dem Wind, als wäre es ein Spiel, lief in eine Richtung und machte kehrt, sobald er die Brise spürte.

»Der tickt doch nicht ganz sauber«, sagte Leonard kopfschüttelnd.

Nach einigen Windstößen lief Gary weiter weg, vertrat sich die Beine. Er kam zu Benjamin zurück und stand mit heraushängender Zunge da.

»Warum läufst du dich nicht mal richtig aus?«, sagte Leonard zu dem Hund und machte eine Armbewegung. »Du hast hier ein ganzes Feld zur Verfügung.«

Gary rührte sich nicht. Er schaute von Leonard zu Benjamin und dann, als sich eine größere Welle am Strand brach, zum Meer.

»Ich habe da eine großartige Idee«, sagte Leonard, hob sein T-Shirt vom Boden auf und ging barfuß in Richtung des Mobilheims. Er zog an einer blauen Plane, die etwas bedeckte. Um was auch immer es sich handelte, es war hinter Unkraut verborgen, das er büschelweise auszurupfen begann. Unter der Plastikplane kam ein rostiges altes

Motorrad zum Vorschein. Das hoch aufgeschossene Gestrüpp hatte sich hindurchgeschlängelt, und der Sitz war voller Vogelkacke.

»Die verdammten Vögel haben draufgeschissen«, sagte Leonard, strich sich die Haare hinter die Ohren und ging in die Hocke, um sich den Schaden anzusehen. »Ist das zu fassen?«

Er zog am Lenker, hängte sich mit seinem ganzen Gewicht daran und lehnte sich zurück, bis das Motorrad freikam. Er wischte den Sitz mit dem Unterarm sauber.

»Wenn das anspringt, kriegen wir ihn damit so richtig zum Laufen«, sagte Leonard aufgeregt. »Dann sehen wir mal, wie schnell er in etwa rennen kann.«

Leonard wischte mit dem T-Shirt in seiner Hand den Schmutz vom Tacho, dann klappte er den Kickstarter aus und sprang mit voller Kraft darauf. Das Motorrad reagierte nicht. Die Haare rutschten ihm ins Gesicht.

Er bewegte die Maschine von einer Seite auf die andere. »Manchmal hilft es, das Benzin hin und her schwappen zu lassen. Um es wiederzubeleben«, sagte er.

Nach ein paar weiteren Versuchen spotzte der Motor, und Leonard strahlte. Er strich sich die Haare aus dem Gesicht, schlug mit der flachen Hand auf den Tank und nickte. Als er es noch einmal versuchte, klang das Motorrad schon etwas lebendiger. Er sprang wieder auf den Kickstarter – sein Gesicht rötete sich, ein Schweißtropfen rann an seiner Stirn herunter – und drehte am Gasgriff. Schwarzer Rauch quoll aus dem Auspuff. Der süßliche Geruch von Benzin und Zweitakter. Gary hielt Abstand und beäugte die knatternde Maschine, die von Leonard aufrecht gehalten wurde.

»Kannst du fahren?«, fragte Leonard, ließ den Motor aufheulen und grinste.

»Ich habe es noch nie probiert«, sagte Benjamin und betrachtete das heruntergekommene Motorrad.

»Dann probierst du es heute.«

Leonard schwang das Bein über den Sitz und fuhr los. »Ich mache einen kleinen Sicherheitscheck«, rief er über die Schulter. »Dann kannst du mal.«

Benjamin schüttelte den Kopf. Er hatte nicht das geringste Interesse an Motorrädern, schon gar nicht an so schlecht gewarteten wie diesem. Es konnte alles Mögliche passieren – er könnte mitten auf dem Feld landen, mit einem aus seinem Bein ragenden Knochen und Heckenteilen, die sich in seine Organe bohrten.

»Ist schon gut«, sagte er, aber Leonard hörte ihn nicht. Er schaltete sich durch die Gänge und hüpfte über das Grasland. Gary saß zu Benjamins Füßen und sah zu, wie das Motorrad am anderen Ende des Feldes entlang- und dann den Hügel hinauffuhr. Leonard grinste, seine Haare umwehten das Gesicht. Nach einigen Runden kam er zurück.

»Du bist dran«, sagte er und lehnte die Maschine auf ihren Ständer.

Benjamin schaute auf seine Füße hinunter. »Ist schon gut«, sagte er. »Ich mag so was nicht.«

»Was genau? Sich lebendig fühlen?«

»Nein. Gefährliche Sachen.«

Leonard ließ kurz die Schultern sinken, als wäre er aufrichtig enttäuscht.

»Warte hier«, sagte er, lief zum Mobilheim und verschwand darin. Benjamin hörte ihn wieder die Schränke durchstöbern. Nach einigen Sekunden kam er zurück, in der Hand einen weißen Motorradhelm, bei dem das Visier fehlte. Er hielt ihn hoch und betrachtete ihn mit etwas Abstand.

»Da ist er«, sagte er. »Ein Superhelm! Damit bist du unzerstörbar.«

Leonard reichte Benjamin den Helm wie eine Kostbarkeit. Er war voller Dellen und Kratzer, und das orange Innenfutter zerbröselte.

»Setz ihn auf, und ich schnalle ihn richtig fest«, sagte Leonard.

Benjamin hielt den Helm näher vor das Gesicht. Er betrachtete die verschlissenen Gummidichtungen im Inneren.

»Hat alle Sicherheitszertifikate, Kumpel – jeden einzelnen Sticker.«

Auf dem Leder waren grüne Ringe aus Schimmel zu sehen. Leonard zeigte auf einen goldenen Aufkleber auf der Rückseite.

»Der bedeutet, dass er für Motorradrennen zugelassen ist«, sagte er. »Einer der besten Helme, die man für Geld kriegen kann. Zumindest war er das, als ich ihn gefunden habe.«

Leonard trat ein Stück vor und hob den Helm, aber Benjamin wich zurück. Leonard deutete mit dem Kinn auf Gary.

»Glaub mir, Kumpel, du wirst es nicht bereuen. Du wirst auch in dieser Welt überlebensfähig sein.«

Gary kam angelaufen. Er hechelte und sah glücklich aus. So unwahrscheinlich es Benjamin auch vorkam, es sah wirklich aus, als würde der Hund lächeln.

Benjamin trat von einem Fuß auf den anderen, wie er es immer tat, wenn er nervös war.

»Vielleicht probiere ich es einmal«, sagte er.

Leonard zog den Riemen unter Benjamins Kinn fest und führte den Stoff durch zwei Metallringe. Seine Hände rochen ölig wie die eines Mechanikers. Der Helm rutschte auf Benjamins Kopf herum.

»Sitzt perfekt!«, sagte Leonard.

Er erklärte Benjamin die Bedienung. »Ist ganz einfach«, sagte er. »Mit dem rechten Griff gibst du Gas, mit dem rechten Hebel bremst du vorne und mit der Fußbremse auf der rechten Seite hinten. Geschaltet wird mit links.«

Das klang nicht einfach. Gary blieb während des Gesprächs auf Abstand, beobachtete sie beide aufmerksam, während Leonard alles erklärte, wobei »erklären« eine Übertreibung wäre. Es klang eher, als würde er einfach immer wieder *links* und *rechts* sagen. Benjamin stieg auf.

»Es gibt keine Kupplung, also kann jeder Idiot damit fahren«, sagte Leonard und ließ den Motor wieder aufheulen. »Stell dich einfach da drauf, um einen Gang einzulegen.« Er zeigte auf ein Metallteil neben der Fußraste. »Und dreh dann am Griff, wenn du so weit bist.«

Benjamin schwitzte so stark, dass sich seine Hände nass anfühlten. Er rieb sie an seinen Beinen, während er zusah, wie Leonard den ersten Gang einlegte.

»Versuch mal, ein bisschen Gas zu geben«, sagte Leonard und führte Benjamins Hand, sodass sich das Motorrad langsam vorwärts bewegte. Man musste kaum Gas geben, um im ersten Gang dahinzurollen. Benjamin ließ den Fuß ausgestreckt, um das Gleichgewicht zu halten, und Leonard schob ihn am Lenker ein wenig an. Als Benjamin über das Gras davonzurollen begann, gab Gary ein gedämpftes Bellen von sich. Er machte ein paar Schritte vorwärts und begann dann zu laufen.

»Gut so«, rief Leonard, während sich Benjamin entfernte. »Und jetzt in den zweiten Gang und mehr Gas!«

Aber Benjamin fuhr mit derselben Geschwindigkeit im selben Gang weiter. Er war etwa 20 Meter entfernt, als Gary längere Sätze zu machen begann, um nicht zurückzufallen. Benjamin lachte, als er sah, wie ihm der Hund mit heraushängender Zunge folgte.

»Er sieht aus wie in einer Tierdoku«, rief Leonard.

Und er hatte recht. Wenn Gary rannte, sah er wie ein anderes Tier aus. Er war nicht in sich zusammengeschrumpft wie in der Kälte, sondern entfaltete sich, wurde zu dem, was er eigentlich sein sollte. Sein schlanker Körper und seine schmalen Beine arbeiteten gemeinsam daran, ihn vorwärtszutreiben, so als wäre Rennen für ihn die natürlichste Sache der Welt. Als hätte er die ganze Zeit über nur ruhig und still darauf gewartet, loslaufen zu können.

Benjamins Blick zuckte zwischen dem Gras vor ihm und dem Hund neben ihm hin und her. Gary beim Laufen zuzusehen, entspannte ihn ein wenig. Er drehte ein kleines bisschen mehr am Gas und schaltete einen Gang höher, veränderte die Tonlage des Motors, spürte, wie die schwammige Federung die Unebenheiten des Feldes schluckte. Mit jedem Satz streckte sich Garys Körper und zog sich wieder zusammen, und seine vier Beine berührten sich beinahe unter dem Bauch.

Benjamin fuhr in einer diagonalen Linie durch das kurze grüne Gras des Feldes. Etwa auf halber Strecke beschleunigte Gary und zog davon, beschrieb eine große Schleife und legte sich dabei mit weit geöffneten Augen und heraushängender Zunge in die Kurven. Die strahlende Sonne schimmerte auf dem Fell über seinen Rippen. Und trotz des brummenden Motors hätte Benjamin schwören können, das Geräusch von Garys Pfoten zu hören, die auf den Boden trommelten, jeden seiner schnellen Schritte in der vollsten Stelle seiner Brust zu spüren.

21

Benjamin fuhr in weiten, langsamen Kreisen über das Feld, bis Gary haltmachte, um sich zu entleeren.

»Ich hole dir eine Tüte«, rief Leonard und ging in Richtung des Mobilheims. »Der drückt ja einen Mordshaufen raus. Wie eine vierbeinige Softeismaschine.«

Leonard kam mit einer Tragetasche zurück, und Benjamin nahm sie, während er sich noch damit abmühte, die Maschine auf ihren Ständer zu stellen. Als er die Tüte über seine Hand stülpen wollte, brach Leonard in Gelächter aus.

»Das war ein Witz. Es ist doch bloß Kacke auf einem Acker.« Er zeigte auf das Mobilheim. »Als du geschlafen hast, habe ich Inventur gemacht. Die Tüte brauche ich wahrscheinlich eh zum Einkaufen.«

»Ich dachte, drinnen gibt es etwas zu essen?«, sagte Benjamin, der sich ziemlich sicher war, in den Schränken etwas gesehen zu haben.

Leonard zuckte mit den Schultern. »Definitiv nichts mehr da.«

Gary lief auf und ab, um sich abzukühlen. Seine Ohren lagen flach auf dem Kopf, der fleischige Teil nach außen gekehrt, als hätte er die Lüftungsklappen geöffnet. Leonard zeigte darauf.

»Das ist ja klasse«, sagte er. »Rennmodus.«

»Sind Sie sicher, dass Sie heute einkaufen müssen?«, fragte Benjamin. »Sollten wir nicht besser hierbleiben?«

»Wir können uns entweder im Ort irgendwas besorgen, oder ich schieße uns mit dem Luftgewehr ein Karnickel«, sagte Leonard. Er sah Benjamin aus dem Augenwinkel an. »Das würde ich auf jeden Fall hinkriegen.«

Benjamin blickte in den wolkenlosen Himmel.

»Ich kann sie sogar ausnehmen. Eine Taube habe ich auch schon mal ausgenommen. Bei einem Survivaltraining-Wochenende. Ich musste ihr den Daumen durch die Brust stoßen.«

Benjamin würgte. »Supermarkt klingt vernünftig«, sagte er, abgestoßen von der Vorstellung, aber auch aufgeregt, weil ihm bewusst wurde, dass er eigentlich auf der Arbeit sein sollte. Er warf Leonard einen panischen Blick zu.

»Ich habe heute Dienst«, sagte er. Er ruderte mit den Händen durch die Luft.

»Im Supermarkt?«

»Ja, an der Kasse. Jetzt haben sie zu wenig Leute.«

Im Normalfall würde Camille bald in ihren abgetragenen flachen schwarzen Schuhen, aus denen immer die Fersen herausrutschten, die Runde machen und das Bargeld in große Plastikumschläge stecken. Er stellte sich vor, wie sie geistesabwesend einen Kugelschreiber in das weiche weiße Fleisch ihrer Hand drückte, um sich zu notieren, an welchen Kassen sie das Geld bereits eingesammelt hatte. Wenn er nicht da war, würde sie wohl später für ihn lügen müssen.

»Ich sollte es Camille sagen«, sagte Benjamin.

»Was sagen?«, sagte Leonard.

»Dass ich nicht komme.«

»Und wenn sie Fragen stellt?«

»Wird sie nicht. Ich vertraue ihr. Ich kann ihr sagen, dass ich mich um einen Hund kümmere. Sie mag Tiere.«

»Ich weiß nicht, ob das so eine gute Idee ist«, sagte Leonard.

Benjamin begann, das Gespräch im Kopf durchzugehen.

»Ich sage ihr einfach nicht, um was für einen Hund es geht.«

Leonard legte die Stirn in Falten.

»Ich denke, ich sollte das machen«, sagte er. »Dann brauchst du nicht zu lügen.«

Benjamin zögerte.

»Ich behaupte einfach, ich wäre dein Onkel und du hättest die Scheißerei.«

Benjamin musste das Gesicht verzogen haben, denn Leonard überdachte das Angebot.

»Ich sage ihr, du hättest erhöhte Temperatur und den Geschmackssinn verloren«, sagte er, hielt Benjamin sein Telefon hin und zwinkerte ihm zu.

Benjamin wollte Camille nicht anlügen. Camille sagte, wenn man lüge, könne das auf ein blockiertes Hals-Chakra hindeuten. Wenn das der Fall sei, habe man unter Umständen Schwierigkeiten, seine persönliche Wahrheit auszusprechen und seine grundlegende menschliche Kreativität auszuleben. Benjamin wusste nicht, was seine persönliche Wahrheit war, aber er wollte sie gern aussprechen können, wenn es einmal notwendig sein sollte. Außerdem mochte er den Gedanken nicht, ihr gegenüber unehrlich zu sein.

Er tippte die Nummer ein.

Während es klingelte, räusperte sich Leonard. Er stellte das Telefon auf Lautsprecher, damit Benjamin alles hören konnte, und wartete darauf, dass Camille abhob.

»Hallo, ich würde gern Camille sprechen«, sagte Leonard.

»Am Apparat«, sagte sie.

»Hallo, Camille, hier ist Leonard.«

»Hallo, Leonard.«

»Ich bin Benjamins Onkel.«

»Oh, wie schön; er ist so ein guter Junge.«

»Danke schön, Camille. Wir sind alle sehr stolz auf ihn.« Leonard verdrehte übertrieben die Augen.

Benjamin konnte den Blick nicht von Leonard abwenden, während er sprach – es war schockierend, wie leicht ihm das Lügen fiel, wie wohl er sich bei seiner Darbietung fühlte.

»Er hat noch nie von einem Onkel gesprochen«, sagte Camille.

»Nein, nein. Nun ja, ich war länger weg.«

»Wie schön. Waren Sie auf Reisen?«

»Sozusagen, Camille, ja. Sozusagen. Also wegen Benjamin?«

»Oh ja. Benjamin.«

»Er kann heute leider nicht zur Arbeit kommen. Er ist krank.«

Camille stieß das allgemeingültige, schnalzende, gähnende Geräusch des Mitgefühls aus. »Ich wusste doch, dass irgendetwas nicht stimmt«, sagte sie. »Ich hatte so ein komisches Gefühl.«

Leonard sah Benjamin mit hochgezogenen Augenbrauen an. Camille fuhr fort.

»Ich habe seinen Namen auf dem Dienstplan gesehen, und es war, als würde ich so eine ... Unruhe verspüren. Was hat er denn?«, sagte sie.

Leonard stotterte. »Er hat die Schei... die Schweinegrippe.«

»O Gott«, sagte Camilla. »Das ist ja furchtbar.«

Leonard nickte ernst, ein Nachhall seiner Hingabe an die Aufführung.

»Brauchen Sie Medikamente?«, fragte Camille. »Ich könnte Ihnen welche vorbeibringen. Oder etwas Fischöl?«

Leonard hielt das Telefon ein Stück weg, damit sie sein Lachen nicht hörte. Er erstickte das Geräusch mit der Hand, bis er sich wieder gefasst hatte.

»Camille«, sagte er. »Das ist sehr, sehr nett von Ihnen, aber ich glaube, wir kommen schon zurecht.« Er sah sich um. »Ich bin zufällig Mediziner«, sagte er.

Sogar Leonard selbst schien über diesen neuen Aspekt seiner Hintergrundgeschichte überrascht zu sein.

»Ach, wie großartig«, sagte sie. »Da kann Benjamin aber froh sein.«

Leonard zog die Augenbrauen hoch.

»Sehr froh sogar«, sagte er. »Sehr, sehr froh.«

Darauf erwiderte Camille nichts. Leonard meldete sich wieder zu Wort.

»Gut, Camille. Es hat mich sehr gefreut, aber ich muss Schluss machen. Ich habe Patienten ... zu untersuchen.«

»Auf Wiederhören«, sagte Camille.

Als Leonard aufgelegt hatte, rechnete Benjamin halb mit einer Verbeugung. Er folgte ihm zum Mobilheim und wartete draußen, während Leonard ein paar Plastiktüten holte.

»Das war fantastisch«, sagte Leonard. »Äußerst erhebend.«

Gary war auf dem Teppich eingeschlafen. Seine Beine zuckten alle paar Sekunden, als würde er rennen.

»Er träumt vom Laufen«, sagte Benjamin.

Leonard drehte sich zu dem Hund um. Er lachte. »Träumen wir nicht alle davon, wegzulaufen?«, sagte er.

Er schwenkte die Tüten. »Ich habe noch mal über die Einkaufstour nachgedacht«, sagte er. »Ich glaube, es ist das Beste, wenn du hierbleibst. Den Hund nehme ich mit, damit du dich ausruhen kannst.«

Benjamin gefiel der Gedanke nicht.

»Ich will ihn hierbehalten«, sagte er.

»Na schön«, sagte Leonard. »Aber seine Besitzer gehören angeblich zur japanischen Yakuza oder so.«

Benjamin dachte darüber nach.

»In Norfolk?«

»Ja, oder irgendwas in der Art. Vielleicht auch zur Russenmafia. Aber ungeachtet der ethnischen Hintergründe würde es ihm guttun, den Kopf aus einem fahrenden Auto zu strecken. Hunde lieben das.«

Benjamin war sich sicher. »Er bleibt hier«, sagte er.

Leonard stand da und überlegte. Er machte ein gequältes Gesicht.

»Na schön«, sagte er. »Wenn du es so willst. Ich spiele den einsamen Wolf. Pass nur auf, dass der Herr der Garnelen hier keinen Blödsinn macht.«

Benjamin nickte. Ihm gefiel die Vorstellung, mit Gary zusammenzubleiben und auf keinen Fall ein Kaninchen zu töten. Leonard schaute auf das Gras zu seinen Füßen.

»Hast du übrigens noch ein bisschen Asche?«, fragte er.

»Asche?«

Leonard rieb die Finger aneinander. »Geld, Kumpel«, sagte er.

Benjamin griff in die Innentasche und zog das Geldbündel heraus. Er schaute kurz auf die Scheine und gab Leonard dann einen Zwanziger.

»Zur Sicherheit vielleicht besser vierzig?«, sagte Leonard und betrachtete seine Schuhe.

»Bringen Sie ihm auch etwas mit?«, fragte Benjamin mit Blick auf Gary. »Die Dosen, die ich ihm gekauft hatte, mochte er nicht so.«

»Tja, er ist ziemlich kostengünstig, was? Was hat er denn gefressen, seit er bei dir ist?«

»Er hat eine Schale Porridge gefressen. Ein paar Frühlingsrollen. Das chinesische Essen von Ihnen. Und ein paar Ameisen.«

Benjamin dachte an die Ameisen zurück, die über die Terrasse gewimmelt waren. Daran, dass sie ihr Dasein in Garys Magensäure beschlossen hatten. Der Gedanke, dass ihr kleines, überschaubares Leben durch den nassen Druck einer Hundezunge beendet worden war, brachte ihn ein wenig aus der Fassung. Es war alles sehr düster, der Gedanke etwas zu groß für ihn.

»Wie das klingt, lebt er in Saus und Braus. Aber ich schaue mal, was ich tun kann.« Leonard zwinkerte ihm zu.

Benjamin saß auf den Stufen, während Leonard im Auto über die Felder rumpelte. Gary war aufgewacht und erschien in der Tür; sein Kopf hing über Benjamins Schulter in der Luft. Er schob sich an ihm vorbei und ging dann zur Hecke, um dort zu urinieren, wo er zuvor das Gesicht durch die stark duftenden Blätter gezogen hatte. Benjamin sah zu, wie der Hund an Stellen im Gras schnüffelte, die irgendwie bedeutsam zu sein schienen, und er erinnerte sich daran, wie Gary ihm hinterhergeblickt hatte, als er ins Krankenhaus gegangen war, so als wollte er nicht von ihm getrennt werden. Er sah wieder die Krankenhausflure vor sich, seine Oma in ihrem Zimmer, ihr Körper so zart, dass das Bett vom Hals abwärts leer wirkte. Seine Haut fühlte sich seltsam an. Er dachte an die Teile seines Körpers, die er waschen wollte, und dann an den Moment, in dem der Wal am Strand zu weit in Richtung Land geschwommen war, um je wieder zurückzukommen.

»Komm, wir gehen spazieren«, sagte er und stand auf.

Nachdem sie Leonards Grundstück verlassen hatten, gingen Benjamin und Gary am Feld eines Bauern entlang, das von tiefen schwarzen Furchen durchzogen war. Sie gingen zwischen hohen gelben Gerten hindurch, Gary ein paar Schritte vor Benjamin, der die Hände über den Kopf hielt, für den Fall, dass der Bauer gefährliche Chemikalien oder Pestizide einsetzte, um das Wachstum der Nutzpflanzen anzuregen. Während sie den Hügel erklommen, blickte Benjamin zum Horizont, auf die heranbrandenden und sich brechenden Wellen.

Nach einiger Zeit kamen sie an eine Straße. Die Straßenränder waren überwuchert, und alles war voller Schlaglöcher, als hätte man die Straße vor langer Zeit vergessen. Sie führte zu den Bungalows, an denen sie mit dem Auto vorbeigefahren waren – denen, die auf dem Rand der Klippe balancierten und Stück für Stück ins Meer rutschten. Die Häuser waren von Metallzäunen mit Warnschildern umgeben, und in den verwilderten Gärten standen ausgebleichte Blumentöpfe voller Unkraut und vertrockneter Erde. Es waren traurige Museen der Menschen, die einmal darin gelebt hatten.

Benjamin kam an einem Briefkasten vorbei, der auf dem Boden vor sich hin rostete. Er bückte sich, um die Anschrift zu lesen, konnte aber nur einen Teil des Namens entziffern.

DAVID T– stand darauf.

Er stellte sich vor, wie ein Mann namens David bunte Blumen in die Töpfe setzte, wie die Erde tief in die Rillen seiner Finger eindrang, als er sah, wie Gary durch ein Loch im Zaun schlüpfte und in der offenen Tür des nächsten Bungalows verschwand.

»Gary«, rief er panisch. »Gary!«

Benjamin rannte zu dem Zaun. Von dort aus konnte er durchs Fenster schauen – er sah den blauen Himmel und das Wasser, wo die gesamte Rückwand ins Meer gestürzt war.

»Gary«, rief er noch einmal.

Benjamin sagte immer wieder den Namen des Hundes, aber er kam nicht zurück. Er lief am Haus entlang, um besser sehen zu können, versuchte, sich vom Abgrund fernzuhalten. Er erinnerte sich vage an eine Dokumentation über eine Brücke in Schottland, die von Hunden wohl als optische Täuschung wahrgenommen wurde und ihnen auf irgendeine Weise vorgaukelte, sie könnten gefahrlos hinunterspringen, woraufhin sie in den Tod stürzten.

»Gary«, schrie er, während er sich das Schlimmste vorstellte.

Er machte sich Gedanken wegen Garys Tiefenwahrnehmung, fürchtete, sie könnte fehlerhaft sein und er könnte über die Klippe ins Meer stürzen. Er blieb auf dem Fleck stehen und kratzte sich am linken Arm, bis sich das Fleisch rosig wölbte. Er schüttelte die Hände ein wenig an seiner Seite, dann zwängte er sich durch das Tor.

»Gary«, sagte er und ging gebückt über den Rasen, wobei er die Füße behutsam von der Ferse bis zu den Zehen aufsetzte.

Als er sich dem Haus – dem Abgrund – näherte, schien sein Körper zu pulsieren. Er spürte die Höhe der Klippe im Magen und lehnte sich neben der Tür an die Wand, um zur Ruhe zu kommen. Es half nicht. Er stabilisierte sich, indem er die Hände auf den Boden legte, und daraufhin schien sich alles ein wenig zu verlangsamen. Irgendwo in der Ferne hörte er einen Traktor auf einem der Felder, ein paar kreischende Möwen, die sich durch die Luft schwangen.

Benjamin drückte die Tür auf und blickte um die Ecke. Er sah Gary, der auf dem Boden des Wohnzimmers saß und hinausschaute. Der Hund wandte sich zu ihm um. Das klaffende Loch hinter ihm war wie ein Bilderrahmen, durch den der weite dunkelblaue Ozean hereindrängte.

»Bitte komm zurück«, sagte Benjamin. »Wir stürzen ins Meer.«

Gary rührte sich nicht. Er saß reglos auf dem Läufer, und sein Brustkorb schwoll mit jedem sanften Atemzug leicht an, während Benjamin seinen Schwerpunkt nach unten zu verlagern versuchte und vorwärts kroch, bis er den Arm ausstrecken und die Haare auf Garys Rücken berühren konnte. Der Hund wedelte mit dem Schwanz, als hätte er Benjamin lange nicht gesehen. Benjamin legte ihm die flache Hand auf die Rippen, und Gary entspannte die Beine, bis Benjamin sein Gewicht spürte. Seine Angst waberte, und ihre Ränder wurden stumpfer. Er blickte noch einmal durch die fehlende Rückwand aufs Wasser und dann auf die Gegenstände um sie herum, die zurückgeblieben waren, als die Bewohner beschlossen hatten, dem Ganzen ein Ende zu setzen.

»Komm, wir gehen«, sagte er und schlich rückwärts, während Gary zur Tür trabte.

Auf dem Rückweg versuchte sich Benjamin vom Rand der Klippe fernzuhalten. Gary lief ein kleines Stück vor ihm, während sie dem natürlich gewundenen Pfad hinunter zum Strand folgten. Als sie durch den Sand gingen, dachte Benjamin an die Bungalows und die Menschen, die darin gelebt hatten, bevor die ramponierten Klippen ins Rutschen geraten waren. Er dachte an die Topfblumen und die beschädigten Gartenmöbel. An die zerbrochenen Bilderrahmen, die letzten verbliebenen Ziegelsteine, die alle ins Wasser stürzen würden, die vielleicht letzten Spuren eines ganzen Menschenlebens. Dann fragte er sich, wo er sein würde, wenn es geschah, und ob Gary bei ihm sein würde.

22

Als sie beim Mobilheim ankamen, saß Leonard auf einem Gartenstuhl auf dem Dach, neben sich vier leere Bierdosen. Bei der Treppe standen Tragetaschen voller Sandwiches. Auf den meisten klebte ein gelber »Reduziert«-Aufkleber.

»Die sehen nicht sehr frisch aus«, sagte Benjamin.

»Wie beleidigend«, sagte Leonard. »Gut, das sind sie auch nicht. Aber essbar sind sie. Ich habe auch noch andere Sachen. Kulinarische Optionen, wenn du so willst.«

Leonard stieg herunter und kippte den Inhalt einer weiteren Plastiktüte auf einen Klapptisch, den er aufgestellt hatte. Er hatte einen Behälter mit Sandwichcreme, etwas Gebäck, ein paar Steaks und rohes Fleisch (das Benjamin nicht essen konnte) sowie mehrere Thunfischsandwiches gekauft.

Thunfisch wollte Benjamin ganz bestimmt nicht essen, weil der große Mengen an Quecksilber enthielt und Quecksilber hochgiftig war. Er musste an den chinesischen Kaiser denken, der in einem Fluss aus Quecksilber beerdigt werden wollte, weil er (ironischerweise) glaubte, es habe die Macht, ewiges Leben zu verleihen. Leonard sagte er nichts davon und auch nicht, dass er den Thunfisch nicht essen wollte, denn andere mochten es meist nicht, wenn man sie auf ihre Fehler aufmerksam machte.

»Richtig kontinental«, sagte Leonard. »Fast wie Tapas.« Er zeigte auf den Hund. »Die habe ich für ihn mitgebracht.« Er hielt eine Packung getrockneter Sprotten hoch. Leonard drückte das Gesicht hinein. »Hmmm. Das sind die Guten.«

Gary witterte den Geruch und reckte die Nase hoch in die Luft. Er lief zu Leonard hinüber und setzte sich vor ihn. Leonard warf ihm einen Fisch zu. Er schnappte ihn mit einem schnalzenden Geräusch und zermalmte seine winzigen, sonnengetrockneten Knochen.

»Haben Sie das ganze Geld dafür ausgegeben?«, fragte Benjamin.

»Nein, es gab jede Menge Rückgeld. Und warum so vorwurfsvoll? Ich habe gerade für uns den Jäger und Sammler gespielt. Ich dachte, du freust dich.«

Leonard klang wütend. Benjamin betrachtete den Mann vor sich, den er kaum kannte, und spürte die Abgeschiedenheit des Feldes, die Entfernung zum Ort. Mehr als alles andere wünschte er sich, mit seiner Oma sprechen zu können. Er wollte in der Küche sitzen und ihr von Gary erzählen, damit sie etwas sagen könnte, was ihn ein wenig aufbaute und ihm das Gefühl nahm, dass die Welt eine einzige wirbelnde Sorge war. Es war eine ganze Weile her, dass sie das getan hatte. Leonard warf Gary noch einen Fisch zu, der ihn verfehlte und dann aus dem Gras zu seinen Füßen aufsaugte. Benjamin wünschte, Gary wäre näher bei ihm. Er wollte die Hand ausstrecken und sein Fell berühren.

»Waren Sie sonst noch irgendwo?«, sagte Benjamin.

Leonard schwankte leicht.

»Wann?«

»Als Sie unterwegs waren.«

Leonard kniff die Augen zusammen.

»Ich fühle mich äußerst bedrängt«, sagte er und stieg die Leiter hinauf. »Ich habe es dir doch schon gesagt: nur im Supermarkt.«

Leonard blieb auf dem Dach und trank weiter Bier, während die Sonne versank.

»Vielleicht solltest du ihn lieber reinbringen«, sagte Leonard lachend.

»Warum?«

»Sie jagen in der Dämmerung – er geht wahrscheinlich total steil. So werwolfmäßig.«

Benjamin antwortete nicht. Er sah nur Gary an. Er konnte sich nicht vorstellen, dass er etwas Größeres als eine Ameise töten würde. Er hoffte es nicht.

Leonard hangelte sich an der Leiter hinunter und hielt sich dabei möglichst nah am Metall. Beim letzten Stück erschien sein Gesicht im Fenster.

»Ich brauche noch Bier«, sagte er und verschwand nach drinnen. Er kam mit einer Flasche Sake zurück, wie er sie auch im Auto hatte, und hielt sie hoch. »Besonderer Anlass und so«, murmelte er und nahm einen Schluck. Etwas lief an seinem Kinn herunter und machte sein T-Shirt nass.

»Überlegst du manchmal, was er sagen würde?«, sagte er mit zusammengekniffenen Augen. »Wenn er sprechen könnte?«

»Eigentlich nicht«, sagte Benjamin.

»Ich schon. ›Ich bin so was von schnell. Guckt euch meine schnellen Beine an.‹ Solche Sachen. ›Kein Hund hat so schnelle Beine wie ich‹, würde er sagen. Ich glaube, das würde er sagen.«

Leonard trank noch einen Schluck Sake. Er schien sich sehr schnell zu bewegen und zu sprechen.

»Ich frage mich auch, ob man einen Gorilla zum Gewichtheben abrichten könnte«, sagte er. »Überleg mal, wie stark ein Gorilla wäre. Er würde jeden menschlichen Rekord sofort brechen. Sogar ein schwacher Gorilla.«

Leonard sah sich mit ausdrucksloser Miene um, so als würde er über alles in Sichtweite hinausblicken, als würde er nach etwas sehr weit Entferntem Ausschau halten, es aber nicht entdecken.

»Ist alles in Ordnung?«, fragte Benjamin.

»Erste Sahne.«

Eine Sekunde lang erschien ein sorgenvoller Ausdruck auf Leonards Gesicht. Er hob die Hand ans Gesicht und rieb unnötig fest über die Blutergüsse. Er zuckte zusammen wie ein Kind.

»Komm, wir kochen was davon«, sagte er mit australisch klingendem Akzent. »Machen wir ein *Barbie.*«

Leonard zog einen schmutzigen Barbecue-Grill unter dem Klapptisch heraus und manövrierte ihn schräg durch die Tür, wobei er ständig irgendwo anstieß. Er zerrte fest daran, um den breitesten Teil durch die Lücke zu bekommen, prüfte dann mit den Händen, wie stabil er war, wackelte vor Benjamin damit hin und her, wobei die Beine leicht nachgaben. Er holte einen Sack Kohle und eine durchgebrochene Palette unter dem Mobilheim hervor und schlug mit einer Axt auf die Palette ein, bis die Stücke klein genug waren, um hineinzupassen.

»Ist schön, draußen zu kochen«, sagte Leonard.

Während er das Feuer anfachte, stand Gary da und schaute zu, hob die Nase zum Grill, schnupperte und nahm den Geruch von angebranntem Fleisch auf.

»Ich nehme Benzin«, sagte Leonard mehr zu sich selbst als zu Benjamin. »Das wird nicht unbedingt empfohlen.«

Leonard war abgelenkt, als er einen Benzinkanister hinter einem der Räder des Mobilheims hervorholte. Benjamin trat ein großes Stück zurück, und Gary folgte ihm und blieb hinter seinen Beinen stehen.

»Das Wichtigste ist, dass wir diesen Behälter weit genug vom Feuer fernhalten«, sagte Leonard und schüttete Benzin über die Kohle und das Holz. Er schraubte den Deckel wieder auf und schleuderte den Kanister fünfzig, sechzig Meter hinter die Heuballen.

»Das müsste reichen«, sagte er.

Es wurde dunkel, und die Wolken kamen näher. Als Leonard ein Streichholz auf den Grill warf, erhellte die Flamme einen Sekundenbruchteil lang alles um sie herum. Sie schoss aufwärts und zu den Seiten, ein warmer oranger Ball, der so heiß gegen Leonards Gesicht loderte, dass er nach hinten umkippte und auf den Händen landete. Gary duckte sich hinter Benjamin zusammen, den Schwanz zwischen die Hinterbeine geklemmt. Als sich die Flamme etwas zurückgezogen hatte, schob er den Kopf zwischen Benjamins Knie und betrachtete Leonard konzentrierter als vorher.

»Scheiße noch mal«, sagte Leonard und starrte in das Herz der Flamme. »Ich liebe Feuer.«

Während er das sagte, begann es zu regnen. Benjamin lauschte dem Geräusch des Regens, der auf das heiße Holz prasselte und zischte. Leonard kippte den Rest seines Biers auf die Kohlen, und der aufsteigende Dampf bildete einen Schleier.

»Ziemlich typisch für mein Leben«, sagte er lachend und machte eine Kopfbewegung zu den Wolken hinauf. »Gehen wir rein.«

Der Grill im Mobilheim gab beim Aufheizen ein leises metallisches Klicken von sich. Leonard öffnete eine der Fleischpackungen, warf zwei Lammkoteletts darauf und schob sie unter die Hitze. Benjamin saß da, die Hand auf Garys Kopf gelegt, während Leonard stumm das Fleisch briet. Als die Koteletts fertig waren, schob er sie auf dieselben Teller, von denen sie die Eier gegessen hatten. Er stellte Fladenbrot und Taramosalata zum Dippen daneben und trank noch mehr Sake. Er war zu betrunken, um zu sehen, dass Benjamin das Lamm an Gary verfütterte.

Nach dem Essen war Leonard so betrunken, dass er sich beim Aufstehen abstützen musste. Er ging zum Fenster und linste durch die Jalousien, die er mit seinen langen Fingern spreizte. Es regnete in Strömen, dicke Tropfen klatschten aufs Dach des Mobilheims. Leonard zog die Vorhänge zu.

»Guck dir diesen Hund an«, sagte er. »Springt und federt. Eine reine Sprungfeder.« Er kicherte über seinen eigenen Witz. »Ich mag diesen Hund«, lallte er, sprang mit einem Satz neben Gary und ahmte mit den Fingern Hundeohren auf seinem Kopf nach. »Er ist ein Prachtexemplar. Wie wir beide.«

Benjamin nickte.

»Wir sind Prachtkerle, Benjamin. Verfickte Titanen der materiellen Form.« Leonard beugte sich hinunter, drückte die Nase in Kopf und Ohr des Hundes und nahm einen langen, unregelmäßigen Atemzug.

»Im Mittelalter hätten sie einer Verbindung wie dieser gehuldigt. Einer, wie wir sie haben.« Er wedelte zwischen sich und dem Hund hin und her. »Wir wären durch die Gegend gezogen und hätten Schnaps gesoffen und Hasen gefressen.« Leonard zog mit den Fingern Garys Lefzen von den Zähnen. »Man betrachte diese elfenbeinernen Klingen«, sagte er.

Leonard lehnte sich auf dem Stuhl zurück und sah den Hund mit zusammengekniffenen Augen an. Dann beugte er sich vor und legte die Hand an Garys Gesicht. »Er hat schöne Augen«, sagte er. »Wie Kleopatra.«

Einen Moment lang verharrte er so, den Blick auf Gary geheftet, dann schob er ihn schwächlich beiseite. »Geh schon, du Lappen«, sagte er. »Geh nur zu ihm.«

Leonard ging zur Wand hinüber, löschte das Licht und stand dann da und spähte ins Blauschwarz des Feldes hinaus.

»Die lassen wir besser aus«, sagte er. »Wir müssen Strom sparen.«

Gary sprang aufs Bett, und Benjamin hinderte ihn nicht daran. Er ließ sich nieder und legte die Hand auf den dicken Muskel in seinem Hinterbein. Das Geräusch des aufs Dach trommelnden Regens schien immer lauter zu werden. Sie saßen schweigend da. Benjamin hatte einen metallischen Geschmack im Mund, eine Angst, die er nicht genau benennen konnte. Leonard leerte eine zweite Flasche Sake und warf sie zur Tür hinaus.

Leonard lachte und rutschte auf den Boden. »Pass auf, dass er keine Keime von dir abkriegt, sonst stirbt er«, sagte er zu Gary. Dann sagte er unvermittelt noch einmal »elfenbeinerne Klingen« und schlief auf dem Boden ein.

Benjamin schüttete eine Handvoll Sprotten auf den Boden, und Gary verschlang sie in zwei oder drei Happen. Als der Hund zu Ende gekaut hatte, streckte Benjamin die Hand aus und berührte sein Gesicht. Es fühlte sich an wie eine weiche Moleskinhose. Er nahm eine Decke, breitete sie über Leonard und dachte wieder daran, wie mühelos – wie überzeugend – er Camille angelogen hatte. Dann setzte er sich ans Fenster und starrte aufs Feld hinaus. Er hatte Angst, über Nacht zu bleiben, und fürchtete sich zu sehr, in die Nacht hinauszugehen.

23

Als Benjamin aufwachte, fuhrwerkte Leonard auf dem Boden herum. Er hatte die Füße in Schuhe gesteckt, ohne die Schnürsenkel zu binden, und zog ein T-Shirt über.

»Wir müssen sofort weg«, sagte er.

Benjamin richtete sich im Bett kerzengerade auf, und Gary sprang hinunter.

»Warum? Was ist denn los?«

»Wir müssen einfach weg«, sagte Leonard und rang sich ein Lächeln ab. »Die Schuhe hast du ja schon an, das ist gut.«

Benjamin schwang die Beine aus dem Bett und kämpfte gegen das Gefühl von Stress, von unguter Eskalation an.

»Bitte sagen Sie mir, was los ist, Leonard.«

Leonard fuhr sich mit beiden Händen durch die Haare. »Ich habe Scheiße gebaut«, sagte er. Dann schlug er sich gegen den Kopf. »Ich habe etwas getan, aber jetzt habe ich es mir anders überlegt.«

Leonard warf wahllos Dinge in eine Tasche.

»Was haben Sie getan, Leonard?«, fragte Benjamin.

Leonard hielt inne und sah sich im Raum um. Es war unklar, wonach er suchte.

»Ich habe jemandem verraten, dass wir hier sind«, sagte er.

Benjamin stand auf. Er kratzte sich in der Armbeuge, bis sich die Haut rötete, und ging im Mobilheim auf und ab. Gary folgte ihm. Benjamin hatte das Gefühl, dass es ihm die Kehle zuschnürte, und ihm war eng um die Brust. Er schüttelte mit gespreizten Fingern die Hände, wie er es immer tat, wenn alles außer Kontrolle zu geraten schien. Er holte seinen Inhalator hervor.

»Wie spät ist es?«, fragte Leonard.

Benjamin sah auf die Uhr. »Fünf vor neun.«

Leonard lief zu den Fenstern und bemühte sich, die Jalousien zu schließen. Benjamin schüttelte den Inhalator, nahm einen Hub und hielt die süße Medizin in der Lunge, während er für die optimale Absorption bis zehn zählte.

»Kommt irgendjemand her, Leonard?«, fragte Benjamin.

»Hoffentlich nicht.«

Benjamin wartete darauf, dass Leonard ihn ansah.

»Wer kommt, Leonard?«, fragte er.

In diesem Moment hörten sie es beide. Das sich aus der Ferne nähernde Geräusch eines Motors. Leonard schob mit den Fingern die Jalousien auseinander und spähte hinaus. Er fuhr zu Benjamin herum, seine Augen zuckten hin und her wie die eines Tiers, das zu überleben versucht, dann beugte er sich unters Bett und zog ein Luftgewehr heraus.

»Ich habe Scheiße gebaut, Benjamin«, sagte er. »Es tut mir leid.«

Benjamin lief zum Fenster. Er versuchte, hinauszuschauen, ohne gesehen zu werden.

»Wer ist das, Leonard?«, fragte er.

Leonard zögerte.

»Das sind die, denen Gary gehört«, sagte er.

Dann rannte er mit dem Gewehr in der Hand zur Tür hinaus und schlug sie hinter sich zu, bevor Benjamin ihm folgen konnte.

Benjamin hörte, wie die Tür von außen verriegelt wurde, und sah dann vom Fenster aus zu, wie ein Range Rover in hohem Tempo über das Feld holperte. Gary wedelte aufgeregt mit dem Schwanz. Als das Fahrzeug schlitternd zum Stehen kam, lachte Leonard hysterisch und ruderte mit den Armen. Er lehnte das Gewehr an das Mobilheim, während zwei Männer ausstiegen.

»Das glaubt ihr nie!«, rief Leonard. »Ich habe doch tatsächlich den falschen Hund!«

Die Männer gingen auf Leonard zu. Der Beifahrer schien um die sechzig zu sein und hinkte ganz leicht.

»Schön, dich zu sehen, Alf!«, sagte Leonard zu ihm.

Alf hatte einen ungewöhnlichen Körperbau. Sein Bauch lappte über den Gürtel, und er hatte schmale, unförmige Glieder. Der andere Mann war beinahe das Gegenteil von ihm. Er war viel jünger, wahrscheinlich in seinen Dreißigern, und wirkte stark. Aber nicht wie ein Bodybuilder, eher wie jemand, der körperlich arbeitete. Oder ein Boxer. Lange, sehnige Glieder mit kabeldicken Adern an den Unterarmen. Es lag auch etwas Raubtierartiges darin, wie sich seine Schultern nach vorn wölbten. In der Neigung seines Halses und dem präzisen Blick seiner Augen. Er hielt Garys rote Leine in der Hand, die, die der Hund hinter sich hergeschleift hatte, als Benjamin ihm am Strand begegnet war. Die, die Benjamin im Mobilheim hatte liegen lassen.

»Ich habe doch tatsächlich den falschen Hund«, sagte Leonard noch einmal und versuchte zu lachen.

Alf lächelte. »Du hast was, Leonard?«

Leonard wiederholte es weniger selbstbewusst, den Blick auf den Boden gerichtet.

»Es ist der falsche Hund, Alf. Ich habe ihn verwechselt.«

Alf ging nicht darauf ein.

»Ich weiß nicht, Leonard«, sagte Alf und nahm dem anderen Mann die Leine aus der Hand.

Leonard schwieg. Alf bemerkte die Kratzer und Blutergüsse in seinem Gesicht.

»Ist alles in Ordnung, Leonard?«, wechselte er das Thema. »Du siehst ja aus, als wärst du im Krieg gewesen.« Alf wandte sich an den jüngeren Mann. »Er sieht doch aus, als wäre er im Krieg gewesen, oder?«

Leonard berührte die blauen Flecken in seinem Gesicht, und der jüngere Mann sah ihn an.

»Das ist mein Freund Vasile«, sagte Alf. »Er geht mir auf der Farm zur Hand. Er ist aus Rumänien, stimmt's nicht, Vasile?«

Vasile nickte.

»Ich mag Vasile. Er hat ordentliche Werte und eine gesunde, altmodische Einstellung zur Arbeit. Stimmt's nicht, Vasile?«

Vasile wirkte leicht verwirrt.

Im Mobilheim suchte Benjamin fieberhaft nach einem Ausweg. Die Fenster waren nicht groß genug, um hinauszuklettern, was bei einem Brand wohl ein Risiko darstellte. Er stopfte seine Sachen in seine Tasche und zog Gary an sich. Sein Körper kribbelte, als ob alle Atome darin gleichzeitig pulsierten. Alf trat einen Schritt vor.

»Nicht so wie diese beschränkten Millennial-Lappen«, sagte er. Er hielt sich eine Hand an den Mund und flüsterte. »Die Arbeit wird nur dadurch erschwert, dass sein Englisch ziemlich beschissen ist.«

Alf wandte sich wieder an Vasile und sprach laut wie eine bestimmte Art von Person, die im Urlaub in einer europäischen Bäckerei einkauft.

»Aber wir kriegen das in den Griff, mit Sprachlernkassetten und so, stimmt's, Vasile? Für stetige Verbesserungen?«

Leonard rang sich ein Lächeln ab und starrte auf Vasiles Ohren. Am oberen Rand waren sie knubbelig und geschwollen, die Hautfalte in sich zusammengedrückt. Benjamin überlegte, aus welchen Gründen jemand Blumenkohlohren haben konnte. Sie beinhalteten allesamt eine gewisse Vertrautheit mit Schlägen gegen den Kopf, die für gewöhnlich nichts Gutes bedeutete. Benjamin konnte sehen, dass Leonard stark schwitzte.

»Ja«, sagte Vasile. »Verbesserung.«

Als er lächelte, wirkte es unnatürlich. Unheimlich. Alf klatschte in die Hände wie ein Seehund.

»Ich erzähle dir von dieser Sprachbarriere«, sagte Alf, »weil das bedeutet, wenn ich ihm sage, er soll da reingehen und den Hund rausholen, dann weiß kein Mensch, wie er den Befehl auffasst.« Alf schüttelte den Kopf. »Er hatte eine sehr schwierige Jugend. Es könnte hässlich werden.«

Leonard stand da und starrte Vasile an, wie man vielleicht eine Raubkatze anstarren würde, die eine Antilope zerlegt.

»Ich will damit sagen, Leonard, dass Gewalt eine Sprache ist, bei der er keinerlei Verständnisprobleme hat.« Alf ließ den Blick auf dem Luftgewehr ruhen, dann lachte er.

»Wozu brauchst du das eigentlich?«

Leonard schaute auf das Gewehr, als gehörte es nicht ihm – als hätte er vergessen, dass es da war.

»Reine Vorsichtsmaßnahme«, sagte er. »Ich dachte ja, ich wäre im Besitz eines deiner ausgesprochen teuren Rennhunde. Aber das bin ich offensichtlich nicht, also ...«

Leonard machte ein paar Schritte auf das Luftgewehr zu. »Ich würde uns ja ein Tässchen Tee machen, aber ich habe keine Beutel da«, sagte er.

Vasile stellte sich ihm in den Weg. Er hob das Gewehr auf und knickte den Lauf, um hineinzuschauen. »Unbewohnt«, sagte er.

Alf legte den Kopf schief und nickte dann, als genügte ihm das als Erklärung.

Drinnen hörte Benjamin einen Vogel auf dem Dach und war kurz abgelenkt. Sein Gehirn kam einen Sekundenbruchteil lang zur Ruhe, was ausreichte, um von Vasile gesehen zu werden, bevor er sich wieder hinter den Vorhang ducken konnte. Vasile schaute zu Alf hinüber und deutete mit dem Kinn in Benjamins Richtung.

»Da«, sagte er und zeigte mit dem Finger. »Hund.«

»Wie ich sehe, hast du Besuch, Leonard«, sagte Alf.

Am Fenster stand Gary auf und verschmierte mit seiner feuchten Schnauze das Glas. Benjamin versuchte, ihn wegzuziehen, aber es war zu spät.

»Schon komisch, Leonard«, sagte Alf. »Der Hund da drin – der, der gerade am Fenster hochgesprungen ist –, der sieht ganz genauso aus wie einer von meinen.«

Vasile nickte. »Hund«, wiederholte er.

Leonard wurde bleich. »Kein Wunder, dass ich ihn verwechselt habe, oder?«

Im Mobilheim manövrierte sich Benjamin langsam außer Sichtweite. Er blieb geduckt und bewegte sich zum hinteren Fenster hinüber. Alf sah, wie er Gary auf die Arbeitsplatte zu heben versuchte.

»Wollen wir ihn mal da rausholen?«, sagte er. »Keinen Schimmer, was er mit der ganzen Turnerei bezweckt, aber ich habe Angst, dass dem Tier was passiert.«

Als Leonard nicht antwortete, sah Alf Vasile an, der das als Zeichen erkannte, zum Mobilheim vorzurücken. Leonard griff nach dem Gewehr und stürzte sich in einem vorgetäuschten Angriff auf die Männer. Keiner von ihnen zuckte auch nur.

»Mach die Tür auf, Leonard. Oder ich sage Vasile, er soll sie eintreten.«

Leonard rührte sich nicht vom Fleck und ließ die Arme hängen. Er hatte tiefe Ringe unter den Augen und wirkte sehr verkatert.

»Mach die Scheißtür auf«, sagte Alf noch einmal.

Leonard folgte der Aufforderung. Vom anderen Ende des Mobilheims aus schaute Benjamin auf den freien Raum vor der Tür, bis Vasile ihn mit seinem leicht geduckten Körper ausfüllte. Er zog den Kopf ein, um nicht an die Decke zu stoßen. Hinter ihm beugte sich Alf vor, um einen Blick auf Benjamin und Gary zu erhaschen. Irgendwann fiel sein Blick auf einen schief an der Wand hängenden Spiegel, und er hielt inne und betrachtete sich darin, während alle darauf warteten, dass es irgendwie weiterging. Er wandte sich an Benjamin.

»Hallo, mein Freund«, sagte er, als würde er mit einem Kind sprechen. »Wir wollen meinen Hund abholen.«

Benjamin war nicht imstande zu antworten. Er bekam den Mund nicht auf, und seine Zunge fühlte sich trocken an.

»Komm her, Hund«, sagte Alf und schnippte mit den Fingern.

Gary senkte den Kopf und schmiegte sich an Benjamin.

»Na los, Junge. Komm mit dem Hund her, oder ich lasse ihn von Vasile holen. Wie bereits gesagt – ich weiß nicht, ob du es hören konntest –, ist er völlig unberechenbar. Er wird auch schon mal körperlich. Langt zu oder so.«

Benjamin bückte sich unwillkürlich und legte Gary die Hand auf den Rücken.

Alf verdrehte die Augen. »Na schön«, sagte er und wandte sich wieder zur Tür um. »Leonard! Komm mal her und mach dich nützlich.«

Leonard erschien.

»Du musst zu seiner eigenen Sicherheit dafür sorgen, dass uns dein Freund nicht in die Quere kommt, wenn wir unser rechtmäßiges Eigentum – auch bekannt als der Hund – an uns nehmen. Klingt das vernünftig?«

Leonard strich sich die Haare zurück. Mit einem gequälten Gesichtsausdruck kratzte er sich halb abgewandt an den Bartstoppeln und ging dann mit gesenktem Kopf und hängenden Schultern auf Benjamin zu. Bei ihm angekommen, schlang er die Arme um ihn und verschränkte die Hände hinter seinem Rücken, um ihn besser festhalten zu können. Er sagte sehr leise »Entschuldigung«. Er roch nach Zigaretten und Körperausdünstungen. Zuerst bewegten sich die beiden kaum, aber Benjamin wehrte sich immer heftiger, bis sie beide hinfielen. Benjamin rappelte sich auf, Leonard packte ihn an den Knöcheln, und Gary wich erschrocken zurück. Sie stießen eine tote Topfpflanze um.

»Er gehört ihnen«, sagte Leonard mit verschwitztem, gerötetem Gesicht. »Lass ihn einfach gehen.«

Benjamin drehte sich um, wollte Leonard ansehen und ihm sagen, dass er ihn hasste. Aber Leonard hatte die Augen zugekniffen und versuchte, ihn nicht anzusehen. Gary hatte gerade zu bellen begonnen, als Vasile ihm ein Seil um den Hals legte und ihn zur Tür zog.

»Es ist doch bloß ein Hund, Kumpel«, sagte Leonard und hielt Benjamins Oberkörper fest. »Er ist viel Geld wert.«

Leonard konnte Benjamin festhalten, während sie Gary nach draußen brachten. Als Benjamin endlich wieder auf den Beinen war, warf sich Leonard vor die Tür, während Vasile den Hund zum Kofferraum des Wagens führte.

Benjamin weinte jetzt. Er schlug nach Leonard. Leonard duckte sich weg, aber dadurch konnte Benjamin sich befreien und die Stufen hinunterrennen. Er lief auf Vasile zu, ohne zu wissen, was er tun würde, wenn er ihn erreichte. Vasile entschied es für ihn. Er trat kaum merklich einen Schritt zur Seite und streckte Benjamin mit einem perfekt platzierten Schlag auf die Nase nieder. Benjamin versuchte, aufzustehen, aber seine Beine waren wackelig. Als Vasile ihn noch einmal schlug, fiel er wieder hin. Blut tropfte auf sein T-Shirt.

Benjamin rollte sich auf den Rücken und schaute zum Himmel hinauf, der unglaublich hell aussah. Leonard legte Benjamins Kopf auf seine Knie und hielt ihn dort fest.

»Verdammte Scheiße«, sagte er und inspizierte Benjamins Gesicht. »Das war nicht notwendig.« Er zeigte auf Vasile. »Was für ein verdammter Brutalo.«

Vasile beachtete ihn nicht. Er hob Gary in den Kofferraum des Range Rovers, und der Hund setzte sich zur Wehr, streckte die Gliedmaßen in alle Richtungen und wand sich, um freizukommen. Vasile drückte ihn fester.

»Sei nicht so melodramatisch«, sagte Alf. »Es war doch bloß ein kleiner Schubser. Was hätte Vasile denn machen sollen?«

Vasile schlug den Kofferraumdeckel zu, und Alf winkte dem Hund durch die Heckscheibe zu.

»Wo ist denn das Halsband hin?«, fragte Alf, der aufrichtig verärgert wirkte.

Leonard nickte zu Benjamin hinüber. »Keine Ahnung«, sagte er, »vielleicht hat er es abgemacht?«

»Was denken sich die Leute? Dass die Dinger umsonst sind? Menschenskinder, das Teil war aus echtem italienischen Vollnarbenleder.«

Vasile wischte sich die Hand an einem Lappen vom Rücksitz des Autos ab. Stand da und starrte auf die Knöchel wie in Trance.

»Der wird mir nach der Geschichte doch keinen Ärger machen, oder?«, sagte Alf und deutete auf Benjamin.

»Ehrlich gesagt glaube ich, er ist nicht ganz da«, sagte Leonard und wiegte Benjamins Kopf in den Händen.

»Das ist doch schon mal eine gute Nachricht«, sagte Alf. »Ich würde dich ja bitten, Sally von mir zu grüßen, aber ich weiß zufällig, dass sie dich verlassen hat, also ... Jedenfalls noch mal danke für deinen Anruf, Leonard, das war höchst ehrenwert von dir.«

Leonard zögerte. Er setzte mehrmals zum Sprechen an.

»Was ist mit der ... der Belohnung?«

Alf hielt die Hand ans Ohr.

»Wie war das, Leonard?«

Leonard sagte es noch einmal leiser. »Was ist mit dem Geld?«

»Du musst lauter sprechen.« Er wandte sich Vasile zu. »Verstehst du ihn, Vasile?« Vasile schüttelte den Kopf.

»Das Geld.« Leonard schrie es beinahe heraus.

»Ach ja, das. Die Sache ist die, Leonard, angesichts deiner Vergangenheit wäre es unverantwortlich von mir, dir das Geld zu geben. Wahrscheinlich würde das nur einen Rückfall begünstigen. Nicht wahr? Was meinst du? Und außerdem wäre da noch der nicht zu vernachlässigende Umstand des verlorenen Zubehörs. Das Halsband.«

Leonard drehte sich zu dem Mann um. »Ich schulde Leuten Geld. Ich muss sie auszahlen«, sagte er und deutete auf sein Gesicht.

Alf lächelte.

»Okay, Leonard, ich sage dir was, ich bin ein vernünftiger Mann. Einigen wir uns auf hundert Mäuse nach Abzügen, und ich verrate der Polizei nicht, dass ihr beiden drei Tage gebraucht habt, um mich anzurufen. Und ich flüstere auch keinem der zahlreichen Drecksäcke in der Stadt, denen du Geld schuldest, wo genau sich deine heruntergekommene kleine Behausung befindet. Klingt das fair?«

Leonard kniff die Augen zusammen. Sein Kopf sackte zur Seite, und er ließ die Schultern hängen. Er sah zu, wie Alf fünf Zwanziger vor ihm auf den Boden warf.

Alf schlug gegen das Autofenster, und Gary schreckte zurück, drückte sich an die gegenüberliegende Wand und wandte den Blick ab. »Ich weiß wirklich nicht, warum die Leute so ein Geschiss um diese Sachen machen«, sagte er. »Da drin ist quasi Mattscheibe«, sagte er und zeigte auf Garys gewölbten Schädel. »Versteht mich nicht falsch, er ist ein guter Hund. Ich mache ihm deswegen keinen Vorwurf, denn er rennt wie der Teufel – so was habe ich in meinem ganzen Leben noch nicht gesehen –, aber so ist das nun mal. Er ist bloß ein Hund. Bloß ein verschissener Rennhund«, sagte er, ging um den Wagen herum und stieg ein.

Dann ließen sie den Motor an und nahmen Gary mit.

24

Luft strömte in Benjamins Lunge. Er richtete sich kerzengerade auf und berührte sein Gesicht mit den Fingerspitzen. Es war noch nass vom Blut. Die Erinnerung an das, was geschehen war, kehrte in Bruchstücken zurück. Von Neuem überkam ihn Panik bei dem Gedanken, dass Gary fort war, als Leonard mit einem weiteren Bier in der Hand aus dem Mobilheim gerannt kam. In der Eile hatte er es geschüttelt, und es schäumte über. Stotternd und bleich stand er vor Benjamin.

»So sollte das nicht laufen«, sagte er. »Ich war klamm, Benjamin. Ich kannte dich kaum. Du hattest ihnen den Hund geklaut.«

Benjamin rieb sich den Kopf. Er schmerzte. »Ich habe ihn nicht geklaut«, sagte er.

Leonard fixierte Benjamin. Seine Augen wirkten rot und nass, aber wegen der Blutergüsse war das schwer zu erkennen.

Leonard atmete lange und schwer aus. »Ich weiß, ich weiß«, sagte er leise. »Aber du weißt, so funktioniert das nicht. Ich hatte ihn gefragt, was es für Möglichkeiten gab. Ob du ihn kaufen könntest, oder ob du ihn kriegen könntest, wenn er für die Rennen zu alt ist, oder so.«

Benjamin kniff die Augen zusammen und versuchte angestrengt, sich nicht aufzuregen. Als er aufblickte, schüttelte Leonard den Kopf.

»Ich könnte dir helfen, dir einen neuen zu beschaffen. Jeden, den du willst«, sagte er. Leonards Augen leuchteten auf. »Wie wär's mit einem Staffordshire-Terrier? So einen spindeldürren Hund willst du doch eh nicht, oder? Hol dir lieber einen, der ein bisschen was auf den Rippen hat.«

Benjamin stand auf. Er sah Leonard direkt in die Augen, dann stürzte er sich mit wackligen Beinen auf ihn und versuchte, ihm ins Gesicht zu schlagen.

»Ruhig, Junge«, sagte Leonard und wich dem Schlag aus. »Ich helfe dir, einen anderen Hund zu finden, Kumpel. Bleib locker.«

Benjamin holte zu einem weiteren Schlag aus, aber Leonard duckte sich darunter weg und packte ihn. Auf Leonards T-Shirt war etwas Blut von Benjamins Gesicht.

»Er ist nicht einfach nur ein Hund«, sagte Benjamin mit brüchiger Stimme, während Leonard ihn umklammert hielt.

»Komm schon, Junge. Wir haben es versucht. Du ... du hast es versucht. Aber manchmal kann man einfach nichts machen. Umfassendere kosmische Mechanismen.«

Benjamin kämpfte sich frei.

»Was soll das heißen? Umfassendere kosmische Mechanismen? Hat Ihre Frau Sie deshalb verlassen?«

Leonard verzog das Gesicht.

»Im Leben ist nicht immer alles schwarz und weiß, weißt du«, sagte er murmelnd. »Du machst einfach, was du für richtig hältst.« Er zuckte mit den Schultern. »Und manchmal machst du, was am einfachsten ist.«

Leonard ging davon und setzte sich auf einen Reifen neben dem Grill. Er bückte sich und fing an, Grashalme auszurupfen und sie von der Brise davontragen zu lassen.

»Wollten Sie mich schon im Krankenhaus zurücklassen und ihn mitnehmen? Als wir bei meiner Oma waren?«

Leonard schaute aufs Meer hinaus und zerpflückte einen der Halme zwischen den Fingern. »Eigentlich hätte ich dir einen Gefallen getan«, sagte er. »Hätte ich ihn da mitgenommen, wäre er dir vielleicht nicht so ans Herz gewachsen.« Leonard wandte den ganzen Oberkörper ab und wischte sich mit dem Ärmel über die Augen.

»Sie sind ein schrecklicher Mensch«, sagte Benjamin in sachlichem Tonfall.

Leonard schüttelte den Kopf wie ein Hund, der den Schnee abschüttelt.

»Das schockiert dich, oder? Dass ich ein Scheißkerl bin. Tja, ich hatte genug Zeit, mich dran zu gewöhnen«, sagte er und stand auf.

Leonard ging hinein, und Benjamin saß da und schaute aufs Feld hinaus. Er betrachtete die langsam von links nach rechts ziehenden Wolken und stellte sich vor, wie Gary in einem Käfig eingesperrt war, wie seine knochigen Flanken gegen den Maschendraht stießen. Eine Art Autopilot bewegte ihn dazu, aufzustehen und ins Mobilheim zu gehen.

»Warum haben die Leute im Billardklub Sie geschlagen? Wollten die wirklich an Gary herankommen?«

Leonard blickte auf seine Stiefel.

»Warum, Leonard?«, rief Benjamin noch einmal. Es fühlte sich ein wenig befreiend an, die Stimme zu erheben.

»Ich schulde ihnen Geld«, sagte Leonard schwächlich.

Leonards Verrat wirbelte in Benjamins Magengrube. Leonard war fremdes Blut, das in Schnittwunden gerieben wurde, er war die urinbefleckten Kacheln unter einem Pissoir. Er war benutzte Taschentücher und Krankenhaussauerstoff. Alles verschwamm. Benjamin dachte an Gary bei diesen Männern und fühlte sich wackelig auf den Beinen. Er musste an die frische Luft. Musste nach draußen, weg von dem vollgestellten Mobilheim. Er stolperte wieder hinaus. Blut lief an seiner Oberlippe hinunter und hinterließ einen metallischen Geschmack in seinem Mund. Er wischte es mit dem Arm ab, und etwas regte sich in ihm.

Benjamin beugte sich durch das offene Fenster von Leonards Auto. Der Schlüsselbund baumelte vom Zündschloss herunter, und er nahm ihn und spielte mit dem Playboy-Schlüsselanhänger aus Gummi, während er dorthin ging, wo Leonard das Motorrad abgestellt hatte. Der Helm lag auf einem Betonformstein unter der Plane. Benjamin setzte ihn auf und zog den Riemen unter dem Kinn fest. Er hörte, wie Leonard drinnen herumpolterte, schnaufte und Dinge umstieß. Ein Radio wurde eingeschaltet, und »Run to the Hills« von Iron Maiden erklang. Benjamin stieg auf das Motorrad und ruckelte es vom Ständer. Seine Glieder zitterten, und sein Mund war trocken. Er schaute ein letztes Mal zum Mobilheim zurück, während sich das Lied zum passenden Refrain emporschraubte, RUN TO THE HILLS, dann trat er fest auf den Kickstarter.

Süßer schwarzer Rauch stieg aus dem Auspuff, und der dröhnende Motor ließ die Griffe und Benjamins Körper erzittern. Leonard fing an zu schreien. Er rannte heraus, als Benjamin über das Feld aufs Tor zufuhr und sich ruckelnd durch die Gänge schaltete.

»Halt an, du Idiot!«, schrie er, während Benjamin davonfuhr.

Aber es war zu spät. Benjamin hörte ihn nicht. Er dachte nicht mehr, versuchte nur noch, von etwas Schmerzhaftem fortzukommen. Von Scheitern und Verlust und dem Gefühl, jemanden loslassen zu müssen. Nicht genug getan zu haben, um es zu verhindern.

25

Benjamin schlitterte durch das Tor auf die Straße, während die frühmorgendliche Kälte schon in ihn eindrang. Sie machte es ihm schwer, seine Gedanken zu ordnen, zog ihn tiefer in seinen Körper hinein.

Sein Nacken schmerzte von den Schlägen, und seine Lippe war wund. Er wollte auf die schmerzhafte Stelle drücken, aber seine Hände waren schmutzig, also berührte er die Schwellungen stattdessen mit der Zunge. Er blinzelte ein paar Tränen beiseite und spürte den kalten Wind auf den nassen Streifen, die sich an seinen Wangen herabzogen.

Nach einigen Kilometern hielt er an einem Rastplatz mit Blick aufs Meer. Er legte die Hände auf die warmen Plastikblenden über dem Motor, ballte und öffnete sie, um das Blut zum Zirkulieren zu bringen. Während er dem Knacken des Motors lauschte, stellte er sich Gary vor. Er sah seine schlanke, schwankende Gestalt im Fenster, als das Auto davongefahren war, und der Verlust des Hundes überwältigte ihn so vollständig, dass er die Energie aus seinem Körper strömen fühlte wie eine zurückweichende Woge. Er kniff die Augen zu und ließ sich von den Erinnerungen umfangen.

Er war wieder auf der Terrasse, saß seiner Oma auf einem Plastikstuhl gegenüber. Sie hatte sich die Haare mit einem gebatikten Haarband hochgebunden. Während er das Abendessen auf Tellern anrichtete, zog sie die Augenbrauen zusammen und beugte sich vor, um sich die Beine zu reiben. Sie dachte an etwas, aber er wusste nicht, woran. Es war eine Miene, die er von ihr nicht kannte. Eine sorgenvolle Miene. Sie schien schwerer zu atmen als sonst.

»Ist mit deinen Beinen alles in Ordnung?«, fragte er.

Sie sah zum Strand hinunter. »Sie tun nur ein bisschen weh«, sagte sie, dann winkte sie ab und wechselte das Thema.

»Als wir hergezogen sind, wusste ich nicht so recht, was ich davon halten sollte. Ich dachte, ich würde mich vielleicht ein bisschen weitab vom Schuss fühlen. Als wären wir außerhalb. Am Ende von allem.«

Benjamin nickte.

»Aber nach einer Weile merkte ich, dass es mir gefiel.« Sie zeigte aufs Meer. »Mir wurde bewusst, dass wir nicht am Ende von etwas sind. Nur am Anfang von etwas anderem.«

Benjamin sah sie an. Er wusste, wovor sie Angst gehabt hatte, denn manchmal empfand er es auch. Das Gefühl, abgeschnitten zu sein, weit weg von allem.

»Benjamin, ich muss dich um etwas bitten«, sagte sie. Sie versuchte, ihm in die Augen zu sehen, aber er wich ihrem Blick aus und befasste sich mit den Tellern.

»Benjamin«, sagte sie und wartete. »Wenn sie mich wieder mitnehmen wollen, will ich, dass du es verhinderst.« Er sah sie an. »Ich bin müde«, sagte sie. »Versprichst du mir, dass du es nicht zulässt?«

Benjamin wand sich nervös auf seinem Stuhl, kratzte sich am Unterarm.

»Aber wenn du nicht ins Krankenhaus gehst, wirst du nicht gesund«, sagte er und betrachtete sie, die versagenden Teile ihres Körpers. Als sie seinem Blick begegnete, fürchtete er, sie könnte wissen, was er dachte.

»Ich weiß, es könnte mir besser gehen«, sagte sie. »Ich halte es nur nicht mehr mit den ganzen Maschinen aus. Mit den ganzen fremden Menschen. Ich möchte hier sein. Bei dir.«

Benjamin schwieg. Als er nichts sagte, begann sie zu essen.

»Das sieht toll aus«, sagte sie und nahm sich eine Tomate.

Benjamin zuckte beiläufig mit den Schultern.

»Ich esse gern *al fresco*«, sagte sie. »Das erinnert mich an Italien. Nicht, dass ich je dort gewesen wäre.«

Er sah sie an.

»Aber es bedeutet, im Freien zu essen. *Al fresco*.«

Er nickte. Sie lächelte wieder.

»Versprichst du es mir, Benjamin?«, fragte sie.

»Okay«, sagte er leise.

»Ich habe dich lieb«, sagte sie.

Er lächelte.

Als Benjamin die Augen öffnete, regnete es. Er ging zu einer Bank mit Blick aufs Wasser und stellte sich darauf. Er hielt sich die Hände vor den Mund und schrie. Nach einer Weile versuchte er es nicht länger zu unterdrücken und ließ den Geräuschen freien Lauf. In der anschließenden Stille sah er zu, wie die Regentropfen aufs Wasser prallten und sich kleine Kreise bildeten. Eine Möwe flog vorbei. Er blickte ihr durch nasse, zusammengekniffene Augen hinterher, während sie am Strand entlang auf einen Punkt in der Ferne zuglitt, von dem er wusste, dass er nicht weit vom Mobilheim entfernt war. Auch wenn er es von seiner Position aus nicht sehen konnte, dachte er daran. An die lädierte Terrasse. Die aufgebrochene Tür. Das Wasser, das die Fußmatte durchnässte, sich unter dem Teppich ausbreitete und irgendwann zu Schimmel wurde.

Dann dachte er an seine Oma, wie sie heute war, an die um sie herum surrenden Maschinen. Auf eine seltsame Weise glaubte er, die Entfernung zwischen ihnen in den Zellen seines Körpers spüren zu können.

Er erinnerte sich an Mikes Worte – dass er ihr sagen sollte, was ihm wichtig war – und an sein Versprechen, zurückzukehren, und ihm wurde klar, wohin er fahren musste.

26

Dicke Regentropfen klatschten auf den Beton des Krankenhausparkplatzes, als Benjamin vom Motorrad stieg und es auf den Ständer stellte. Als er die Kiste mit den Einweg-Atemschutzmasken am Eingang sah, fühlte er sich gleichermaßen bestätigt und beunruhigt. Er zog eine an und ging durch die große Schiebetür auf einen Tisch zu, den er noch nie gesehen hatte. Er versperrte den Weg ins Krankenhaus und war mit einem Mitarbeiter besetzt. Der Mitarbeiter sprach mit einem Paar mittleren Alters. Er fuhr mit der Spitze des Zeigefingers über ein Klemmbrett und schüttelte dann den Kopf, und der Mann vor ihm schluchzte. Der untersetzte Körper des Mannes zuckte auf und ab, während die Frau immer erregter auf den Angestellten einredete. Wegen der Maske war es nicht genau zu erkennen, aber sie schien wütend zu sein. Als das Paar fortging, schaute der Mann herüber und sah, wie Benjamin hinter einer Topfpflanze auf den Aufzug wartete.

»Entschuldigung!«, rief er und machte einen Schritt auf ihn zu. Er drehte sich immer wieder zwischen seinem Tisch und Benjamin hin und her, so als klebte sein linker Fuß am Boden fest, sichtlich unschlüssig, ob er seinen Posten verlassen sollte. Der Aufzug kam, und Benjamin stieg ein.

»Sie können nicht einfach so hochfahren!«, rief der Mann. Er griff nach einem Walkie-Talkie, aber es war zu spät. Während sich die Tür schloss, hörte Benjamin ihn an seinem kleinen Tisch schreien.

Die Tür zur Station war verschlossen, und Benjamin huschte in eine Toilette, um nachzudenken. Als sich das Licht automatisch einschaltete, sah er zum ersten Mal sein lädiertes Gesicht im Spiegel und beugte sich vor, um den Schaden zu begutachten. Aus seiner Oberlippe sickerte immer noch Blut. Er drückte ein Papierhandtuch an die Wange und wischte sie ab. Darunter kam gelbliches Fleisch zum Vorschein, auf dem sich bereits Blutergüsse bildeten. Während das rötlich-braune Wasser durch den Abfluss strudelte, lauschte er dem Luftabzug und dem fernen Geräusch piepender Krankenhausgeräte.

Er betrachtete wieder sein Gesicht. Etwas daran war anders. Es waren nicht nur die Kratzer und das Blut, sondern die gesamte Struktur – die Summe der einzelnen Teile – wirkte leicht verändert. Er versuchte, darauf zu kommen, was es genau war, bis er im Flur Schritte hörte. Er öffnete die Tür mit dem Ellbogen und spähte hinaus. Eine Krankenschwester erschien. Sie ging den Flur entlang, ohne aufzuschauen, den Blick auf ihr Telefon gerichtet. Als sie die Tür zur Station öffnete und hindurchging, machte Benjamin einen großen Satz und hinderte die Tür am Zufallen. Er drückte sich an die Wand, während er zum Zimmer seiner Oma ging.

Ihre Tafel war abgewischt worden, und ein neuer Name stand mit grünem Filzstift darauf. Jemand hatte ein Osterei daruntergemalt.

Benjamin las den Namen noch ein paarmal und versuchte, sich der aufsteigenden Panik zu widersetzen. Auf dem Weg hatte er das Gefühl gehabt, mit angehaltenem Atem nach oben in Richtung Luft zu schwimmen. Nun, da er die Oberfläche erreicht hatte, konnte er sie nicht durchbrechen.

Er hörte, wie sich die Stationstür öffnete, und eine Ärztin erschien. Sie lief in einer leichten Schlangenlinie, während sie in ihren Notizen las. Sie nahm die Brille ab und polierte sie mit ihrem Kittel, dann rieb sie sich die Schläfen. Sie sah nicht, wie Benjamin in das ehemalige Zimmer seiner Oma schlüpfte.

Der Raum roch nach Zigaretten und antibakteriellem Reinigungsmittel. Eine Frau in ihren Siebzigern saß zusammengesunken am

Fenster und rauchte eine Zigarette. Sie stützte ihren Ellbogen mit einer Hand vor dem Bauch ab, um die Zigarette in der richtigen Position zu halten. Als sie Benjamin sah, ließ sie sie rasch hinter dem Rücken verschwinden und blickte ihm mit zusammengekniffenen Augen ins Gesicht.

»Gott sei Dank«, sagte sie erleichtert. »Ich dachte schon, Sie sind vom Sicherheitsdienst.«

Benjamins Blick folgte einem Schlauch, der von etwas, was wie ein metallener Hutständer aussah, zu ihrem Körper führte.

»Wer sind Sie?«, fragte sie.

»Ich bin Benjamin Glass.«

Sie deutete auf seine Maske.

»Die können Sie abnehmen, wenn Sie wollen«, sagte sie. »Ich verstehe nie was, wenn jemand so ein Ding trägt.«

Benjamin trat von einem Fuß auf den anderen. Die Frau hustete.

»Neulich haben sie mir so einen Behälter gegeben«, sagte sie. »Aber ich hatte keine Ahnung, was sie von mir wollten, also habe ich reingepinkelt, obwohl ich eigentlich reinspucken sollte.« Sie lachte. »Eine Art Proben-Roulette.«

Benjamin sah sie an. »Ich kann sie nicht abnehmen«, sagte er und schüttelte den Kopf.

Die Frau machte ein, zwei Schritte auf ihn zu, und der Schlauch spannte sich. Benjamin hatte Angst, dass sie sterben würde, wenn er sich löste.

»Wie Sie wollen«, sagte sie. »Aber geben Sie mir nicht die Schuld, wenn ich Ihren kleinen Behälter auf die falsche Art vollmache.«

Benjamin sah sich um.

»Ich arbeite nicht hier«, sagte er. »Ich suche nur meine Oma.«

»Aha«, sagte die Frau.

Mit leicht übertriebenen Bewegungen, um dem Ganzen etwas Theatralik zu verleihen, öffnete sie einen Schrank und sah hinein. »Hier ist sie jedenfalls nicht«, sagte sie. Sie streckte eine Hand aus, die zitternd zwischen ihnen in der Luft hing. »Ich heiße June.«

»Tut mir leid«, sagte Benjamin und versuchte, bedauernd zu klingen. »Ich schüttle eigentlich keine Hände.«

June sah ihn ernster an. Sie balancierte die Zigarette auf dem Rand eines gläsernen Aschenbechers, drehte sich um und griff nach einem Fläschchen mit Desinfektionsmittel. Benjamin sah, dass die Rückseite ihres Patientenkittels aufklaffte, und blickte an die Decke, während sie sich einen Klecks alkoholisches Gel auf die Handfläche drückte.

»Bitte sehr«, sagte sie und streckte die Hand wieder aus. »Ich habe mich desinfiziert.«

Benjamin starrte weiter an die Decke. June hob eine Augenbraue.

»Ist da oben irgendwas?«, fragte sie.

Benjamin spürte, wie sich sein Gesicht rötete.

»Ich schaue nur weg«, sagte er, »weil Ihr Kittel hinten offen ist.«

Die Frau blickte auf die herunterhängenden Schnüre.

»Aaah. Ja, stimmt. Das passiert ständig«, sagte sie. »Ich sage es denen immer wieder. Aber ehrlich gesagt hat mein Hinterteil schon bessere Zeiten gesehen. Ein paar kleine Einblicke sind meine geringste Sorge.« June lachte über ihren eigenen Scherz. »Ich würde meine Zelle jederzeit wieder an deine Oma abtreten«, sagte sie. »Wenn dir das ein Trost ist.«

»Wissen Sie, wo sie ist?«, fragte Benjamin.

June schüttelte den Kopf.

»Ich fürchte nicht. Ich bin erst seit gestern hier. Sie haben mich von Pontius zu Pilatus geschickt, aber ich glaube, das hier ist die Station für Leute ohne ›Symptome‹.«

Benjamin sah sich um. Er fühlte, wie sein Körper kribbelte, wie Panik seine Haut erwärmte.

»Und die mit Symptomen?«, fragte er.

»Ich glaube, die sind alle auf der Station, auf der ich vorher war. Station Dreifaltigkeit.«

June legte die Hand auf die Brust und räusperte sich. »Das sollte ich natürlich besser nicht tun«, sagte sie, nahm die Zigarette und hielt sie hoch. »Sie haben mir gesagt, wenn ich rauche, und der Sauerstoff ist aufgedreht, fliege ich in die Luft. Also habe ich ihn an der Wand abgedreht.« June sah sich um. »Aber manchmal scheint mir das die angemessene Reaktion zu sein. In die Luft gehen, meine ich.« Sie lachte wieder und keuchte. Benjamin dachte daran zurück, was Leonard über den Wal gesagt hatte, über die angestauten Gase, die seine Materie über den Strand verteilt hatten. Er versuchte zu lächeln.

»Ich muss wohl jemanden fragen, wo sie ist«, sagte er.

»Ich glaube nicht, dass du da einfach so reinspazieren kannst, mein Lieber. Die lassen keine Besucher mehr rein.«

June nahm ein Feuerzeug aus der Schublade.

»Es macht dir doch nichts aus?«, sagte sie.

»Ich habe Asthma«, sagte Benjamin.

June lächelte und musterte ihn.

»Du bist ein bisschen wie meine Enkelin«, sagte sie, legte die Zigarettenschachtel aus der Hand und das Feuerzeug darauf. »Die macht sich auch immer über alles Gedanken. Bist du Single?«

Benjamin war überrumpelt. Die Frage hing zwischen ihnen in der Luft.

»Single?«

»Ja. Du weißt schon, noch zu haben. Sie sagt, heute heißt das DTF.«

Benjamin zuckte mit den Schultern, und June sah sich abwägend um. Sie lachte.

»Ich glaube, das bedeutet ›*Down to Flirt*‹.«

Benjamin antwortete nicht. Er war verlegen.

»Ich habe mich ja früher um Kopf und Kragen geflirtet«, sagte June. »Ich war ein ganz schön flotter Käfer.«

Wieder lachte sie, dann wurde sie ernst. »Hast du denn jemanden, der sich um dich kümmert, solange deine Oma hier ist?«

»Eigentlich nicht«, sagte Benjamin.

June neigte den Kopf.

»Es muss doch jemanden geben?«

Benjamin dachte darüber nach. Er dachte daran, wie Camille die Zeitungen über die Waage an seiner Kasse gezogen hatte. An das grobkörnige Foto des Wals, der in einem verblassten Kranz seines eigenen Bluts lag, an ihre Verbundenheit mit allen Tieren auf der Erde. Die Art, wie sie ihn immer wieder beruhigte.

»Meine Vorgesetzte auf der Arbeit ist sehr nett«, sagte er.

Ohne die Zeitung wäre Benjamin nach der Arbeit direkt nach Hause gegangen. Er hätte ferngesehen, bis ihm der Schlaf die Lider zugedrückt hätte, und er hätte Gary nie gefunden. Der Gedanke machte ihn noch trauriger, ließ ihn den Verlust noch tiefer empfinden. Umso wichtiger erschien es ihm, für die geringe Chance eines Wiedersehens zu kämpfen.

June deutete auf einen Touchscreen, der an einem Schwenkarm neben ihrem Bett befestigt war.

»Willst du sie anrufen?«, fragte sie. »Ich habe nahezu unbegrenztes Guthaben, weil man die Dinger nicht für Sportwetten benutzen kann. Meine Tochter lädt es immer wieder auf.«

»Ist schon gut«, sagte Benjamin und blickte sich um.

June zuckte mit den Schultern. »Wie du meinst«, sagte sie.

Benjamin sah, dass die Steine noch aufgereiht auf dem Fensterbrett lagen.

»Die Steine von meiner Oma sind ja noch da«, sagte er und deutete darauf.

»Ich hatte mich schon gefragt, wo die herkommen«, sagte June. »Die sind hübsch. Der mit dem Wolkenmuster gefällt mir.«

Benjamin schaute auf die Steine.

»Macht es Ihnen etwas aus, wenn ich sie mitnehme?«, fragte er.

June schüttelte den Kopf, als hätte man sie etwas sehr Wichtiges gefragt. »Natürlich nicht.«

Benjamin ging an June vorbei zum Fensterbrett. Neben dem Zigarettengeruch duftete sie leicht blumig. Er nahm die Steine und begann sie in die verschiedenen Taschen seiner Jacke zu stecken, damit sie einander nicht beschädigten.

»Leg sie hier rein«, sagte June und schüttelte die Zigaretten aus einer Schachtel direkt in ihre Schublade. Benjamin vermied es, das groteske Bild auf der Seite anzusehen, und ließ die übrigen Steine hineinfallen.

»Den lasse ich Ihnen da«, sagte er und hielt den Stein mit dem feinen weißen Blitz darauf hoch, den June mochte. Den, der an eine Cumulonimbuswolke erinnerte.

»Sonst sieht es zu leer aus«, sagte Benjamin.

June lächelte. Sie standen schweigend da, als die Tür aufging und die Ärztin rückwärts hereinkam, einen kleinen Apparat hinter sich herziehend. June schnitt eine Grimasse. Sie drückte die beinahe erloschene Zigarette im Aschenbecher aus und stellte den Sauerstoff an. Sie war gerade dabei, ihre Utensilien in den Schrank zu stopfen, als sich die Ärztin umdrehte.

»Hallo«, sagte sie überrascht und sah Benjamin an. »Wer ist denn der junge Mann, June?«

June stellte Benjamin wie einen alten Freund vor.

»Das ist Benjamin Glass«, sagte sie. »Er sucht seine Oma.«

Die Ärztin zögerte.

»Aber Sie kennen sich?«, sagte sie.

»Ach, wen kennt man schon wirklich?«, erwiderte June. »Ich dachte, ich würde meinen Ex-Mann kennen, bis ich ihn mit heruntergelassenen Hosen im Wintergarten erwischt habe. Und auf ihm hockte Elizabeth aus dem Kegelklub.«

Die Ärztin wandte sich an Benjamin.

»Sie wissen, dass Sie eigentlich gar nicht hier sein dürften?«, sagte sie. »Wegen des hochansteckenden Atemwegsvirus?«

Benjamin schaute zu Boden. Ihm war heiß, und sein ganzer Körper juckte.

»Ja, schon«, sagte er. »Im Fernsehen kam etwas darüber. Ich habe umgeschaltet.« Nach einer Pause: »Ich muss dringend mit meiner Oma sprechen.«

Die Ärztin war irritiert. Sie stand da und überlegte. »Ich muss Sie mit zur Anmeldung nehmen«, sagte sie. »Ist das in Ordnung?«

Benjamin nickte. Die Ärztin sah June an.

»Ich bin gleich wieder da«, sagte sie.

June nickte und winkte. Sie sah Benjamin direkt in die Augen.

»Ich hoffe, du findest deine Oma«, sagte sie. »Ihr beide scheint euch sehr nahezustehen. Eine solche Liebe ist sehr wertvoll. Das hat mich mein Mann gelehrt, als ich begriff, dass er ein Lügner und Betrüger war und unsere Ehe ein einziger Schwindel.«

Als sie hinausgingen, drehte sich die Ärztin noch einmal zu June um.

»Ich habe Ihnen doch gesagt, was passiert, wenn Sie bei Sauerstoffzufuhr rauchen, oder?«

June lachte. »Ich ende als Tapetenmuster«, sagte sie.

Draußen auf dem Flur folgte Benjamin der Ärztin zu einem Telefon, wo sie eine Nummer eintippte und an die Wand starrte. Sie hatte verschmierte Kugelschreibernotizen auf dem Unterarm und tiefe Ringe unter den Augen. Sie schwankte leicht, offenbar vor Müdigkeit. Camille sagte, dass Mitarbeiter im Gesundheitswesen ein sehr reines Herz hätten und dass diese reinen Herzen von einer Reihe selbstsüchtiger Regierungsvertreter ausgenutzt worden seien, die ihre Positionen und ihre Macht jahrzehntelangem Nepotismus verdankten. Benjamin verstand nicht viel von Politik.

»Mal sehen, ob ich herausfinden kann, wo sie ist«, sagte sie und schlüpfte aus einem Schuh, um ihren Fuß zu dehnen, wodurch ein Loch in ihrer Socke zum Vorschein kam. Jemand hob ab.

»Ich habe hier einen jungen Mann«, sagte die Ärztin, »der seine Oma sucht.«

Nach einigem Hin und Her sah sie Benjamin an und formte mit den Lippen die Frage: »Vor- und Nachname?«

»Theresa Glass«, sagte Benjamin.

Im Innenhof erwartete sie ein Mann in einem Kittel mit Streifen darauf. Zum dritten Mal, seit sie Junes Zimmer verlassen hatten, piepte ein Pager in der Tasche der Ärztin.

»Benjamin, das ist Seth«, sagte die Ärztin. »Seth, das ist Benjamin.«

Seth winkte.

»Seth wird Ihnen helfen, Ihre Oma zu finden«, sagte die Ärztin.

»Ich lächle«, sagte Seth unvermittelt. »Falls du dich das fragst. Unter der Maske. Ich lächle. Aber es ist ein angemessenes Lächeln, kein albernes.«

Der Blick der Ärztin wanderte zwischen den beiden hin und her. Benjamin starrte ihn an. »Ich lasse euch mal allein«, sagte die Ärztin und ging zügig davon, ohne eine Antwort abzuwarten.

Seth sah Benjamin mit großen Augen an.

»Du hast Glück, dass du mich abgekriegt hast. Manche hier würden einiges unternehmen, um dich wegen Einbruchs in eine Krankenstation verhaften zu lassen.«

»Ich bin nicht eingebrochen«, sagte Benjamin.

»Ja, ja. Geschenkt, geschenkt. Ich bin da eh total gechillt. Ich nehme reichlich Vitamine, die verleihen mir einen gewissen Schutz.«

Benjamin fühlte sich nicht total gechillt.

»Meine Oma heißt Theresa Glass«, sagte Benjamin. »Ich muss dringend zu ihr.«

»Logo, logo. Und das kannst du auch! Schauen wir mal, wo sie ist.«

Seth tippte in Zeitlupe mit einem Bedienstift auf einem Tablet herum. Er schwieg kurz, bevor er weitersprach.

»Sie ist tatsächlich auf der Dreifaltigkeit«, sagte er. »Was natürlich megaschade ist.«

Benjamin sah ihn an, als hätte das nichts zu bedeuten.

»Dort liegen die Patienten, die womöglich ... positiv sind«, sagte er.

»Positiv?«, sagte Benjamin.

»Ja, aber das ist bloß eine Vorsichtsmaßnahme. Weil sie auf einer Station mit mehreren Leuten war, die Symptome hatten.«

Benjamin verspürte ein flaues Gefühl im Magen, eine überwältigende Übelkeit, die ihm das Blut aus Gesicht und Händen trieb und seine Glieder kribbeln ließ. Er sah sich um.

»Also, wenn sie es hat, dann weil sie sich hier angesteckt hat?«, sagte er.

Seth schaute auf.

»Ich meine, *wenn* sie es hat, dann ist es *wahrscheinlich*, dass sie sich hier infiziert hat, ja.«

Benjamin wollte die Luft anhalten, die Sauerstoffaufnahme verweigern. Die hohen weißen Wände des Krankenhauses rückten auf ihn zu.

»Sollte hier nicht alles sauber sein?«, fragte er.

Seth kratzte sich an der Schläfe. »Es ist sehr schwer, in einem Krankenhaus alles sauber zu halten«, sagte er. »Momentan sind viele Leute sehr krank.«

Benjamin schwitzte.

»Wir könnten einen Videoanruf organisieren?«, sagte Seth. »Wir haben eine Ladung neue iPads bekommen.« Seth stupste gegen den Bildschirm. »*Angry Birds* ist leider nicht installiert.«

Benjamin schüttelte den Kopf. Ein Videoanruf ergab keinen Sinn. Jemand hätte das Tablet hochhalten und auf sie richten müssen. Sie hätte nichts gesagt, weil sie schlief. Er schüttelte den Kopf heftiger als beabsichtigt. Ein hellroter Blutfleck erblühte auf seiner Chirurgenmaske.

»Wow. Bist du verletzt?«, fragte Seth und trat auf ihn zu. »Ich kann dich in die Notaufnahme bringen, damit sich das mal jemand ansieht«, sagte er.

Benjamin fühlte sich sehr überfordert.

»Ich muss ihr einiges sagen«, sagte er.

»Und das wirst du auch«, erwiderte Seth. »Nutzen wir die Technik! Ernsthaft, das ist supercool. So kannst du ihr alles erzählen.«

Benjamin sah sich nach Schildern um, die den Weg zur Station Dreifaltigkeit wiesen. Er hatte zunehmend das Gefühl, als wäre das gesamte Krankenhaus mit roher Hühnerbrust eingerieben. Oder Kotze. Oder Hühnerkotze.

»Ehrlich gesagt siehst du mir ein bisschen aus, als wolltest du durchbrennen«, sagte Seth.

Benjamin schaute mit zusammengekniffenen Augen auf ein Schild an einer der Wände mit der Aufschrift STATION DREIFALTIGKEIT.

»Ehrlich, Kumpel, selbst wenn du Usain Bolt wärst, kämst du da oben nicht rein. Alles komplett abgeriegelt.«

Benjamin hatte das Gefühl, in seinen Kleidern zu schwimmen, unterzugehen, immer wieder Wasser zu schlucken.

»Aber ich bin extra zurückgekommen«, sagte er. »Um ihr wichtige Dinge zu sagen.«

Um ihr zu sagen, dass sie ein Leuchtturm auf einem Felsen war und dass das Licht ihm ein Gefühl von Sicherheit verlieh. Dass dieses Gefühl dauerhafter war als zerbrechliche Körper, dass es außerhalb der Zeit existierte. Dass er sie liebte und es immer getan hatte und immer tun würde, auch wenn er es wahrscheinlich nie offen ausgesprochen hatte.

Er hatte sich schon beinahe entschlossen, in Richtung der Station zu rennen, als er in der Cafeteria des Krankenhauses Mike sah, der einen Patienten in einem Rollstuhl schob. Als Mike ihn bemerkte, ließ er den Rollstuhl los, als wollte er herüberkommen, zögerte aber. Er sah Seth an. Der Mann im Rollstuhl reckte den Hals, um zu sehen, warum sie stehen geblieben waren. Auf Mikes Gesicht lag ein Ausdruck, der Benjamin ängstigte. Der wieder den Wunsch in ihm weckte wegzurennen. Benjamin verspürte das übermächtige Bedürfnis, draußen zu sein, an der frischen Luft, fernab von Krankheiten. Fernab von Wörtern, die sich, einmal ausgesprochen, nicht mehr zurücknehmen ließen. Der Mann vom Empfangstisch erschien am Ende eines Flurs, gefolgt von zwei Sicherheitsleuten.

»Das ist er!«, sagte er und zeigte auf Benjamin. »Der Krankheitsüberträger!«

27

Benjamin stolperte davon, wieder hinaus in den Regen, ohne genau zu wissen, mit wem er sprach.

»Es ist alles gut«, sagte er immer wieder, und wusste doch tief im Inneren, dass es genau das nicht war.

Während er davonlief, schaute er zum Krankenhaus hinauf und glaubte, in einem der Fenster weit oben das winzige Glimmen einer Zigarette zu sehen. Er erinnerte sich an das Gespräch mit June über Camille und daran, wie an der Kasse einmal ein Mann »Arschloch« zu ihm gesagt hatte, weil der Barcode auf einem Schinkenbraten zerknittert war und sich nicht scannen ließ. Er erinnerte sich an das Gefühl, als Camille gekommen war, so als wäre die Lautstärke heruntergedreht worden.

Er wollte mit ihr sprechen, dachte, es würde vielleicht helfen, also lief er zu einem öffentlichen Telefon beim Taxistand und behielt dabei die Tür im Auge, um zu sehen, ob ihm jemand folgte. Er wählte die Nummer des Büros und hörte es klingeln. Als Camille abhob, konnte er nur weinen.

Er rannte zum Motorrad. Einen Augenblick lang sah er zu, wie die Regentropfen einer nach dem anderen am metallenen Tank des Motorrads hinunterliefen, dann fuhr er mit voller Geschwindigkeit auf die Stadt zu.

28

Benjamin stand an der automatischen Tür des Supermarkts und tropfte auf die Fliesen, während ein Angestellter namens Elliot mit einem Wischmopp um seine Füße herumfeudelte, ohne mit ihm zu sprechen. Elliot stellte ein Schild auf, das vor dem nassen Boden warnte, und sah Benjamin an, als hätte er ihm körperliche Schmerzen zugefügt.

»Ist Camille da?«, fragte Benjamin.

Elliot sah ihn an. Seine Oberlippe zitterte.

»Weiß ich nicht«, sagte er. »Frag bei den Zigaretten.«

Benjamin ging zwischen den Regalen hindurch, vorbei an Reihen ordentlich sortierter Produkte. Als er an der Feinkostabteilung vorbeiging, fiel sein Blick auf Stücke ungeschnittenen Schinkens, die ihn an den Wal erinnerten. Er sog kalte Luft aus dem Milchkühlregal ein und sah sich um.

Etwas an dem Supermarkt fühlte sich anders an. Als hätten sich seine Abmessungen auf eine subtile Weise verändert, die Benjamin nicht genau benennen konnte. Er kniff die Augen zusammen, drehte den Kopf, aber es half nicht. Die Farben schienen gedämpft zu sein, sämtliche Geräusche schienen vom Ende eines sehr langen Tunnels zu kommen. Auch die Luft fühlte sich anders an. Abgestandener als in seiner Erinnerung. Etwas daran erschien ihm klein und bedeutungslos. Er fragte sich, ob das vielleicht für alles galt, ohne Gary, ohne seine Oma.

Im vorderen Teil angekommen, stand Benjamin am Tresen und wartete darauf, dass die Frau namens Jill aufblickte. Sie tat es nicht, also hustete er, um ihre Aufmerksamkeit zu erregen.

»Ist Camille da?«, fragte er.

Sie sah von ihrer Zeitschrift auf, einer von der Art mit wenig schmeichelhaften Fotos von weiblichen Prominenten, die aus Taxis stiegen.

»Ja. Soll ich sie ausrufen?«, fragte sie.

Benjamin nickte. Die Frau drehte sich auf ihrem Stuhl und beute sich über ein kleines Mikrofon an einem flexiblen Ständer. Als sie auf die Sprechtaste drückte, stießen ihre Lippen gegen den Schaumstoffbezug und machten ein Geräusch, das durch die Gänge hallte.

»Camille zum Kiosk«, sagte sie. »Camille zum Kiosk, bitte.«

Sie widmete sich wieder ihrer Zeitschrift. Einige Sekunden später hörte Benjamin Camilles Stimme aus einem Funkgerät unter den Zigaretten.

»Komme, Jill«, sagte sie.

Während Benjamin auf Camille wartete, sprach Jill mit ihm, ohne von der Zeitschrift aufzublicken.

»Ich habe gehört, du hast ein paar Schichten verpasst«, sagte sie und schaute mit zusammengekniffenen Augen auf ein unscharfes Foto. »Pass besser auf. Auf die Samstagnachmittagsschicht an der Kasse sind einige scharf.« Sie hob den Blick, beugte sich verschwörerisch vor und nickte zu Elliot hinüber, der Dosen mit Kondensmilch stapelte und die beiden beobachtete. »Ich allerdings nicht, ich habe das Geld nicht nötig. Ich bin jetzt bei OnlyFans.« Jill warf Benjamin einen vielsagenden Blick zu. Als ihr klar wurde, dass er offensichtlich keine Ahnung hatte, wovon sie sprach, warf sie die Haare zurück, wie man es tat, wenn man zeigen wollte, wie glamourös man war.

»DieKesseVonDerKasse, wenn's dich interessiert.« Sie musterte ihn von oben bis unten. »Vielleicht bin ich ein bisschen zu reif für dich«, sagte sie schulterzuckend, »aber man weiß ja nie.«

Camille erschien am Ende des Flurs und kritzelte etwas in einen Notizblock. Als sie Benjamin sah, lehnte sie sich an das Regal neben ihr und hob die Hand vor den Mund. Dann kam sie auf ihn zu und umarmte ihn.

»Ich wusste, ich würde dich heute sehen«, sagte sie und legte ihm eine klamme Handfläche auf die Stirn. Sie hielt einen Kristall hoch, der von ihrem Hals herabbaumelte. »Alle Zeichen deuteten darauf hin«, sagte sie.

Camille musterte ihn.

»Geht es dir ein bisschen besser?«

Benjamin zuckte mit den Schultern. »Tut mir leid, dass ich die Schicht verpasst habe«, sagte er.

Camille lächelte und beugte sich vor.

»Wir falten nur Zitronen«, sagte sie. »Das ist alles nicht so wichtig.« Dann kniff sie die Augen zusammen, und ihr Blick schoss zwischen den kleinen Blutflecken in seinen Nasenlöchern hin und her.

»Hast du geblutet, Benjamin?«, fragte sie.

Benjamin wich ihrem Blick aus. Durch die Tränen, die ihm in die Augen schossen, konnte er die schwankenden Umrisse von Elliot und Jill an der Kasse erkennen. Camille brachte ihn mit ernster Miene außer Hörweite.

»Erzähl mir, was passiert ist«, sagte sie.

Benjamin holte Luft. Er fühlte sich schrecklich wegen so vieler Dinge zugleich. Dass er zugelassen hatte, dass sie seine Oma mitnahmen. Dass er Gary verloren hatte. Es machte ihn krank, dass er es ihnen auch nicht hatte erklären können. Dass sie vielleicht nie ganz begreifen würden, was passiert war. Dass sie ihm vertraut hatten und er sie im Stich gelassen hatte.

»Sie lassen mich nicht zu ihr«, sagte Benjamin.

»Wer denn? Und zu wem lassen sie dich nicht?«

Er hatte Mühe, die Wörter herauszubringen.

»Zu meiner Oma«, sagte er.

Camille legte den Arm um Benjamins schmale Schultern und drückte ihn an sich. Dann trat sie wieder ein Stück zurück, um sich die Kratzer und Prellungen in seinem Gesicht anzusehen.

»Ich sollte über ein iPad mit ihr sprechen.«

»Aber warum blutest du?«, sagte sie.

Benjamin schüttelte den Kopf.

»Das ist wegen etwas anderem«, sagte er.

»Wegen was denn?«, fragte Camille.

Benjamin fuhr sich mit dem Handrücken über das nasse Gesicht.

»Ich habe einen Hund gefunden«, sagte er. »Und ich glaube, er hat mir gehört. Aber sie haben ihn mir weggenommen.«

Es war seltsam, es laut ausgesprochen zu hören. Zu sagen, dass Gary ihm gehörte. Aber Benjamin wusste, dass Gary sein Hund war. Und dass er Garys Mensch war.

»Er hat mir gehört, und sie haben ihn mir weggenommen«, sagte er noch einmal etwas lauter.

»Komm, wir reden im Büro«, sagte Camille.

Im Büro setzten sie sich auf einen Läufer, den Camille mitgebracht hatte, als sie zur Filialleiterin ernannt worden war. Sie musste ihn zusammenrollen und in einem Schrank verstauen, wenn der Bereichsleiter vorbeikam, aber sie sagte, er verleihe ihr bei der Arbeit ein Gefühl von Gelassenheit, das es ihr wert war, ihn vor Andy Nelson (dem Bereichsleiter) verstecken zu müssen. Sie sagte, Andy Nelson sei sowieso ein Paragrafenreiter. Benjamin strich mit den Fingern über die Stiche und betrachtete die Stickerei – einen Mond und Sterne mit menschlichen Gesichtern. Sein Magen knurrte.

»Hast du Hunger?«, fragte Camille.

Benjamin wollte nichts essen. Er fuhr sich mit der Innenseite seines T-Shirts übers Gesicht, und Camille holte ihr Handy heraus und spielte Regenwaldmusik ab.

»Du wartest hier und versuchst, die Musik so tief wie möglich zu spüren – es hilft, wenn du dich dazu auf den Läufer legst –, und ich hole dir was zu futtern.«

Camille dämmte das Licht. Benjamin legte sich hin und schloss die Augen, aber durch die Jalousien sickerte Sonnenlicht herein. Zuerst erinnerte ihn das an den Plastikstuhl neben dem Bett seiner Oma im Krankenhaus, der sich an Sommertagen aufheizte und ihm die Beine verbrannte. Dann an Gary, der im Mobilheim das Gesicht auf die von der Sonne erwärmten Stellen legte. Er sah eine Version von sich selbst, die noch nicht zugelassen hatte, dass sie ihn mitnahmen. Er rieb die Füße aneinander und versuchte, sich nicht von seinen Gefühlen verschlingen zu lassen. Er griff in die Tasche, umfasste Leonards Schlüssel und drückte zu, bis ihm die Hand wehtat.

Camille kam mit einem violetten Päckchen zurück. Benjamin setzte sich auf.

»Was ist das?«, fragte er.

»Kleine Vollkornkekse in Tierform«, sagte sie. »Mit Schokolade obendrauf.«

Benjamin sah sich die Nährwertangaben an. Normalerweise hätte er ihr gesagt, sie solle um alles mit einem roten Kästchen einen Bogen machen und sich möglichst an Produkte mit grünen Kästchen halten, wobei gelb bei Sonderangeboten akzeptabel sei. Er war es gewohnt zu erklären, warum er viele Dinge nicht tat, die andere mochten. Wie zum Beispiel Alkohol trinken und rauchen. Oder Sachen essen, die reich an gesättigten Fetten und Zucker waren. Oder seinen Puls in die Höhe treiben. Sich Krankheitserregern aussetzen. Doch als er den Mund öffnete, war es plötzlich, als würde er nur vorgeben, dass es ihn beschäftigte. Denn das tat es nicht. Nicht richtig. Er riss die Packung auf.

»Danke«, sagte er und stopfte sich drei oder vier in den Mund. Er kaute.

»Sie sollte nicht dort sein«, sagte er.

»Im Krankenhaus?«

»Ja.«

»Natürlich sollte sie dort sein. Es geht ihr nicht gut.«

Benjamin nahm sich noch ein paar Kekse.

»Sie ist auf einer Station für Leute, die vielleicht dieses Virus haben«, sagte er.

Camille legte sich die Hand auf die Brust. Sie stellte die Regenwaldmusik leise.

»Das tut mir so leid, Benjamin.«

Er aß noch einen Tierkeks. Camille sah ihm direkt in die Augen.

»Niemand ist gern im Krankenhaus«, sagte sie.

»Ich weiß«, sagte Benjamin und dachte an den Abend, an dem sie eingeliefert worden war. Daran, wie er fast den ganzen Tag lang im ungeheizten Mobilheim am Tisch gesessen und sich gefragt hatte, was er tun sollte. Wie er sämtliche Oberflächen geputzt hatte, für den Fall, dass sie verunreinigt waren, voller Panik, dass er schon damit in Kontakt gekommen war und es sein Herz angriff, es hemmte oder überanstrengte oder das Gewebe absterben ließ.

»Ich hatte Angst«, sagte er.

»Wovor?«

»Vor dem, was sie hatte.«

»Das ist völlig in Ordnung, Benjamin.«

Er schüttelte den Kopf.

»Jetzt hat sie wahrscheinlich etwas noch Schlimmeres.«

Camille schwieg.

»Ich habe zugelassen, dass sie sie mitnehmen, obwohl ich es hätte verhindern sollen«, sagte Benjamin, »und jetzt habe ich zugelassen, dass sie Gary mitnehmen.«

Camille deutete auf die Wunden in seinem Gesicht.

»Es sieht nicht so aus, als hättest du einfach zugelassen, dass sie Gary mitnehmen«, sagte sie.

»Aber es kommt aufs Gleiche raus. Ich hätte sie aufhalten sollen, aber das habe ich nicht.«

»Dann haben sie die Stationen jetzt richtig abgeriegelt?«, sagte Camille.

Sämtliche Muskeln in Benjamins Körper schienen gleichzeitig zu erschlaffen. Er hatte das Gefühl, umzufallen. Er nickte.

»Ach, Herzchen«, sagte Camille.

Wenn Camille tiefes Verständnis ausdrücken wollte, schloss sie manchmal die Augen und nickte. So auch jetzt.

»Erzähl mir von dem Hund«, sagte sie.

Benjamin ließ sich etwas Zeit, dachte über alles nach, was passiert war.

»Ich bin zum Strand gegangen, um mir den Wal anzusehen«, sagte er. »Weil du gesagt hast, ich soll schauen, was das mit mir macht.«

Camille ermunterte ihn mit einem Nicken weiterzusprechen.

»Er war da und hat an dem Wal geleckt. Am Blubber.« Benjamin erschauderte bei dem Gedanken. »Dann ist er mir nach Hause gefolgt.«

»Der Hund?«

»Ich habe uns etwas zu essen bestellt. Er bekam eine Frühlingsrolle.«

Benjamin erinnerte sich daran, wie sich der Teig in Garys Tasthaaren verfangen hatte, und dann daran, wie der Hund ihn angesehen und gegähnt hatte, während er sein vollgepinkeltes Bein mit einem Lappen abrubbelte. Er vermisste diese stille Nähe. Camille reichte ihm ein Taschentuch.

»Er hat sich auf der Terrasse angepinkelt«, sagte Benjamin.

Camille lächelte traurig. »Ich habe gespürt, dass dich etwas Mächtiges dorthin zog«, sagte sie. »Ich dachte, es wäre der Wal. Aber jetzt wird mir klar, dass es der Hund war.«

Benjamin sah auf. Wenn er über Gary sprach, fühlte er sich ihm näher.

»Der Mann, der das Essen brachte, sagte, er würde mir helfen. Aber er hatte es nur auf die Belohnung abgesehen.«

»Belohnung?«

»Ja. Es gab eine Belohnung. Er ist ein Rennhund.«

Benjamin griff in die Tasche und zog einen Zeitungsausschnitt heraus. Seine Hand zitterte, als er ihn Camille gab.

»Das ist er«, sagte er.

»Oje«, sagte sie und blickte auf das Bild. »Das ist alles sehr viel auf einmal.« Sie legte die Hand auf das Foto von Gary. »Ihr habt ein ganz ähnliches Wesen«, sagte sie.

Während Camille den Artikel über Garys Verschwinden las, dachte Benjamin wieder an die versäumte Schicht und an Leonard, der am Telefon gelogen hatte. Camille schnalzte beim Lesen mit der Zunge.

»Erzähl mir von dem Fahrer«, sagte sie. »Dem, der behauptet hat, er wäre dein Onkel.«

Das war typisch für Camille: auszusprechen, was einem gerade durch den Kopf ging. Benjamin schaute auf, und Camille lächelte.

»Ach, Benjamin«, sagte sie. »Ist schon gut. Ich dachte mir, dass du das in dem Moment von mir brauchtest. Mein Vertrauen. Die Worte, die wir aussprechen, haben meist nicht viel mit dem zu tun, was wir tatsächlich *sagen*.«

»Es tut mir so leid«, sagte Benjamin.

»Das braucht es nicht. Hatte ich unrecht?«

»Womit?«

»Gab es einen Grund?«

Benjamin nickte.

»Ich musste bei ihm bleiben«, sagte er.

Camille neigte den Kopf und ermutigte ihn.

»Na, siehst du. Ich hatte recht. Du bist ein guter Mensch, Benjamin. Das ist alles, was zählt.«

Camille sah sich im Büro um. Sie stellte die Regenwaldlieder lauter, schloss die Augen und atmete tief durch die Nase ein.

»Ich würde dir ja die Tarotkarten legen, aber wir haben keine Zeit«, sagte sie. »Ich verbrenne stattdessen etwas. Als Konzentrationshilfe. Damit wir nachdenken können.«

Camille zündete den Weihrauch an, schloss die Augen und wiegte sich sanft hin und her. Benjamin sah zu, wie die kleinen Rauchfahnen aufstiegen.

»Ich sage dir, was ich denke«, sagte Camille schließlich. »Ich denke, du darfst diesen Hund nicht aufgeben.«

»Aber ich habe ihn doch schon gehen lassen«, sagte Benjamin. Er fühlte sich hoffnungslos. Als wäre Gary eine Million Kilometer entfernt. Ein verblassendes Bild. Camille stand auf.

»Dann musst du ihn dir eben zurückholen«, sagte sie.

Benjamin kniff die Augen zusammen, um zu verhindern, dass er sich aufregte.

»Ich weiß nicht, wo er ist.«

»Aber du hast es doch selbst gesagt. Er gehört dir.«

»Die Polizei wird das anders sehen«, sagte Benjamin.

»Na ja. Es geht um komplexe moralische Fragen, die nichts mit Strafverfolgung zu tun haben. Zum Beispiel habe ich neulich über Haustiere nachgedacht. Wir besitzen sie eindeutig nicht. Also muss der Einzelne dafür sorgen, dass das Tier mit der Partnerschaft einverstanden ist. Aber was wäre außerdem, wenn Gary in Wahrheit ein wiedergeborener Verwandter wäre? Stell dir mal vor, welche Fragen das aufwerfen würde. Wie kompliziert das die Sache machen würde. Jetzt, wo ich ihn gesehen habe, halte ich es tatsächlich für sehr gut möglich, dass er dein Großvater ist.«

Camilles Gedanken waren manchmal wie explodierende Feuerwerkskörper. Benjamin hielt sich an den ersten.

»Ich weiß nicht, wo er ist«, sagte er.

Camille sah ihn an.

»Ich glaube, du weißt es.«

Benjamin schüttelte den Kopf, und Camille grinste.

»Weißt du, wo er ist?«, fragte Benjamin.

Camille schloss die Augen und atmete aus.

»Ja«, sagte sie.

»Woher?«

Camille hielt ihr Handy hoch. »Ich kann gewisse Schwingungen spüren. Außerdem habe ich es gegoogelt.«

Benjamin schaute auf den kleinen Bildschirm. Er zeigte einen Zeitplan der Hunderennbahn.

»Er läuft um 18.45 Uhr«, sagte Camille strahlend.

Camille schaute auf Benjamins Kleider. »Da hinten steht eine Wanne voller zurückgegebener Waren. Guck die Sachen mal durch und zieh dich um, wenn du willst«, sagte sie. »Deine sind ziemlich dreckig. Um sechs habe ich Feierabend, dann fahren wir hin.«

Benjamin war noch gar nicht dazu gekommen, sich seine Kleider anzusehen. Sie waren schlammverkrustet, und auf seinen Jeans waren rote Streifen, bei denen es sich vermutlich um Blut handelte – von dem er inständig hoffte, dass es sein eigenes war.

Aus dem Funkgerät drang eine knisternde Stimme: »Camille zur Alterskontrolle an die Kasse«, sagte Jill.

»Ich habe Pause«, antwortete Camille.

Nach einer kurzen Pause meldete sich Jill erneut. »Ich will nur dazusagen: Ich glaube, es ist ein Code 4. Oder Code 6. Ich weiß nicht mehr. Das, was wir zu Ladendiebstahl sagen.«

»Gott noch mal«, sagte Camille und eilte zur Tür. »Ich komme, Jill.«

Als Camille zurückkam, trug Benjamin ein weißes Hemd und einen leichten Sportpullover wie von einem Sprinter. Seine untere Hälfte war mit einer Armeehose bekleidet. Er schloss die Druckknöpfe an den Beintaschen.

»Ich habe über unsere Situation nachgedacht«, sagte Camille.

Benjamin gefiel es, dass sie »unsere Situation« sagte, selbst wenn er wusste, dass die Sache ihn allein betraf und sie nur nett sein wollte.

»Ich habe doch einen schönen großen Garten. Er könnte bei mir bleiben, bis wir genau wissen, wie es weitergeht. Und du wohnst im Gästezimmer, solange deine Oma im Krankenhaus ist, und kannst ihn jeden Tag sehen.«

Benjamin kannte Camilles Haus. Sie war ein guter Mensch, und unter Zwang wäre er ihrem Plan gefolgt, anstatt ihre Gefühle zu verletzen, aber er wusste mit hundertprozentiger Sicherheit, dass ihre Vorstellungen von häuslichem Leben nicht vereinbar waren.

»Du würdest das Gästezimmer lieben: Ich habe es mit Lichterketten und Wandteppichen dekoriert«, sagte Camille. »Außerdem bewahre ich dort all meine Heilkristalle und spirituellen Figuren auf.«

Benjamin sah Camille an.

»Ich muss mich um das Mobilheim kümmern«, sagte er.

»Das könnten wir zusammen machen. Wir fahren alle paar Tage vorbei und sehen nach dem Rechten.«

Benjamin sah Camille unverwandt an.

»Glaubst du wirklich, dass wir ihn zurückholen können?«, sagte er.

»Ich weiß es sogar.«

Camille zog ein paar Kleider aus dem Behälter mit den Retouren.

»Ich muss mir etwas über die Arbeitskleidung ziehen«, sagte sie. »Ich will da nicht in der Firmenuniform reinspazieren.« Sie warf sich einen Parka mit Kunstpelzkragen über. »Wie bist du eigentlich hergekommen?«

»Auf einem kleinen Motorrad.«

Camille wirbelte herum.

»Das sieht dir gar nicht ähnlich. Hast du überhaupt einen Führerschein?«

Benjamin hielt sich gerade eine Sonnenbrille vors Gesicht. Er sah Camille durch die getönten Gläser an.

»Es gehört Leonard«, sagte er. »Ich habe es mir geborgt, ohne zu fragen.«

»Das ist nur fair«, sagte Camille.

Benjamin folgte Camille durch den leeren Supermarkt, während sie das Geld einsammelte und immer wieder ihren Finger anleckte, um die Scheine beim Zählen voneinander zu trennen. Wegen der Kokainreste hatte er sie schon gewarnt, also mochte sie es wohl so. Er nahm den Warentrenner vom Band der hinteren Kasse und fühlte sich seltsam beruhigt, während er zusah, wie es sich in seiner Endlosschleife drehte.

»Mir ist gerade eingefallen, dass ich nur einen Helm habe«, sagte er.

Camille winkte ab.

»Ich habe meinen Fahrradhelm«, sagte sie.

»Der wird nicht ausreichen.«

Camille hörte auf zu zählen.

»Manchmal lohnt es sich, ein Risiko einzugehen«, sagte Camille.

So hatte Benjamin es noch nie betrachtet. Als wäre Mut eine Währung, und manche Produkte wären eben teuer.

»Ich glaube, ich bin nicht sehr mutig«, sagte Benjamin.

»Mut ist eine Fähigkeit, die man trainieren kann«, sagte Camille. »Ich schalte die Alarmanlage ein, und wir treffen uns draußen.«

Der Parkplatz war so gut wie leer. In der hinteren Ecke standen unter einigen Bäumen drei oder vier Wagen mit beschlagenen Scheiben. Camille schüttelte den Kopf.

»Ich habe ja noch nie verstanden, was daran so toll sein soll«, sagte sie.

Benjamin wusste nicht, was sie meinte.

»Fahrzeugverkehr«, sagte sie zur Verdeutlichung. »Ich war mal mit einem Lkw-Fahrer zusammen, der darauf stand, aber es kommt mir ziemlich unhygienisch vor.«

Benjamin zeigte auf das Motorrad. »Ich bin noch nie zu zweit darauf gefahren«, sagte er und dachte über die zusätzliche Schwierigkeit nach, dass noch jemand hinten herumrutschte. Der Druck setzte einen morbiden Denkprozess in Gang.

»Was, wenn wir umkippen, und einer von uns wird von irgendetwas aufgespießt?«, sagte er.

Camille schloss den Riemen ihres Fahrradhelms und lächelte.

»Von was denn?«

»Einem Zaun?«, sagte Benjamin. »Oder einem kaputten Straßenschild?«

Camille stieg auf und startete das Motorrad, ohne hinzusehen.

»Niemand wird aufgespießt«, sagte sie. »Steig auf.«

Alles ging sehr schnell. Benjamin hatte noch keine Zeit gehabt, über die logistischen Einzelheiten nachzudenken.

»Wie kriegen wir ihn denn zu dir?«, fragte er. »Wenn wir ihn wiederhaben? Er bleibt bestimmt nicht ruhig auf dem Motorrad sitzen.«

Camille zwinkerte ihm zu. »Ich habe einen Plan«, sagte sie. »Aber wir müssen jetzt los, sonst verpassen wir das Rennen. Ich weiß nicht, wie lange er dort ist.«

»Kannst du überhaupt fahren?«, fragte Benjamin.

»Das wirst du gleich merken!«

Benjamin holte tief Luft. Er stieg auf, und Camille klappte mit dem Fuß den Ständer hoch und brachte das Motorrad so in Stellung, dass die Ausfahrt vor ihnen lag. Es wirkte sehr fachkundig, wie sie den Motor aufheulen ließ. Bevor sie losfuhren, klopfte sie Benjamin aufs Bein und rief über den Motorenlärm hinweg: »Bist du dir schon darüber klar geworden, was der Wal mit dir gemacht hat?«

»Noch nicht«, sagte Benjamin. »Nein.«

29

Mike nahm den Hörer des Telefons im Stationszimmer ab und tippte auf dem Computerbildschirm vor ihm eine Nummer ein. Er wickelte sich das Kabel um den Finger, während es in dem verwaisten Mobilheim klingelte.

Die Wände schluckten einen Großteil des Geräuschs, aber auf dem Dach schreckte dennoch eine Möwe hoch und sprang in die Luft, um sich über die Mobilheime hinweg zu schwingen und wieder hinaus über den Sand zu gleiten.

30

Der Scheinwerfer des Motorrads tauchte den Beton in schwankendes gelbes Licht, als Camille vom Parkplatz fuhr. Benjamin lehnte sich an ihren Rücken, während sie die Maschine durch ein Labyrinth von Terrassenhäusern lenkte und dann um die leichte Kurve an der Uferböschung bog. Sie rasten an der metallenen Absperrung entlang, die verhindern sollte, dass Autos auf die Sonnenbadenden stürzten, und Benjamin sah die verschwommenen Pfeiler vorbeirauschen. Er versank in Gedanken, stellte sich vor, wie ein Auto von der Fahrbahn abkam und auf ihm landete. Als Camille beschleunigte, fiel er beinahe hintenüber.

»Halt dich gut fest«, rief sie. »Wir sind fast da.«

Benjamin schlang die Arme um Camilles fleischige Mitte und dachte an das, was sie gesagt hatte, über Mut, darüber, dass es das Risiko wert sei. Camille war mutig. Das wusste er, während er die kurzen Nackenhaare betrachtete, die unter ihrem unzureichenden Fahrradhelm im Fahrtwind wehten. Er schmiegte sich fester an sie, um sich vor dem Wind zu schützen, während sie vorwärtsjagte und der kleine Motor in der salzgeschwängerten Luft aufheulte.

31

Camille schaltete herunter und schwenkte unter einem pinken Leuchtschild in Form eines Hundes ein. Sie fuhr an mehreren Pfützen vorbei zu einem Abstellplatz in der Nähe der Eintrittskasse und rieb sich begeistert die Ohren.

»Ich habe das Gefühl, sie fallen gleich ab«, sagte sie. »Es ist unfassbar kalt.«

Benjamin hatte ein schlechtes Gewissen, weil sein Helm besser vor dem kalten Wind schützte als Camilles. Als er ihn abnahm, fiel ein Stück gelber Schaumstoff heraus, wodurch er sich etwas besser fühlte. Der miese Zustand des Helms erinnerte ihn an Leonard. Er tastete in der Hosentasche nach den Schlüsseln und wurde wieder wütend. Er wollte sie ins Meer werfen, stellte sich vor, wie sie im trüben Wasser versanken und in der Brandung herumwirbelten.

»Wenn wir drin sind«, sagte Camille, »verhalten wir uns *unauffällig*. Wir wollen keinen Verdacht erregen.«

»Wie stellen wir das an?«, fragte Benjamin.

»Da gibt es viele Möglichkeiten, aber im Prinzip verhalten wir uns wie die anderen«, sagte sie. »Wie Leute, die öfter herkommen.«

Benjamin schaute zu Boden und nickte, als wüsste er, wovon sie sprach.

»Wer kommt denn öfter hierher?«, fragte er sicherheitshalber.

Camille blickte auf und überlegte. Es hatte aufgehört zu regnen, aber der Himmel war noch immer wolkenverhangen und grau.

»Der Sammelbegriff ist ›Zocker‹, glaube ich«, sagte sie. »Das Wichtigste ist, dass es aussieht, als wären wir zum Spaß hier. Wir können so tun, als würden wir an der Bar etwas trinken, während wir nach ihm Ausschau halten.«

»Machen Zocker das?«, fragte Benjamin.

Camille nickte.

»Unter anderem.«

Camille ging zur Kasse und stellte sich an. Über dem Fenster war ein Lautsprecher, aus dem etwas aus den Achtzigern erschallte. Sie wiegte sich im Takt der Musik. Nach ungefähr einer Minute hob sie die Hand vor den Mund und gähnte.

Sie beugte sich zu Benjamin herüber. »Das war gespielt«, sagte sie grinsend.

Benjamin zog eine Augenbraue hoch.

»Was war gespielt?«

»Mein Gähnen. Hast du es gemerkt?«

»Kein bisschen«, sagte Benjamin.

Camille wirkte beschwingt. Sie stupste ihn mit der Schulter an.

»Ich wollte lässig rüberkommen«, sagte sie. »Als wäre ich ständig hier.«

Camille trat vor, um Karten zu kaufen. Die Frau im Kassenhäuschen sah gelangweilt aus, so als wären ihre Gesichtszüge sehr schwer und sie hätte Mühe, sie zu bewegen. Benjamin nickte zur Musik aus dem kleinen Lautsprecher, wie Camille es getan hatte, aber er fühlte sich unsicher und hörte wieder auf. Das hatte ihm noch nie gelegen. Doch nach der Bewegung fühlte es sich komisch an, stillzustehen. Als wüsste er nicht, wohin mit seinem Körper.

»Zwei Tickets für das Hundegerenne, bitte«, sagte Camille.

Die Frau kicherte. »Für das Hundegerenne?«

Camille sah sie mit heiterer Gelassenheit an. »Ja, bitte«, sagte sie.

Einen Augenblick lang tat niemand etwas. Alle sahen sich nur an. Dann bewegte sich Camille ganz langsam durch das Drehkreuz auf den Eingang zu, und Benjamin folgte ihr. Die Frau sah ihnen hinterher.

»Langsam gehen ist auch noch eine Möglichkeit, leger zu wirken«, sagte sie.

An der Tür zog Camille einen Notizblock heraus und schrieb den Preis der Tickets auf.

»Ich zahle es dir zurück«, sagte Benjamin.

»Sei nicht albern. Ich will mir bloß merken, was ich bezahlt habe, damit ich später den gleichen Betrag an eine Wohltätigkeitsorganisation spenden kann, die sich um Windhunde kümmert.« Sie rahmte das Gebäude mit beiden Händen. »Ich bin mir nicht hundertprozentig sicher, dass hier alles komplett schlecht ist«, sagte sie. »Aber mein Bauchgefühl sagt mir, dass die Leute schnell ihre Werte über Bord werfen, wenn es um Geld geht.«

Benjamin schaute hinauf zu dem Leuchtschild mit dem Hund, der einzelnen Neonröhre, die eine geschlängelte Linie beschrieb. Er dachte darüber nach, was Geld machte, was es einen machen ließ. Die Leuchtröhre flackerte.

»Verstehe«, sagte er.

Camille aktivierte den Sensor, der die Tür öffnete. Während die Leute im Inneren zum Vorschein kamen, spähte Benjamin durch den immer größer werdenden Spalt.

»Es ist sehr voll«, sagte er.

Camille nickte. »Allerdings.«

»Ich mache mir nur Gedanken wegen der Erreger«, sagte Benjamin.

Camille nahm Benjamins Hand in ihre.

»Ich weiß«, sagte sie.

Sie gingen durch einen warmen Luftstrom vom oberen Ende der Tür. Camille hielt auf eine Bar namens »The Dog's Bowl« zu und bestellte zwei zuckerfreie Cola. Sie setzte sich neben eine Frau mit türkisem

Lidschatten, als diese gerade einen großen Bissen von ihrem Burger nahm und warme Soße auf ihre Bluse spritzte.

»Ich fühle mich wie in einem von meinen Fernsehfilmen«, sagte Camille. »Einem Thriller!« Sie schaute sich um.

»Was wir hier machen, nennt man im Allgemeinen ›observieren‹«, sagte sie. Sie trank einen Schluck von der Cola, die die feinen schwarzen Härchen auf ihrer Oberlippe befeuchtete, und richtete dann den Notizblock an der Tischkante aus.

»›Observieren‹ heißt nur, dass wir uns alles genau ansehen«, sagte sie. »Beobachten, wer kommt und geht.«

Benjamin deutete ein Nicken an, zum Zeichen, dass er verstanden hatte.

»Machst du dir noch mehr Notizen?«, fragte er und deutete auf den Notizblock.

Camille dachte darüber nach.

»Könnte ich machen«, sagte sie. »Wenn ich mir irgendwelche Einzelheiten aufschreiben müsste oder so. Aber ich glaube, wir lassen es einfach darauf ankommen.« Sie lächelte. »Man könnte das auch für Bacardi-Cola halten, weißt du?«, sagte sie und hielt ihr Glas hoch, das einen Teil ihres Gesichts verdeckte, als würde sie ein Geheimnis mit ihm teilen. »Wir fügen uns perfekt ein.«

Benjamin sah sich im Raum um. Auf einem Flachbildschirm an der Wand überflog er die Namen der Hunde, die beim nächsten Rennen antreten würden. Born Slippy, Trevor's Revenge und Lady GoGo gingen alle an den Start, aber von Gary war nichts zu sehen. Benjamins Hände flatterten kurz. Camille bemerkte es.

»Sein Rennen beginnt erst später, Herzchen. Versuchen wir, uns für seine Präsenz zu öffnen. Mal sehen, ob wir ihn durch alternative Methoden aufspüren können.«

»Alternative Methoden?«

»Spirituelle Kanäle.«

Damit kannte sich Benjamin nicht besonders gut aus.

»Die Dinge, die uns miteinander verbinden, sind nicht immer sichtbar«, sagte Camille. »Es geht trotzdem ums Sehen, nur eben nicht mit den Augen.« Sie bewegte die Hand kreisend über der Brust. »*Sehen*«, sagte sie mit Nachdruck. »Nur nicht mit den Augen.«

Benjamin wusste nicht genau, was sie meinte. Er wusste auch nicht, ob ihnen das helfen würde, Gary zu finden. Er wollte Camille nicht verärgern, also versuchte er trotzdem, sich zu konzentrieren. Es fiel ihm schwer, denn das nächste Rennen begann, und der Lärm um ihn herum lenkte ihn ab. Während die Lautstärke im Raum anschwoll, konnte er den Gedanken an den geteilten Luftvorrat nicht verdrängen.

»Ich glaube, ich kann das nicht«, sagte er.

Camille verengte die Augen zu Schlitzen und presste die Lippen aufeinander wie jemand, der sehr entschlossen ist.

»Manchmal muss man die Augen schließen«, sagte sie.

Benjamin tat es kurz, aber die Stimmen im Raum wurden immer überwältigender. Er sah sich um. Er versuchte, sich zu beruhigen, indem er die Schrift auf einem leuchtend roten Werbeplakat für ein Amateurboxturnier las. Es funktionierte nicht, weil er an wiederholte Schläge gegen den Kopf dachte.

»Ich spüre nichts«, sagte er schließlich.

Camille zuckte mit den Schultern, als wäre das völlig normal. Benjamin dachte wieder an Leonard und an Camilles Bemerkung über Leute, die ihre Werte über Bord warfen. Er nippte an seiner Cola und fühlte die Bläschen auf der Zunge, während er in der Hosentasche den Metallring des Autoschlüssels um den billigen Schlüsselanhänger aus Gummi drehte. Etwas durchbrach seine Wut. Ihm wurde bewusst, dass sich zu der komplizierten und allgemeinen Traurigkeit, die er schon seit einiger Zeit empfand, eine neue und spezifische gesellt hatte. Zwei sogar. Die eine galt natürlich Gary, aber die andere bezog sich auf Leonard. Auf das, was aus Leonard geworden war.

»Das bedeutet wahrscheinlich nur, dass die Signale von physischen Strukturen blockiert werden«, sagte Camille. Du weißt schon, von Wänden und so. Zwischen Gary und dir. Manchmal ist eine spirituelle Verbindung ein bisschen wie W-Lan.«

Sie versuchte, es zu demonstrieren, indem sie mit den Händen durch die Luft ruderte.

»Schade, dass ich mich nicht schon früher mit ihm verbunden hatte«, sagte sie und schüttelte den Kopf. »Dann würde mir das deutlich leichter fallen.«

Benjamin versuchte, mit seiner Miene Verständnis und unspezifische Enttäuschung auszudrücken, aber sie war schwer aufrechtzuerhalten. Er fühlte Garys Abwesenheit in seinem Körper, in den flachen Atemzügen, dem Schmerz in der Brust. Er wollte sich auf den Boden legen. Camille spürte es, denn sie fasste ihn am Ellbogen.

»Du fällst ja in dir zusammen«, sagte sie und streckte die Hände aus, um Benjamin an den Schultern hochzuziehen. Sie zeigte ihm das violette Päckchen mit den Tierkeksen in ihrer Manteltasche.

»Ich habe noch mehr davon, wenn du willst? Für den Blutzucker.«

Benjamin wollte keine. Er hatte überhaupt keinen Hunger. Er betrachtete wieder die Frau mit dem Ketchupfleck, die jetzt mit einem Tuch daran herumtupfte, während sich ihr Mann umblickte und sich eher dafür zu interessieren schien, ob es jemand bemerkt hatte, als dafür, wie es seiner Frau damit ging. Es machte Benjamin noch trauriger. Camille sah sich um und erhob sich dann von ihrem Stuhl.

»Da ist er«, verkündete sie und zeigte auf einen Bildschirm, der ihnen gegenüber von der Decke hing. Darauf war eine Gruppe von Hunden zu sehen, die am Rand der Strecke ins Freie geführt wurden, und daneben eine Liste mit ihren Namen. Camille reckte den Daumen hoch, und Benjamin wurde von Aufregung überwältigt.

»Wir holen ihn zurück«, sagte sie und sah Benjamin direkt in die Augen.

»Versprochen?«, fragte Benjamin.

»Versprochen«, sagte Camille.

Camille ging zu dem langen Fenster mit Blick auf die Rennstrecke und bedeutete Benjamin, ihr zu folgen, aber er blieb, wo er war. Die Anzahl fremder Körper verursachte ihm Stress. Ihre Züge wirkten grotesk und überzeichnet, die riesigen Münder und aufgerissenen Augen von einer grundlegenden Freude erfüllt, die er nicht verstand. Camille sah ihn an. Mit Händen und Gesicht demonstrierte sie eine Reihe achtsamer Atemzüge. Als sie auf die Strecke deutete, als könnte sie Gary tatsächlich sehen, stand Benjamin auf und schob seinen Hocker wieder unter den Tresen.

Er kam gerade rechtzeitig, um zu sehen, wie die Hunde in den Boxen vorwärts sprangen und gegen die Gatter stießen.

»Das ist doch bestimmt nicht gut für ihr Selbstbewusstsein, oder?«, sagte Camille, die sich zu ihm herüberbeugte.

»Was genau?«, fragte Benjamin.

»Du weißt schon, wenn sie verlieren. Für die, die andauernd verlieren. Ich kann mir nicht vorstellen, dass sie das besonders glücklich macht.«

»Wahrscheinlich nicht«, sagte Benjamin.

Camille dachte darüber nach.

»Vielleicht gründe ich eine Einrichtung«, sagte sie ernst. »Ein Heim für Hunde, die ihr Bestes gegeben haben, aber einfach nicht gut genug waren.«

»Woher wüsstest du denn, dass sie ihr Bestes gegeben haben?«, fragte Benjamin.

»Tiere geben immer ihr Bestes. Aber selbst wenn sie es nicht täten, ist Einsatzbereitschaft nicht die einzige Qualität, die Liebe verdient, finde ich.«

Aus dem Lautsprecher drang die Stimme einer Frau durch den Lärm. Sie sagte etwas von »phänomenal in Form« und *»late entry«*. Camille sah auf ihre Armbanduhr und drehte sie dann in Benjamins Richtung. Beide blickten auf das hell erleuchtete Oval der Rennstrecke.

»Es ist so weit«, sagte sie.

Die Hasenattrappe schoss an der Innenseite der Bahn entlang, und die Tore öffneten sich. Eine Sekunde später stürmten die Hunde auf die Strecke, und hinter ihnen stob der Sand in kleinen Bögen auf. Alle

Mäuler standen offen, die Zungen flatterten hinter den Zähnen hin und her.

Der Hund an der Spitze war Gary.

Man konnte es nicht einmal als Rennen bezeichnen. Auf der ersten Geraden zog er davon und wurde nicht mehr langsamer, legte sich in die Kurve und bewegte sich so schnell, dass sein Körper verschwamm. Während der Köder herumwirbelte und sich der Abstand vergrößerte, schienen die anderen Hunde ihren Durchhaltewillen zu verlieren; sie spürten in den Knochen, dass sie ihn niemals schlagen würden. Camille legte Benjamin die Hand auf die Schulter.

»Das ist er, oder?«, sagte sie.

Benjamin drückte die Hand gegen die Scheibe.

»Das ist er«, sagte er.

Gary sah unglaublich aus. Seine weit ausgreifenden Schritte hatten einen perfekten Rhythmus, die Füße waren so perfekt ausbalanciert, dass er zu schweben schien. Viele der Zuschauer waren aufgesprungen. Sie drängten sich vor dem Fenster aneinander, um zu sehen, wie Gary die Ziellinie überquerte. Benjamin konnte den Blick nicht von ihm abwenden. Als das Rennen zu Ende war, trabten einer oder zwei der anderen Hunde weiter umher, aber Gary stand nur schwer atmend mit heraushängender Zunge da und wartete darauf, fortgebracht zu werden.

Benjamin schlug mit der Hand gegen die Fenster und ließ die Scheibe erzittern. Camille packte ihn am Handgelenk.

»Nicht«, sagte sie. »Wir sind doch *leger*, erinnerst du dich?«

Es sah beinahe so aus, als würde sich Gary zu ihnen umdrehen, also schlug Benjamin noch einmal gegen das Glas. Einige Leute schauten herüber. Eine Frau wich so entsetzt zurück, als wäre dies der Moment, vor dem sie sich ihr ganzes Leben lang gefürchtet hatte.

»Sie übertreiben«, sagte Camille zu der Frau. »Er steigert sich nur sehr in die Rennen hinein, das ist alles. Er geht wirklich darin auf.« Camille trat einen Schritt vor und versuchte die Leute zu beruhigen, indem sie schnell sprach und die Handflächen hob.

Als sie sich wieder umwandte, war Benjamin schon losgerannt.

Er stürmte durch eine Tür mit der Aufschrift »Nur für Trainer« und folgte dem Bellen der Hunde. Seine Schritte hallten, als er durch die Gänge rannte, und der Lärm der Menge verebbte allmählich. Einige Augenblicke lang kam es ihm ganz simpel vor. Als könnte er einfach weiterlaufen, bis er Gary gefunden hätte. Als würde ihn der Schwung bis zum Mobilheim und noch weiter tragen. Fort von allem. An einer Gabelung des Tunnels blieb er stehen und hörte eine Männerstimme von einer Türöffnung direkt dahinter. Das Gefühl verflüchtigte sich.

»Verlaufen?«, sagte der Mann.

Benjamin drehte sich um. Die Wirklichkeit drang herein, wie wenn man mitten in einem Lied die Ohrhörer herauszieht.

Der Mann stand mit einer Tasse Tee in der Hand da, und seine Brille beschlug von dem heißen Dampf. Benjamin wich seinem Blick aus. Er schaute auf den schimmernden Boden und die verschrammten Wände. Die Sekunden schienen sich unnatürlich zu dehnen, und alles verlangsamte sich. Alles bis auf seinen hämmernden Herzschlag.

»Hast du dich verlaufen?«, wiederholte der Mann.

Benjamin fühlte, wie Gary ihm entglitt. Er blickte auf das große Fenster zu seiner Linken, auf die leuchtend weiße Barriere um die Strecke draußen und all die Gesichter auf der Tribüne, die zu einer einzigen lebendigen Masse verschmolzen.

»Ich muss nur mal pinkeln«, sagte er.

Der Mann sah ihn verwirrt an. Er zeigte in die Richtung, aus der Benjamin gekommen war. »Die Toiletten sind oben«, sagte er.

Benjamins Augen folgten der Bodenleiste zu einer Tür am anderen Ende des Flurs.

»Nein«, sagte der Mann, der Benjamins Blick bemerkt hatte. »Da, wo du hergekommen bist.«

Keiner der beiden rührte sich. Der Mann versuchte zu lächeln, aber die Verwirrung verzerrte seine Züge.

»Danke«, sagte Benjamin.

Der Mann hob die Tasse zu einem trägen Gruß. Er wartete ein

paar verlegene Sekunden lang darauf, dass Benjamin ging, als plötzlich Camille um die Ecke gedonnert kam. Sie hatte rote Wangen und atmete schwer.

»Zurück!«, schrie sie und wühlte in ihrer Tasche. »Ich habe Pfefferspray!«

Der Mann sah Benjamin verwirrt an, flehte stumm um eine weitere Erklärung.

»Ich habe bloß die Toiletten gesucht«, sagte Benjamin zu Camille.

Sie fuhr zu dem Mann herum.

»Das ist doch nicht verboten!«, sagte sie.

Der Mann blickte zwischen ihnen hin und her. »Das habe ich auch nicht behauptet!«, sagte er.

Benjamin nickte. Camille war aufgebracht. Der Mann überdachte die Situation.

»Kennst du sie?«, sagte er.

Camille schnaubte.

Benjamin war es nicht gewohnt, Camille so zu sehen. Selbst als ein Mann versucht hatte, mit einer Plastikpistole den Supermarkt auszurauben, war Camille nicht wütend geworden. Sie hatte sich nur dessen bedient, was Benjamin ihre Yogalehrerinnenstimme nannte, während er sich DVDs in den Mantel gestopft hatte. Der Mann zog die Augenbrauen hoch. Camilles Hände zitterten.

»Ich habe nicht die geringste Ahnung, was hier los ist«, sagte er. »Aber wenn wir uns jetzt alle zurückziehen, ist niemand zu Schaden gekommen.«

Eine Zeit lang sagte niemand etwas.

»Das würde ich nicht sagen«, sagte Camille. Sie trat ein Stück vor, um das Namensschild an seiner Brust zu lesen.

»Was würden Sie nicht sagen?«, fragte er.

»Dass niemand zu Schaden gekommen ist. Sehen Sie sich doch mal um, *Brian.*« Sie betonte seinen Namen, nun, da sie ihn kannte. »Woher wissen Sie, dass diese Tiere ein erfülltes Leben haben? Hat überhaupt mal irgendwer danach gefragt?«

Brian atmete aus. Seine kleinen Augen huschten zwischen Benjamin und Camille hin und her.

»Seid ihr Aktivisten oder ...?«

Camille dachte kurz darüber nach. Sie zeigte auf Benjamin. »Er nicht«, sagte sie. »Ich kenne ihn nicht mal.«

Brian zog ein Gesicht, das nahelegte, dass er ihr kein Wort glaubte.

»Seid ihr von Greenpeace oder so?«

»Ach, *Brian*«, sagte Camille und riss die Augen so weit auf, dass man mehr von ihren Augäpfeln sehen konnte als sonst. »Das ist doch wohl ein bisschen naiv.«

Benjamin fand Brian in Anbetracht der Situation eigentlich ganz vernünftig. Er fragte sich, ob es nicht einen Schritt zu weit ging, ihn naiv zu nennen.

»Wenn ihr euch Sorgen um die Sicherheit der Hunde macht, solltet ihr mal an einer unserer Führungen teilnehmen«, sagte er.

Das verschlug Camille kurz die Sprache.

»Führungen?«, sagte sie schließlich.

»Ja. Wir haben monatliche Führungen, damit man sieht, wie sehr uns das Wohl der Hunde am Herzen liegt. Da kommen alle möglichen Leute. Von Wohltätigkeitsvereinen über Lokaljournalisten bis hin zu Prominenten. Einmal war Paul Gascoigne da.«

Benjamin wusste nicht, wer das war.

»Er hat für England gespielt«, sagte Brian.

Als Brian sich wieder zu Camille umwandte, starrte sie gedankenversunken auf die Leute in den weißen Mänteln, die die schlanken Körper einer weiteren Gruppe von Hunden zu den Startboxen führten.

»Wir haben keine Zeit zu verlieren«, sagte Camille, mehr zu sich selbst als zu jemand anderem.

»Wie bitte?«, sagte Brian.

Camille ging auf und ab, wie um sich für etwas Mut zu machen. Ihr Blick landete auf einem Notausgang, der zur Strecke führte.

»Wir haben keine Zeit zu verlieren, Brian!«, blaffte sie.

Nicht einmal Benjamin wusste, was Camille vorhatte. Er versuchte noch, es herauszufinden, als sie sich mit ihrem ganzen Gewicht gegen den grünen Druckhebel der Notausgangstür lehnte und hinaus auf die Strecke stürzte.

Sie hatte es bis zur Mitte des Ovals geschafft, bevor Brian auch nur an der Tür angekommen war. Er prallte mit der Schulter gegen den Türrahmen und umklammerte sie, während er Camille hinterherjagte.

»Ich habe mich an der vermaledeiten Schulter verletzt!«, schrie er ihr hinterher.

Camille rannte, bis sie sichtlich erschöpft war, was nicht besonders weit war, und dann legte sie sich in den Sand. Sie ruderte mit Armen und Beinen, als würde sie einen Schneeengel machen.

»Sorry, Brian«, rief sie. »Tut mir echt leid.«

Benjamin sah zu, wie Brian Camille aufzurichten versuchte. Jedes Mal, wenn er sie mit rotem Gesicht und keuchend unter den Achseln fasste und hochzog, sackte sie wieder zusammen. Die Haare waren ihr auf unelegante Weise ins Gesicht gefallen und hoben sich im Rhythmus ihres schweren Atems.

Camille ruderte weiter mit den Armen im Sand. Sie rief: »Denkt an ihr Selbstbewusstsein!«, während Brian durchschnaufte. Er hatte die Hände auf die Knie gestützt, um sich kurz auszuruhen, als Camille erneut losrannte. Sie kam vielleicht drei Meter weit, ehe er sie wieder einholte.

Die Leute auf der Tribüne wussten nicht, was sie von der Sache halten sollten. Einige jubelten, wenn Camille Brian entkam. Andere bewarfen ihn mit ihren Plastikbechern, damit Camille eine bessere Chance hatte. Als Brian sie endlich richtig zu fassen bekam und die Hände hinter ihr verschränkte, um sie wegzuzerren, zog Camille die Hacken hinter sich her und schlackerte mit den Beinen, bis sich einer ihrer Schuhe löste.

»Stopp, stopp!«, schrie sie und klang aufrichtig verzweifelt. »Mein Arbeitsschuh.«

Das verwirrte Brian lange genug, um stehen zu bleiben, und sie konnte Benjamin in die Augen schauen. Sie machte das Tiefseetaucherzeichen für *Okay*.

»Mach dir keine Sorgen um mich«, rief sie.

Benjamin verstand nicht genau, was sie meinte. Er blieb stehen, aber die Unentschlossenheit fühlte sich falsch an. Camille schlang die Arme um Brian, sodass es aussah, als umarmten sie sich, und hielt ihn an Ort und Stelle fest.

»Kacke«, sagte Benjamin.

Dann rannte er den Flur hinunter.

32

Benjamin folgte dem Bellen der Hunde, bis er die Zwinger fand. Es roch sauber und tierisch zugleich, wie in einer Veterinärklinik. Im hinteren Teil des Raums befand sich eine Reihe kleiner Zellen für die Hunde. Einige streckten die Schnauzen heraus und schnüffelten, während Benjamin auf der Suche nach Gary an ihnen vorbeiging. Als er am letzten Zwinger ankam, sah ihn ein schwarzer Hund mit neugierigem Blick an. Benjamin hörte Stimmen vom Flur herüberschallen.

»Was für eine Irre!«, sagte jemand lachend.

Benjamin geriet in Panik. Er zog sich eine schmutzige Decke über den Kopf, zwängte sich in einen leeren Käfig und spähte durch den schmalen Spalt an der Vorderseite, bis ein Mann mit schütterem Bart auftauchte. Er schüttelte den Kopf, während er den Raum betrat.

»Völlig durchgeknallt«, sagte er und simulierte eine Reihe von Schlägen. »Ich an seiner Stelle hätte ihr wahrscheinlich eine verpasst. Oder ein paar Jiu-Jitsu-Moves gemacht oder so. Im Zeichen der Gleichberechtigung.«

Weitere Leute kamen in den Raum, plauderten und lachten. Sie führten die Hunde von dem gerade zu Ende gegangenen Rennen herein. Benjamin konnte nur einen kleinen Ausschnitt des Raums sehen.

»Habt ihr mitgekriegt, dass der Große Gary bis heute Morgen verschwunden war?«, sagte ein Mann. »Anscheinend hat Vasile ihn wiederbeschafft.«

»Das habe ich gehört«, sagte eine Frau. Sie klang beeindruckt, so als käme sie bei dem Gedanken richtig in Fahrt.

»Er ist ein unheimlicher Typ.«

»Ja, unheimlich *sexy*«, sagte sie.

Ein paar der anderen lachten.

»Bloß schade für den Hund, dass er nicht verschwunden geblieben ist, wenn ihr mich fragt«, sagte der Mann. »Wo auch immer er war, er hatte es dort wahrscheinlich besser als bei Alf.«

Niemand antwortete. Der Mann drehte sich zur Tür um und sah, dass Vasile dort stand, mit einer Leine um Garys Hals. Das erklärte das peinlich berührte Schweigen.

»Ich hatte dich nicht gesehen«, sagte die Frau und wurde rot. »Wir haben nur herumgealbert.«

Vasile setzte sich in Bewegung. Er wartete nicht, bis Gary begriff, dass es weiterging, sondern zerrte ihn am Halsband hinter sich her. Der Hund reckte den Hals und versuchte in den Raum zu schauen, als hätte er einen Grund, dort zu sein.

»War das peinlich«, sagte die Frau.

Jemand warf ein: »Das kommt davon, wenn man Soziopathen zu Sexobjekten degradiert.«

Benjamin wartete, während sie die Hunde schweigend wegsperrten. Als sie gegangen waren, kroch er aus dem Zwinger, stand mit von der geduckten Haltung schmerzenden Muskeln auf und lief los. Er preschte durch den Notausgang, als der schwarze Range Rover mit quietschenden Reifen auf die Hauptstraße einbog und sich in eine kleine Lücke im Verkehr einfädelte.

Er wollte ihm folgen, aber das Motorrad war zu weit weg. Der Geländewagen bog schon um eine Kurve, und die Bremslichter wurden in der Ferne immer kleiner. Er fühlte sich wie durchlöchert, wie eine billige Luftmatratze, aus der alle Luft entwich.

Drüben am Verkaufsschalter lehnte die Frau mit einer Zigarette zwischen den Fingern an der Wand und wischte auf ihrem Telefon herum. Der helle Lichtschein fiel auf ihr Gesicht. Benjamin sah sich um und dachte daran, was Camille gesagt hatte – dass Mut eine Frage der Übung sei. Ein Stück rechts von ihm standen vier überquellende Müllcontainer, neben denen sich mehrere Kartons stapelten. Er hoffte, dass nichts Widerliches wie rohes Eiweiß oder Fischinnereien darin war, und hob einen auf. Er drehte ihn um, sodass er wie geschlossen aussah, und ging damit zu der Frau, die an der Wand lehnte. Er blieb vor ihr stehen, bis sie zu ihm aufblickte.

»Was soll das werden, eine Pantomimenummer oder so?«, sagte sie und wandte sich wieder ihrem Telefon zu. Benjamin rührte sich nicht. »Willst du ein Ticket, oder was ist los?«, sagte sie.

»Ich arbeite für Alf«, erklärte Benjamin. »Ich soll ihm das hier bringen.«

Die Frau löste die Augen von ihrem Handy und sah ihn an. Unter ihrem Blick wurde ihm unwohl, als würde er einer Prüfung unterzogen.

»Du arbeitest für Alf?«, fragte sie.

Benjamin zögerte.

»Ja. Also, gelegentlich.«

Die Frau machte ein nachdenkliches Gesicht.

»Du hast doch vorhin eine Karte gekauft oder nicht?«

Benjamin wusste nicht, was die richtige Antwort war. Er nickte.

»Du weißt, dass Trainer und Mitarbeiter keinen Eintritt zahlen?«

Benjamin zuckte mit den Schultern.

»Ich soll das zu ihm nach Hause bringen«, sagte er. »Kennen Sie seine Adresse?«

»Kennst du sie nicht?«, sagte sie.

»Er hat sie mir gesagt«, sagte Benjamin. »Aber ich habe sie vergessen.«

Die Frau schaute nach oben, als wäre ihr Gedächtnis eine Sternenkarte, die sie zum Navigieren brauchte.

»Es ist ein Stück landeinwärts. Am Kreisel bei den Supermärkten nimmst du die Ausfahrt in Richtung Stadt. Wenn du eine Windmühle an der Straße siehst, biegst du ab. Dann folgst du dem Weg ein paar Kilometer – du kannst es gar nicht verfehlen. Links und rechts von der Einfahrt stehen so große Steinlöwen. Bisschen melodramatisch, wenn du mich fragst.«

Sie standen beide eine Zeit lang da, ohne etwas zu sagen.

»Wenn du Glück hast, ist er nicht da, und du kannst es auf der Treppe abstellen«, sagte sie.

»Danke«, sagte Benjamin.

Dann ging er zum Parkplatz und versuchte dabei so zu tun, als würde er keinen leeren Karton tragen.

33

Benjamin fuhr langsam und hielt sich am Straßenrand. An der Windmühle bog er rechts ab und folgte der Straße, wie die Frau es ihm gesagt hatte. Der Weg war von Böschungen aus ungemähtem Gras und blattlosen Hecken gesäumt, die sich so weit über die Straße beugten, dass sie sie beinahe berührten. Vom Vibrieren der Lenkergriffe wurden ihm die Hände taub.

Auf der Kuppe eines Hügels verschwanden die Hecken, und die Felder dehnten sich aus – große dunkle Flächen, die Benjamin das Gefühl gaben, weit weg von allem zu sein. Er versuchte, nicht hinzusehen, während sie vorbeirasten, und begann schon an der Wegbeschreibung zu zweifeln, als in der Ferne die weißen Löwen auftauchten. Sie wurden von Scheinwerfern an der Fassade eines großen Hauses angestrahlt. Benjamin hielt in einer Haltebucht und schaltete den Motor aus; Atemwölkchen stiegen wie Rauchzeichen auf. Er steuerte auf eine alte Scheune als Deckung zu. Die Tür war morsch und hing schief in den Angeln, und eine der Wände sah aus, als würde sie in sich zusammenfallen. Ohne das Motorengeräusch war die Stille erdrückend. Er stellte das Motorrad ab und bewegte die Schultern, um sie zu lockern, während er darauf wartete, dass sich seine Augen an die Dunkelheit gewöhnten. Zum Glück hatte er gewartet: Die Scheune war voll mit rostigem Metall und landwirtschaftlichem Gerät, das strategisch platziert zu sein schien, um Menschen mit Tetanus zu infizieren.

Er ging hinein und schaute nach oben, sah die Sterne durch Ritzen und Löcher im Blechdach. Auf dem Boden lag ein Haufen Vorhänge, und Benjamin warf einen über das Motorrad, um es zu verbergen. Er musste daran denken, sich nicht ins Gesicht zu fassen, für den Fall, dass jemand die Vorhänge benutzt hatte, um einem Kalb auf die Welt zu helfen, und Kuhplazenta daran abgewischt hatte. Auf einem Bauernhof konnte man nie wissen.

Nach ein paar Minuten hörte Benjamin, wie ein Auto angelassen wurde. Der Range Rover rollte wieder hinter dem Haus hervor. Er duckte sich weg, merkte aber, wie das Licht der Scheinwerfer über ihn glitt, als der Wagen die Straße entlangfuhr. Im grellen Licht konnte er nicht erkennen, wer darin saß.

Als wieder Stille eingekehrt war, betrachtete Benjamin das Bauernhaus. Die Ähren auf dem Feld neben ihm neigten sich in der kühlen Brise, und die vorüberziehenden Wolken zeichneten sich vor dem Mond ab.

Es dauerte nicht lange, bis sich Benjamins Augenlider schwer anfühlten. Er suchte sich ein Stück Beton in der Nähe der Tür aus, das frei von Schutt und Geröll zu sein schien, und setzte sich mit überschlagenen Beinen hin. Bald fühlte sich das Fleisch an seinen Beinen und seinem Hintern kalt an. Er kämpfte gegen den Schlaf an, aber wenn er blinzelte, blieben seine Augen länger und länger zu, bis sie schließlich mehr geschlossen als offen waren. Im Halbschlaf sah er Alf vor dem Mobilheim stehen und hatte wieder seine Worte im Ohr: »Bloß ein Hund. Bloß ein verschissener Rennhund.«

Gebell schreckte Benjamin auf. Es kam von irgendwo hinter dem Bauernhaus und schallte über das offene Land. Benjamin versuchte, Gary herauszuhören, aber es war unmöglich. Er schaute, ob sich im Haus etwas bewegte, starrte auf die erleuchteten Fenster im oberen Stockwerk und wartete darauf, dass sich die Hunde beruhigten. Irgendwann kehrte wieder Stille ein. Er steckte die Hände in die Taschen, um sie zu wärmen, und fand Garys Halsband darin. Es fühlte sich an, als wäre er ihm jetzt nah. Er musste ihm nah sein.

Benjamin brauchte seinen Inhalator nicht, aber er nahm ihn trotzdem heraus. Als er auf den Zylinder drückte und einatmete, hatte der Geschmack etwas Beruhigendes. Die Lichter im Haus verloschen. Benjamin stand auf und ging über die Straße.

An der Rasenkante beschleunigte Benjamin seine Schritte und blieb gebückt, während er am schwärzesten Rand der Einfahrt entlanglief. Er duckte sich hinter eine Mauer und sog die kühle Luft ein, dann spähte er darüber hinweg. Er spürte, wie er schwankte, so als versuchte sein Körper, in einem wackelnden Universum das Gleichgewicht zu halten.

Ein Außenlicht ging an. Es warf düstere Schatten auf den Beton, und Benjamin blieb in seinem Kegel wie angewurzelt stehen. Die Hunde bellten wieder, und er rannte los, folgte der geschotterten Auffahrt auf die Rückseite des Hauses, wo sie sich zu einem Hof weitete. Auf der gegenüberliegenden Seite stand ein niedriger Ziegelbau. Weitere Lichter erhellten das Gelände. Benjamin lief auf das Gebäude zu und schob sich durch eine metallene Gittertür.

Er stand da, atmete durch und wartete ungeduldig darauf, dass die Dunkelheit zurückkehrte. Als es wieder dunkel wurde, mussten sich seine Augen von Neuem daran gewöhnen. Er hörte, wie sich irgendwo drinnen etwas bewegte, aber es dauerte einige Sekunden, bis die dunklen Tiergestalten im Schatten der Käfige erschienen. Er ging auf einen zu und lehnte sich an den Maschendraht. Es waren mehrere Hunde darin. Zwei kamen herüber, schnüffelten und wedelten mit dem Schwanz. Benjamin sah sich alle Hunde genau an, aber Gary war nicht dabei.

Er ging zum nächsten Zwinger. Er war weiter von der Eingangstür entfernt, sodass weniger Licht hereinfiel. Er nahm eine Taschenlampe von einer Arbeitsfläche und leuchtete hinein.

Der Lichtstrahl wurde von den Augen eines einzelnen Hundes zurückgeworfen wie von einem Paar bleicher Monde. Der Hund knurrte und senkte den Kopf, während Benjamin den Strahl ein Stück nach rechts bewegte und das Muster in seinem Fell sah. Weiß, braun und beige wie ein Tiger. Es war Gary. Er lag in der hinteren Ecke auf einem Badetuch und leckte sich über die Pfoten. Glück durchströmte Benjamin. Es erfüllte ihn. Schwere Tränen fielen auf seine Jacke.

»Ich bin's, Benjamin!«, sagte er.

Gary lief zu der Umzäunung. Sein Schwanz peitschte hin und her, und er gähnte und streckte die Vorderbeine aus, bis sein Unterkiefer beinahe den Boden berührte. Er hatte gerade die Schnauze durch den Maschendraht geschoben, als Benjamin das große Vorhängeschloss an der Tür sah. Er steckte den Finger durch die viereckigen Öffnungen, um Garys Schnauze zu kraulen, und Gary schleckte ihn ab. Er wedelte so heftig mit dem Schwanz, dass seine ganze hintere Hälfte hin und her wackelte.

»Ich komme, um dich zu holen. Wenn du willst«, flüsterte Benjamin.

Gary lief zu seinem Handtuch und hob es vom Boden auf. Er ließ es vor Benjamin fallen und stand mit weit geöffnetem Maul da. Benjamin betrachtete den Beton und das Metall. Den massiv gebauten Zwinger zwischen ihm und dem Hund und das große Vorhängeschloss, mit dem er gesichert war. Gary winselte.

»Wir müssen nur herausfinden, wie wir das Ding aufkriegen«, sagte er und zog an dem Schloss. Er legte die Taschenlampe so hin, dass er sehen konnte, was er tat, und machte sich dann auf die Suche nach etwas, womit er das Schloss aufbrechen konnte. Auf dem Boden lag ein Schraubenzieher. Er konzentrierte sich darauf, das Schloss aufzustemmen, lehnte sich mit seinem ganzen Gewicht darauf und bemerkte nicht, wie sich draußen das Flutlicht einschaltete. Der Schraubenzieher verbog sich in seiner Hand, als er hörte, wie hinter ihm die Scharniere der äußeren Zwingertür quietschten.

Er registrierte es verspätet, wie eine Erinnerung.

Er drehte sich um und sah die Gestalt eines Mannes an der Tür. Es war Vasile, in grelles Licht gehüllt, eine ausdruckslose Miene auf dem Gesicht. Ein kratzendes Geräusch ertönte, als er den Riegel vorschob, dann setzte Stille ein, die nur vom Klicken eines weiteren Vorhängeschlosses unterbrochen wurde. Vasile zog sich in den Hof zurück und verschwand aus Benjamins Blickfeld.

Benjamin rannte zur Tür und umklammerte die Gitterstäbe mit beiden Händen. Er zog, aber es passierte nichts. Ihm wurde eng um die Brust, so als würde ein schweres Gewicht auf sein Herz drücken und seine Lungenkapazität verringern. Er ging wieder zu Garys Käfig und lehnte sich gegen die Tür. Gary schleckte ihm wieder über die Hand, und seine Zunge fühlte sich rau an. Normalerweise tat Benjamin das nicht, aber er nahm noch zwei Hübe aus dem Inhalator, obwohl das streng genommen eine Überdosis war.

Benjamin ging umher und besah sich die Wände und Böden. Er inspizierte die Decken und Ecken, lehnte sich gegen die Verbindungsstellen zwischen den Platten und prüfte sie mit seinem Gewicht. Alles fühlte sich stabil und starr an. Er schaute wieder zur Tür und zog dann einen großen Futterbehälter dorthin, wo Gary reglos stand und ihn anstarrte. Benjamin setzte sich auf den Behälter und lehnte den Kopf an den Maschendraht. Er konnte seinen Atem in der Luft sehen und spürte die Kälte im Nacken. Er rieb sich die Arme, um sich warmzuhalten, aber es dauerte nicht lange, bis er am ganzen Körper zitterte. Er konnte nicht verhindern, dass seine Zähne klapperten. Auch Gary zitterte. Am Ende des Flurs lag ein Stapel Handtücher auf dem Boden. Benjamin hob ein paar davon auf und drückte eins für Gary durch das Gitter.

»Leg dich da drauf«, sagte er.

Gary leckte sich die Lefzen. Er sah zu, wie sich Benjamin wieder hinsetzte und sich das Handtuch um die Beine schlang.

Eine Zeit lang suchte Benjamin in Gedanken nach einem Ausweg. Das Problem war: Selbst wenn er es hinausschaffte, wäre Gary noch drinnen eingesperrt. Und er würde Gary nicht zurücklassen. Um nichts in der Welt. Er spähte in die Schatten, sah seinen kühlen Atem aufsteigen und dachte an das Mobilheim. Wenn ihm etwas zustieß, würde sich Staub auf alles legen, die Zimmerecken würden schimmeln, schwarze Flecken an den Wänden hinauf und an die Decke kriechen. Er dachte an die vielen Stunden, die seine Oma damit verbracht hatte, die Quasten der Läufer zu kämmen und die Oberflächen zu polieren – die Dinge zu pflegen, die sie gesammelt hatte. Er fürchtete, wenn diese Dinge fort waren, würde irgendwie auch weniger von ihr da sein. Er stellte sich vor, dass das Mobilheim ins Meer rutschte wie die Bungalows oben auf den Klippen, und fragte sich, was von ihnen beiden übrig bleiben würde, und er wusste, dass die Antwort womöglich lautete: gar nichts.

Das Geräusch von unter Reifen knirschendem Schotter unterbrach seine Gedanken. Nach einigen Minuten hörte er eine Stimme, den Klang von Schritten auf Stein und Gelächter. Alf humpelte zur Tür hinauf, und Vasile folgte mit einigen Metern Abstand. Als er sich zu ihm vorbeugte, war es, als blickte Benjamin einem wilden Tier ins Gesicht. Zähne über Zähne – ein breites, schmutziges Grinsen –, schwankend, die Hände an die Tür geklammert, um sich festzuhalten. Er wirkte berauscht.

»Leonard meinte, du würdest mir keine Schwierigkeiten machen«, sagte Alf.

Benjamin antwortete nicht. Alf wandte sich an Vasile.

»Ich sagte doch, ich hätte ihn mit irgendeiner Frau rumschleichen sehen, stimmt's nicht, Vasile?«

Vasile nickte. Benjamin sah Alf in die Augen.

»Das ist alles sehr ärgerlich, weißt du«, sagte Alf. »Und außerdem völlig albern. Dachtest du, du könntest einfach mit ihm hier rausspazieren, oder wie? Durch die Stadt stolzieren wie Rudd Weatherwax mit Lassie? War das dein Plan?«

Alf wartete kurz auf eine Antwort, aber Benjamin blieb stumm.

»Das war der Besitzer und Trainer von Lassie. Falls du dich das fragst. Rudd Weatherwax.«

Benjamin nickte. Alf sprach weiter.

»Ich glaube, du bist einfach beschränkt«, sagte er, und das Blut schoss ihm in die Wangen. »Die jungen Leute scheinen alle zu glauben, die ganze Welt würde sich um sie drehen. Stellen ihre ganzen bescheuerten Videotagebücher ins Internet, als würde sich irgendwer dafür interessieren.« Alf ließ eine Hand um die andere kreisen wie bei einer Planetenumlaufbahn. »Glaubst du das? Dass sich alles ... um dich dreht?«

Benjamin schüttelte den Kopf. Das Gegenteil schien ihm der Fall zu sein. Er war bedeutungslose Materie, nicht dicht genug, um von der Schwerkraft gehalten zu werden, sodass er von den Dingen davontrieb, die er am meisten brauchte.

»Ich glaube schon, dass du das glaubst«, sagte Alf und trat auf ihn zu. »Aber du musst wissen, dass ich Mitglied des Stadtrats bin. Und der Freimaurer. In der Gemeinde genieße ich Respekt. Du kommst wahrscheinlich in den Jugendknast, wenn sie erfahren, dass du einem Rentner den Hund klauen wolltest.«

Als Benjamin immer noch nichts sagte, lachte Alf.

»Weißt du, was Thalassophobie ist?«, fragte er.

Benjamin wusste es, denn mit Ängsten kannte er sich aus, aber das sagte er Alf nicht.

»Das ist unter anderem die Angst vor der weiten Leere des Meeres«, sagte Alf. »Angst vor den Wellen. Angst, vom Festland entfernt zu sein. Das mit der weiten Leere gefällt mir.« Alf schwankte vor und zurück, öffnete die großen blutunterlaufenen Augen immer wieder unterschiedlich weit, um sie zu fokussieren.

»Du bist sehr weit vom Land entfernt, Benjamin. Will ich damit sagen.« Alf kniff die Augen zusammen. »Wieso interessierst du dich überhaupt ausgerechnet für diesen Hund?«, fragte er.

Er zeigte auf Gary und drehte den Finger in der Luft, als würde er ihn Benjamin in die Brust bohren.

»Weißt du, wie viel er wert ist, oder so?«

Benjamin schüttelte den Kopf. Er wusste, dass er viel wert war, aber mit Geld hatte das hier nichts zu tun. Er sah Gary an. Er wusste nicht, *warum* er besonders war. Nur, dass er es war. Er zuckte mit den Schultern, was Alf wütend machte.

»Als einer, der mit einem Bein im Knast steht, solltest du eigentlich eine ungefähre Ahnung haben«, sagte Alf. Er suchte Bestätigung bei Vasile, aber der hörte gar nicht richtig hin. Er wickelte vorsichtig einen Schokoriegel aus.

»Ich habe Munchies, Vasile«, sagte Alf. »Gib mir ein Stück.«

Vasile schaute sehnsüchtig auf den Riegel und brach dann die Hälfte ab. Alf steckte sich etwas davon in den Mund und schwankte hin und her.

»Willst du auch was?«, sagte er zu Benjamin und zeigte ihm seine braunen Zähne, sprach und kaute gleichzeitig.

Benjamin schüttelte den Kopf. »Nein, danke«, sagte er.

Alf grinste.

»Dann gebe ich dem Hund vielleicht ein Stück«, sagte er. »Das wird ihm schmecken. Ein schönes Stück Schokolade.«

Benjamin schaute auf. »Schokolade ist für Hunde giftig«, sagte er.

Alf spielte den Überraschten.

»Da mache ich das jetzt schon so viele Jahre und hatte keine Ahnung«, sagte er. Er warf den Rest des Riegels zu Gary in den Zwinger. Gary fraß ihn. »Er wird's sicher überleben«, sagte Alf lachend.

Benjamin sah besorgt zu, wie Gary auf dem Schokoriegel herumkaute und Karamell an seinem Gaumen klebte. Alf genoss den Anblick.

»Ich könnte mich mit um ihn kümmern«, sagte Benjamin.

Alf brach in Gelächter aus.

»Ja! Wir könnten alle beste Freunde sein und Urlaub im Center Parc machen. Leonard könnte auch mitkommen.«

Benjamin kam sich dumm vor. Er fühlte, wie er rot wurde, und schaute zu Boden. Seine Zähne fingen wieder an zu klappern. Er spannte den Kiefer an, damit Alf es nicht sah, aber er hatte es schon bemerkt.

»Kalt hier, was?«, sagte er.

Benjamin schüttelte den Kopf, und Alf drückte sein Gesicht an das Gitter. Im Mondlicht sah er bleich und verschwitzt aus.

»Wenn dir nicht kalt ist, macht es dir ja nichts aus, bis morgen früh hier drin zu bleiben, oder?« Er lachte. »Ich will die Polizei nicht mitten in der Nacht antanzen lassen. Eigentlich wollte ich sie ganz aus der Sache raushalten«, sagte er. »Ich habe da so eine gewisse Abneigung.« Alf sah Vasile an. »Ist doch so, Vasile, oder nicht?«

Vasile grinste. Alf klopfte mit den Fingern auf der Metalltür herum wie ein Klavierspieler.

»Guck mal, ob er ein Telefon hat«, sagte er.

Vasile nahm das Vorhängeschloss ab. Er packte Benjamin am Stoff über seinen Schultern und klopfte seine Taschen ab. Als er ihm in die Augen sah, konnte Benjamin seinen sauren Atem riechen.

»Kein Telefon«, sagte Vasile.

»Wie machst du denn deinen ganzen Social-Media-Kram?«, sagte Alf.

»Gar nicht«, sagte Benjamin.

»Du bist ein komischer Kerl«, sagte Alf.

Vasile nahm die Taschenlampe und schloss die Tür hinter sich ab.

Als sie fort waren, setzte sich Benjamin wieder auf den Eimer. Wenige Minuten später ging das Licht aus, und der Zwinger lag im Dunkeln. Benjamin wurden die Glieder schwer, wenn er daran dachte, was er alles berührt hatte, seit er sich zuletzt die Hände gewaschen hatte. Er quetschte sich den letzten Rest Desinfektionsmittel auf die Hände und wartete darauf, dass es trocknete. Gary stand so nah wie möglich an der anderen Seite der Umzäunung. Der Klang seines Atems und der träumenden Hunde in den Zwingern lenkte ihn ein wenig ab. Gary drückte seinen Körper an den Maschendraht, sodass seine Haut und sein Fell in kleine Rechtecke geteilt waren.

Benjamin legte sich auf das Handtuch. Er zwängte den Arm durch den Spalt unter dem Tor und streichelte Gary, fuhr mit den Fingern über die weichen Haare an seinem Bein. Er öffnete die Zigarettenschachtel, die June ihm gegeben hatte, nahm einen der Steine heraus und strich mit Daumen und Zeigefinger über die glatte Oberfläche, bis er so etwas wie Schlaf fühlte und immer wieder wegdämmerte. Dann hörte er draußen etwas. Ein schleifendes Geräusch und vielleicht ein Flüstern. Er hob den Kopf.

»Benjamin!«

Er wünschte, er hätte die Taschenlampe noch gehabt.

»Wer ist da?«, fragte er.

Leonard kroch über den Beton, einen Bolzenschneider und die lederne Reisetasche hinter sich herziehend, die Benjamin in seinem Mobilheim zurückgelassen hatte.

»Leise, du Idiot!«, sagte er und stützte sich auf die Ellbogen, um das schwere Schloss an der Tür zu inspizieren. Er streckte langsam die Arme aus und versuchte, seine ganze Kraft auf einmal einzusetzen. Als das nicht funktionierte, ließ er kurz locker und versuchte es dann noch einmal – hängte sich mit seinem ganzen Gewicht an das Schloss. Es gab nicht nach. Leonard bedeutete Benjamin, näher an den Maschendraht zu kommen, winkte ihn heran, bis sie beide nur wenige Zentimeter davon entfernt waren. Leonard nutzte das gedämpfte Licht seines Telefons, um Benjamin sein Gesicht zu zeigen. Seine schwarzen Augen wirkten noch dunkler als sonst, so als hätte er Make-up oder militärische Tarnfarbe aufgetragen. Er strich sich die Haare hinter die Ohren. Die Hunde regten sich.

»Was machen Sie hier?«, fragte Benjamin, trat von der Tür zurück und richtete sich auf. Er wollte Leonard nicht ansehen.

»Wonach sieht's denn aus? Ich will dich befreien. Das ist eine Rettungsmission.«

Benjamin ging wieder zu dem Eimer, Leonard den Rücken zugekehrt.

»Woher wussten Sie denn, dass ich hier bin?«

Leonard deutete auf einen Sack zu seinen Füßen. »Wusste ich gar nicht. Ich bin eigentlich nur gekommen, um ein paar Sachen zu beschlagnahmen«, sagte er. »Im Wert von dem, was sie mir schulden. Zu deinem Glück.«

»Das stimmt nicht«, sagte Benjamin.

Leonard lachte.

»Nein, tut es nicht. Camille hat mir geschrieben.«

»Camille?«

Leonard demonstrierte mit seinem Handy das Verschicken einer Textnachricht.

»Ja. Wir sind in Kontakt. Ganz cool, dass sie als Flitzer hopsgenommen wurde.«

»Sie ist kein Flitzer, sie war nicht nackt. Woher haben Sie überhaupt ihre Nummer?«

»Von neulich, als ich dich krank gemeldet habe. Außerdem hast du mir gar nicht erzählt, was für eine Grazie sie besitzt.«

»Was heißt ›Grazie‹?«

»So ein *Je-ne-sais-quoi*. Wie eine Französin.«

»Sie sind merkwürdig«, sagte Benjamin. Er dachte kurz darüber nach. »Woher wissen Sie überhaupt, wie sie aussieht?«

»Sie hat mir ein Selfie geschickt.«

»Hat sie nicht!«

»Nein, hat sie nicht«, sagte Leonard. »Ich habe im Internet nach ihr gesucht und einen Artikel von einer Lokalzeitung gefunden, in dem stand, dass sie mal im Supermarkt überfallen wurde. Sie musste für die Zeitungsleute das unverzichtbare Traumagesicht aufsetzen, aber das änderte nichts an der Tatsache, dass sie optisch äußerst ansprechend war.«

»Und woher wusste sie, dass ich hier bin?«

»Oh, das geht auf mein Konto. Ich sollte eigentlich zur Rennbahn kommen, um euch dort zu treffen. Als ich endlich den Ersatzschlüssel für mein Auto gefunden hatte und hingefahren war – ein großes persönliches Risiko, wenn ich das hinzufügen darf, weil ich nämlich lebenslanges Hausverbot habe –, bist du gerade abgedampft. Auf meinem Motorrad. Ich hatte so eine Ahnung, dass du hierher unterwegs warst.«

Sie schwiegen beide. Leonard zeigte auf das Schloss. »Ganz schön dick, das Miststück, was?«, sagte er.

»Ja«, sagte Benjamin.

Leonard klopfte mit dem Seitenschneider gegen das Schloss und taxierte es, dann kramte er in der Tasche.

»Dafür brauche ich was Stärkeres«, sagte er. »Ich glaube, ich habe in einer von den anderen Scheunen was Passendes gesehen.« Leonard legte sich wieder flach auf den Boden. »Dauert nicht lange«, sagte er und kroch davon.

Im Haus waren die Lichter ausgegangen. Benjamin zog das Handtuch hoch und schlang es fester um sich, dann behielt er die Tür im Auge, während er auf Leonard wartete. Die Zeit verging langsam. Er begann sich zu fragen, ob Leonard ihn allein gelassen hatte, und wurde wieder wütend. Leonard war vermutlich der schlechteste Mensch, den er je getroffen hatte. Schlimmer als Alf und Vasile, weil er auch noch ein Lügner war. Immer mehr Dinge fielen ihm ein, die Leonard sich aus den Fingern gesaugt hatte. Im Mobilheim und im Billardklub, oben auf der Klippe, als er seine dämlichen Kampfsportübungen gemacht hatte, immerzu hatte er gelogen. Leonard erschien wieder in der Tür.

»Mit diesem Miststück müsste ich es aufkriegen«, sagte er und wedelte mit einem Bolzenschneider. »Und flipp nicht gleich aus vor Freude, mich zu sehen.«

Leonard legte die Backen der Zange um den Bügel des Schlosses und drückte mit zusammengebissenen Zähnen zu. Es dauerte viel länger als in einem Film. Eine Zeit lang schien nichts zu passieren, dann gab das Schloss nach. Der Bolzenschneider rutschte ab und schlug gegen die Tür, und ein metallisches Geräusch schallte über den Hof. Es schreckte die Hunde wieder auf. Gary erhob sich und wollte aus Mitgefühl mitbellen, aber Benjamin hielt ihm das Maul zu.

»Pssst«, sagte er. »Bitte.«

Gary bellte nicht. Aber die anderen Hunde waren unruhig und liefen in ihren Zwingern auf und ab. Leonard lag ganz still. Der Bolzenschneider ruhte auf seiner Brust, und seine Augen waren geschlossen. Benjamin beobachtete das Haus.

Nach einigen Sekunden öffnete Leonard erst ein Auge, dann das andere. Er setzte sich auf und öffnete das Schloss. Benjamin stand da, während Leonard geradewegs zu dem anderen Hundezwinger ging.

Er ließ sich von allen Hunden über die Hände und Finger lecken und streichelte sie.

»Seid leise, ihr Spinner«, sagte er.

Als sich die Hunde beruhigt hatten, ging Leonard zu Garys Zwinger und brach das Schloss auf. Es war kleiner und einfacher zu knacken als das äußere. Gary zog sich in die Ecke zurück. Er sah Benjamin an. Benjamin ließ das Handtuch auf den Boden fallen.

»Was zum Henker ist das?«, fragte Leonard.

»Ein Hundehandtuch«, sagte Benjamin.

»Passt gar nicht zu dir. Sieht aus, als wäre es mit allem möglichen Scheiß verschmutzt.«

Benjamin hatte gar nicht richtig darüber nachgedacht. Er betrachtete das Handtuch auf dem Boden und spürte den Stress, von dem er vorher abgelenkt gewesen war. Begriff, dass es eigentlich die zweite schmutzige Decke war, die er an diesem Tag benutzt hatte.

»Könnte sogar wirklich Scheiße sein«, sagte Leonard und bückte sich, um daran zu riechen.

Benjamin schaute auf seine Hände und dachte, dass er sie unheimlich gern waschen wollte, als Leonard die Tür aufstieß und Gary zu ihm lief, an ihm hochsprang und sein Gesicht abzulecken versuchte.

»Ekelerregend treu, die Viecher«, sagte Leonard grinsend.

Nachdem er Benjamin und Gary einige Sekunden gelassen hatte, sprach Leonard wieder.

»Hör zu, Kumpel«, sagte er. »Ich muss mich bei dir ... du weißt schon. Für alles und so. Weißt du?«

Benjamin wartete darauf, dass Leonard sagte, worauf er hinauswollte. Leonard starrte auf den Betonboden.

»Vielleicht sollten wir gehen«, sagte er. »Reden und so ... später.«

Benjamin nickte.

»Wo steht der Hobel?«

»Was für ein Hobel?«

»Die Maschine. Das Motorrad, Kumpel.«

»Oh. Das habe ich in der Scheune abgestellt«, sagte Benjamin.

»Das ist eine kluge Strategie«, sagte Leonard.

Sie verließen die Zwinger in einer kurzen Prozession, Leonard vorneweg. Gary trottete wenige Zentimeter neben Benjamins Knöcheln her und berührte gelegentlich sein Hosenbein. Im Freien fühlte sich Benjamin verwundbar; er rechnete ständig damit, dass das helle Licht anging oder er wieder Alfs Stimme hörte. Als sie um die Ecke gebogen waren, zeigte Leonard auf sein Auto. Es stand leicht schräg in einer Haltebucht, halb auf dem Grünstreifen. In der Ferne konnte Benjamin die ersten Anzeichen des Morgens erkennen.

»Da wäre ich«, sagte Leonard grinsend.

»Wie sind Sie denn an dem Licht vorbeigekommen?«, fragte Benjamin.

Leonard griff in die Hosentasche und zog eine Drahtschere heraus. »Durch Spionage. Ich war eine Zeit lang Elektriker. Du weißt schon. Nach dem Billard. Bevor ich professioneller Fahrer wurde.«

Sie hatten etwa drei Meter auf der Einfahrt zurückgelegt, als das Licht anging. Sie blieben beide stehen, und Leonard drehte sich um.

»Das ist ärgerlich«, sagte er und schaute am Haus hoch. »Es gab wohl noch einen Zweitdraht.«

Benjamin schaute auf Gary, der geduldig zu seinen Füßen wartete.

»Wir sollten abhauen«, sagte Leonard und lief los, rannte die Einfahrt hinunter, so schnell er mit der auf seinem Rücken hin und her schwingenden Tasche konnte.

Benjamin und Leonard stolperten über Schlammklumpen. Im Haus gingen Lichter an, und die Hunde bellten. Als sie die Straße erreicht hatten, flog die Tür des Bauernhauses auf.

»Bleibt da drin«, sagte Leonard und nickte zur Scheune hinüber. »Sie werden mir folgen.«

Sein Blick war sanft, als er es sagte. Benjamin überlegte zu widersprechen, blieb aber stumm.

»Bring den Felltorpedo hier weg«, sagte Leonard und warf ihm die Tasche zu. »Da ist dein Zelt drin. Und andere unverzichtbare Dinge. Fahr zu dem Ort, von dem ich dir erzählt habe. Im Wald am See.«

Benjamin duckte sich in die Schatten und hoffte, dass sie ihn nicht gesehen hatten. Er hielt Gary an Brust und Hals umklammert. Nicht, weil er den Hund am Weglaufen hindern musste, sondern weil er sich dadurch sicherer fühlte. Er legte Gary die Hand auf den Rücken und fuhr mit den Fingern an seiner Wirbelsäule entlang. Leonard versuchte, den Motor anzulassen, hatte aber Schwierigkeiten. Er schlug aufs Lenkrad, rüttelte daran. Die Scheinwerfer des Geländewagens flackerten auf, und der Motor erwachte grollend zum Leben.

Leonards Auto gab ein ein elektrisches Surrren von sich. Als der Range Rover gerade einen Satz über die Ecke von Alfs Rasen machte, sprang es an, und Leonard legte einen Gang ein und ließ den Motor aufheulen wie ein Rennfahrer. Der Motor klang kaputt, als er das Gaspedal durchdrückte und die Reifen auf dem Schotter durchdrehten. Das Auto fuhr in Schlangenlinien, während er beschleunigte. Er hatte kaum fünfzig Meter auf der Straße zurückgelegt, als der Range Rover an der Scheune vorbeiraste; die Front schwebte hoch über dem Straßenrand in der Luft. Benjamin sah Alfs Gesicht kurz aufblitzen und konnte sich keinen reineren und grausameren Hass vorstellen.

Benjamin sah zu, wie Leonard mit Vollgas die Straße entlangraste und eine Staubwolke aufwirbelte, gefolgt von dem Range Rover. Er wartete, bis das Geräusch der Autos verklungen war, bevor er aus der Deckung trat. Sein Kopf ragte halb aus dem Schatten, als er Vasile erblickte, der in der Einfahrt stand und das Geschehen reglos verfolgte. Er wartete nicht, bis er sah, ob Vasile loslief, sondern drehte sich nur um und zog die Vorhänge von dem Motorrad. Er schob es hinaus, startete den Motor, ließ ihn aufheulen. Schwarzer Rauch quoll aus dem Auspuff.

Er zog sich die Tasche auf den Rücken und setzte den Helm auf. Hinter sich sah er Vasile über das Feld rennen, so schnell, dass es ihm unnatürlich vorkam.

»Du musst mir folgen«, rief Benjamin Gary zu, als er losfuhr. »Du musst mir folgen.«

Und Gary tat es.

34

Benjamin bog mehrmals willkürlich ab, in der Hoffnung, Vasile abzuschütteln, und blickte sich immer wieder nach ihm um. Er hörte das konstante Dröhnen des Motors in seinem Helm und das Geräusch seiner eigenen raschen Atemzüge. Auf den breiteren Straßenabschnitten lief Gary voran, kreuzte in langen Sätzen den Weg des Motorrads. Er passte es gut ab. Nach jedem Sprint wurde er langsamer, ließ sich zurückfallen und lief mit heraushängender Zunge ein Stück neben Benjamin her.

Die aufgehende Wintersonne blitzte zwischen den Hecken hindurch und erfüllte Benjamins Augen mit buttrigem Licht. Als sie weit genug entfernt waren, nahm Benjamin Gas weg und schaute immer wieder zu dem Hund hinüber, wartete darauf, dass Gary zu Atem kam. Während er zusah, wie er sich streckte und zusammenzog, wie ihn seine Muskeln leicht und natürlich über die mit Schlaglöchern übersäte Straße bewegten, kam es Benjamin vor, als strömte etwas durch ihn hindurch. Etwas Unverstelltes und Chemisches. Und während er Gary betrachtete, wusste er, dass der Hund es auch spürte. Dass etwas so Kraftvolles in ihm pulsierte, dass sich ein Augenblick wie eine Ewigkeit anfühlte.

Benjamin hatte etwas zurückbekommen, was verloren gewesen war, etwas, das er mit aller Kraft festhalten musste. Er fuhr zu dem Ort, von dem Leonard gesprochen hatte. Dem Wald am Meer. Einem Ort, so hoffte er, an dem sie niemand finden würde.

35

Benjamin bog auf den Parkplatz ein, stellte den Motor ab und wuchtete das Motorrad auf den Ständer. Seine Hände zitterten. Er wartete, während Gary mit offenem Maul und weit aufgerissenen Augen eine oder zwei Runden um ihn drehte. Der Hund hatte die Ohren flach angelegt, als er zu einer trüben Pfütze ging, um daraus zu trinken.

»Tut mir leid«, sagte Benjamin.

Benjamin fürchtete, dass er Gary zu weit hatte laufen lassen. Er nahm eine Wasserflasche aus der Reisetasche und schüttete etwas in seine hohle Hand. »Das ist sauberer«, sagte er.

Gary sah zu, wie das Wasser durch die Ritzen zwischen Benjamins Fingern rann, und trank dann wieder aus der Pfütze. Währenddessen starrte Benjamin auf die Wölbung seines Kopfes, den Sitz seines Gehirns. Benjamin dachte über das nach, was den Hund lebendig machte, was ihn zu mehr machte als Knochen, Fett und Gewebe. Dann über das unabwendbare Absterben der Zellen im Laufe der Zeit. Als Gary zurückkehrte, erkannte Benjamin an der subtilen Bewegung der Rippen den Herzschlag des Hundes. Er ging in die Hocke, und Gary kam zu ihm. Als Benjamin die Arme um den Hund legte, fühlte er, wie Garys Wimpern über die Haut seines Unterarms strichen. Er legte das Gesicht auf Garys Rücken, schob die Finger wieder in die rauen Haare und spürte seine Wärme. Wenn er den Hund im Arm hielt, fühlten sich Benjamins Schultern, sein Rücken, sein Körper auf eine Weise leicht und locker an, die er beinahe vergessen hatte. Er empfand eine Art Hilflosigkeit. Nicht aufgrund dessen, was passierte, sondern weil er begriff, wie sehr er darauf angewiesen war, dass Gary für immer existierte. Damit Benjamin, wo auch immer er war, an den Hund denken konnte, der umherlief und an Sachen schnupperte. Er konnte daran denken, wie er in Lichtsplittern lag und sich das Fell von der Sonne wärmen ließ und seine inneren Organe perfekt funktionierten, und dann ging es ihm gut.

»Du sollst niemals sterben«, sagte er.

Benjamin hörte ein Auto näherkommen und geriet in Panik. Er hastete zum Motorrad und versuchte, es in Deckung zu schieben, aber der Schlamm war dick und hinderte ihn am Vorankommen. Er hatte nicht einmal die halbe Strecke zurückgelegt, als das Auto an der Einfahrt zum Parkplatz ankam. Er sah zu, wie es anhielt und im Leerlauf stehen blieb; Auspuffqualm stieg in der Kälte auf.

Im Auto saß eine Familie. Ein kleines Mädchen auf der Rückbank hatte die flache Hand ans Fenster gelegt, während seine Eltern sich auf den Vordersitzen stritten. Es hatte irgendetwas mit einer Landkarte zu tun. Das Mädchen wedelte mit einem kleinen Stab in Garys Richtung und sah zu, wie er sich die Beine vertrat. Es war einer dieser Stäbe, die man in Seifenlauge tauchte, um Seifenblasen zu erzeugen. Sie ließ die Scheibe herunter und machte eine große Blase und dann viele kleine, deren unbeständige Formen in der Luft waberten und schillerten, während sie in den Wald davontrieben. Eine schaffte es bis zu Gary. Er öffnete das Maul, um sie zu zerbeißen, aber sie zerplatzte direkt vor seiner Nase. Benjamin dachte über den in den Blasen gefangenen Sauerstoff nach, während das Auto davonfuhr und auf der Straße verschwand. Er dachte daran, wie ihn alle auf der Erde ausatmeten. An all die verunreinigte Luft, die auf der Rennstrecke und in der Tankstelle, im Supermarkt und im Krankenhaus herumwaberte. Er wartete darauf, dass die Stille wieder einsetzte.

Als alles ruhig war, schob er das Motorrad hinter einen Baum, sodass man es von der Straße aus nicht sehen konnte. Der Ständer versank im Schlamm, und das Motorrad kippte um. Gary sprang auf. Er sah mit gesenktem Kopf zu, während Benjamin das Motorrad wieder aufzurichten versuchte, aber es wollte sich nicht rühren, also bedeckte er es mit Ästen und Zweigen, kaschierte seine Form mit einem Haufen Blätter. Benjamin spürte die feuchte Erde an seinen Händen. Als er fertig war, fühlte er, wie sie an seiner Haut trocknete. Die Bäume ragten über ihnen auf.

»Wir können ja jederzeit zurückkommen«, sagte er. »Wenn wir wieder ein Fahrzeug brauchen.«

Gary wedelte mit dem Schwanz.

Der Wald war von einem Metallzaun umschlossen. In regelmäßigen Abständen warnten Schilder mit roter Aufschrift vor unbefugtem Betreten. Gary pinkelte auf den Maschendraht und schloss an einer Lücke in der Umzäunung zu Benjamin auf, unweit von einem in den Wald strömenden Wasserlauf, dessen Oberfläche mit violetten Ölschlieren bedeckt war.

Benjamin stieg langsam hinunter, und Gary sah regelmäßig blinzelnd zu. Der dicke Schlamm zog an Benjamins Stiefeln, während er sich selbst laut Anweisungen gab.

»Ich gehe jetzt Stück für Stück da hinunter«, sagte er, verlagerte sein Gewicht um das Ende des Zauns herum, streckte ein Bein aus und zog sich ans andere Ufer. »Ich muss vorsichtig sein«, sagte er mit Blick auf das rostige Metall.

Er rutschte aus. Bevor er es verhindern konnte, war das nachgezogene Bein im Fluss gelandet, der seine Hose über die Spitzen des Zauns zog und die Haut an seinem Oberschenkel aufschürfte. Er ließ los und fiel ins Wasser.

»Verdammte Kacke«, sagte er und schaute auf seine Füße mit den durchweichten Socken in den Stiefeln.

Gary beobachtete alles aufmerksam. Er wandte sich zum Geräusch eines weiteren Autos um, das auf der Straße vorbeifuhr, während Benjamin den Riss in seiner Hose und das hellrote Blut untersuchte, das aus den nadelstichgroßen Löchern seiner Schürfwunde quoll. Er hoffte, dass kein Flusswasser in seinem Bein gelandet war, und tupfte es mit dem Ärmel ab, während er sich fragte, ob die Ölschlieren giftig waren. Er versuchte mit aller Kraft, nicht an Tetanus zu denken.

Schwitzend starrte er auf die Wunde, als er das Knacken von Zweigen hörte. Gary stand auf drei Beinen da und blickte sich mit aufgestellten Ohren um. Benjamin konnte niemanden sehen. Er bückte sich und hob Gary auf, fühlte das ungleichmäßig verteilte Gewicht des Hundes auf seinen Bizepsen und Unterarmen, während er zu dem Bach ging. Gary ließ sich noch genauso schlecht tragen wie im Mobilheim – er schien nur aus Beinen, Rippen und Rückgrat zu bestehen. Er zappelte herum, und sein Gewicht drückte auf Benjamins Brust und hinderte seine Lunge daran, sich voll auszudehnen.

»Du machst es mir schwer«, sagte Benjamin und versuchte, Garys Bein zu reiben, um ihn zu beruhigen. »Wir müssen auf die andere Seite. Vielleicht folgen sie uns.«

Er wusste nicht, wie wahrscheinlich das war, aber etwas an Vasile ängstigte ihn. Er hatte etwas von einem Hai. Eine ruhige Oberfläche, unter der etwas Dunkles lauerte.

Beim Anblick des Flusses begann Gary noch heftiger zu zappeln. Benjamin verlagerte die Position seiner Hände, um ihn besser festhalten zu können, und Gary schien sich zu entspannen. Er lehnte sich an Benjamins Brust und hatte sich gerade genug beruhigt, um sich gut tragen zu lassen, als Benjamin stolperte und ihn in den Fluss fallen ließ.

Der Hund rannte so schnell, dass Wasser und Steine hinter ihm aufspritzten, als er die Böschung hinaufstürmte. Oben angekommen, schüttelte er sich trocken.

»Tut mir leid«, sagte Benjamin. Flusswasser tropfte auf den Schlamm zu seinen Füßen und machte ihn rutschig. Er setzte sich auf einen Baumstumpf, um zur Ruhe zu kommen. Bevor er es verhindern konnte, drückte Gary die Zunge auf das Blut an Benjamins Schienbein. Sie fühlte sich rau und warm an. Benjamin schob ihn sanft weg. Er spuckte auf ein Taschentuch aus seiner Hosentasche und wischte das Blut ab, tauschte seinen Speichel gegen den des Hundes. Er betrachtete den roten Striemen auf dem Taschentuch und dachte an Operationen zu viktorianischen Zeiten. An getrocknetes Blut auf Handsägen.

Benjamin öffnete die Tasche. Darin lag das Zelt seiner Oma aus dem Mobilheim, daneben ein stark benutzter Aluminiumkochtopf. Außerdem befanden sich darin:

– drei Dosen Bohnen
– Campinggeschirr
– die Wasserflasche
– mehrere Erotikmagazine.

Benjamin zog den Reißverschluss wieder zu. Er blickte sich noch einmal um und fragte sich dabei, warum Leonard Pornografie als »unverzichtbar« erachtete, dann ging er in den Wald, und Gary trabte neben ihm her, während der Nebel über den Boden kroch.

Benjamin spürte, wie er sich mit jedem Schritt vom Lärm aller Dinge, der guten wie der schlechten, entfernte.

36

Mike parkte seinen Nissan Micra in einer Besucherbucht am California Sands Caravan Park. Er zog sich ein Hoodie über den Arbeitskittel und nahm dann ein zerknittertes Stück Papier mit Benjamins Adresse aus der Hosentasche. Beim Mobilheim angekommen, ging er die Stufen hinauf und klopfte an die Tür. Eine Reihe von Strandsteinen im Fenster verriet ihm, dass er am richtigen Ort war, aber es machte niemand auf. Benjamins Nachbar lehnte sich aus der Terrassentür.

»Der Junge steckt in Schwierigkeiten, was? Ich wusste doch, dass da was im Busch ist.«

Mike musterte den Nachbarn. Es sah aus, als wäre er nur von der Hüfte aufwärts bekleidet. »Haben Sie ihn gesehen?«

Der Nachbar schlug einen verschwörerischen Tonfall an, beugte sich weiter vor, obwohl er sechs, sieben Meter entfernt war, und flüsterte in normaler Lautstärke, damit Mike ihn hören konnte.

»Ich habe ihn vor ein paar Tagen gesehen«, sagte er. »Es kam mir alles sehr dubios vor, darum habe ich die Augen offengehalten. Da war so ein schmieriger, ungepflegter Mann bei ihm, und ein Osteuropäer war ihnen auf den Fersen.« Der Nachbar verengte die Augen zu Schlitzen, mit einem Mal argwöhnisch geworden. »Sind Sie von der Kripo oder so?«

»Nicht ganz«, sagte Mike. »Aber ich komme von offizieller Stelle, also machen Sie sich keine Sorgen.«

Der Nachbar wirkte erfreut. »Das ist gut«, sagte er. »Es wurde Zeit, dass sich die Behörden einschalten. Dann kommen Sie vom Sozialamt, oder …?«

Mike schüttelte den Kopf.

»Das darf ich nicht sagen. Um ehrlich zu sein, ist es ein wenig geheim.«

»Schon verstanden! Ich befürworte Diskretion.«

Der Mann wandte den Blick ab, und Mike schüttelte ungläubig den Kopf.

»Ich sehe mich mal hinten um«, sagte Mike.

Der Nachbar nickte. »Ich halte hier nach Eindringlingen Ausschau«, sagte er.

Auf der Terrasse hinter dem Mobilheim bemerkte Mike den Sprung in der Tür, den dunklen Fußabdruck auf der Verkleidung. Er drückte sie auf, bis sie gegen das Sofa im Inneren stieß und sich nicht weiter öffnen ließ.

»Benjamin«, rief er hinein. »Ich bin's, Mike. Bist du da?«

»Er ist nicht da drin.«

Der Nachbar stand im Bademantel hinter ihm.

»Scheint so«, sagte Mike.

»Ich weiß Bescheid. Ich ziehe die Vorhänge nicht zu, damit ich das Licht im Auge behalten kann.«

Der Nachbar machte einen Satz nach vorn, um einen Blick auf die Tür zu werfen.

»Sehen Sie sich das an!«, sagte er. »Er hält es kaum in gutem baulichen Zustand, nicht? Dabei steht das in allen Verträgen. Guter baulicher Zustand. So steht es da ganz deutlich.«

»Ich bin mir nicht sicher, ob er das war«, sagte Mike und zog sein Telefon aus der Tasche.

»Tja, wer es auch immer war, es wird repariert werden müssen, das kann ich Ihnen versichern.«

Mike ignorierte ihn. Er ging die Stufen hinunter zu einer Bank außer Hörweite. Als er sich umdrehte, sah er den Nachbarn um die Ecke des Mobilheims spähen und empfand aufrichtige Sorge um Benjamin. Er nahm das Telefon und wählte die Nummer des Notrufs. Er wurde beinahe augenblicklich verbunden.

»Die Polizei, bitte«, sagte er. Und dann erzählte er alles, was er wusste, von Anfang bis Ende.

37

Benjamin und Gary folgten einem schmalen Trampelpfad durch den Wald bis zu einer Lichtung. Streifen von sanftem Licht fielen durch die Bäume und wärmten das schwammige Moos, das den Boden bedeckte. Es federte unter Benjamins Füßen, während er nach einer Stelle suchte, um das Zelt aufzubauen. Als er eine gefunden hatte, die flach genug war, legte er die Stangen nebeneinander auf die Erde und breitete den Zeltboden aus. Die losen Ecken flatterten in der Brise, bis Gary hinüberging und sich darauf stellte.

»Du machst es noch kaputt«, sagte Benjamin und schob ihn sanft mit dem Fuß zur Seite. »Wenn du Löcher hineinmachst, könnten Blutegel durchkriechen.«

Gary schien nicht zu begreifen. Er versuchte weiter, sich auf der Bodenplane zu positionieren, bis Benjamin das Zelt schließlich aufgestellt hatte. Benjamin wusste nicht, wie lange sie darin bleiben müssten, aber es sollte einigermaßen hygienisch sein. Er zog die Stiefel aus, weil er auf öffentlichen Toiletten gewesen und wahrscheinlich in Tierkot getreten war, und stellte sie vor den Eingang. Er kroch ins Zelt, während Gary zusah.

»Irgendwann musst du hereinkommen«, sagte Benjamin. »Hier wohnen wir jetzt eine Zeit lang.«

Gary rührte sich nicht. Er sah zu, wie Benjamin ihre Vorräte ordnete und dann die Steine, die er in Junes Zigarettenschachtel gesteckt hatte, am Außenrand des Zelts aufreihte. Sprühregen setzte ein, und Regentropfen glitten am Zelttuch hinunter in den Schlamm. Gary kam herein und stand da, als wären seine Pfoten am Boden festgeklebt, also stupste Benjamin ihn noch einmal sanft an, damit er sich in Bewegung setzte und Vertrauen fasste.

Gary lief herum, trat auf Benjamins Beine und die Reisetasche. Er hinterließ kleine Schlammklumpen auf den Sachen und schnupperte an den Wänden, bis es ihm zu langweilig wurde und er sich hinzulegen versuchte. Die ersten Versuche brach er ab, weil der Zeltboden sonderbare Geräusche machte und wahrscheinlich, weil sich das Material seltsam anfühlte. Als er sich endlich niedergelassen hatte, gähnte Gary, und die rosa-schwarzen Furchen an seinem Gaumen wurden sichtbar. Benjamin fürchtete, der Hund könnte dehydriert sein, also goss er Wasser in den Kochtopf und stellte ihn auf den Boden. Gary trank ein wenig, dann stand er da und blinzelte. Benjamin trank die Flasche aus.

Danach lauschten sie dem sanften Prasseln der Regentropfen auf dem Zelt. Es war beruhigend. Der Wind fuhr durch die Bäume und hob die Blätter auf dem Boden ein Stück in die Luft, ehe er sie wieder fallen ließ.

Als der Regen aufhörte, öffnete Benjamin den Reißverschluss des Zelts und sah seine durchnässten Schuhe draußen stehen. Er drehte sie um, sodass das Wasser herauslaufen konnte, und wühlte in der Reisetasche, bis er zwei Plastiktüten fand, die er sich über die Socken ziehen konnte. Er schlüpfte in die Stiefel und begann dann das trockenste Holz zu sammeln, das er finden konnte, um ein Feuer zu machen und sie anständig zu trocknen. Das feuchte Moos hinterließ grüne Spuren an seinen Händen, also wischte er sie an den Oberschenkeln seiner Jeans ab. Als er genug beisammenhatte, hob er mit einem Stück Holz eine flache Grube aus, ein wenig vom Zelt entfernt, damit sie in der Nacht nicht verbrannten. Er zerknüllte ein paar Seiten von Leonards Erotikmagazinen, um das Feuer anzufachen, und warf ein Streichholz auf das Papier.

Als das Feuer brannte, kam Gary so dicht heran, dass er vor Hitze hecheln musste. Er saß mit weit geöffnetem Maul da, die Zunge hing zwischen Ober- und Unterkiefer wie eine Wasserrutsche. Normalerweise hätte es Benjamin mehr Sorgen bereitet, den Rauch eines offenen Feuers einzuatmen. Er fürchtete, wenn er zu tief einatmete, könnte er etwas Unheilvolles hereinlassen und in den schwammartigen Alveolen seiner Lunge einschließen. Aber Gary machte sich keine Gedanken darüber, wie tief er einatmete. Er existierte einfach und spürte die angenehme Wärme. Benjamin ging es besser, wenn er ihn ansah.

Der Hund schleckte ein Vorderbein ab, fuhr mit der Zunge über das Fell und schloss dann so lange die Augen, dass es aussah, als würde er schlafen. Benjamin sah zu, wie die Flammen über das Holz krochen. Er griff in die Hosentasche und zog den Zeitungsausschnitt heraus, den Leonard ihm gegeben hatte, den mit Garys Foto, und las noch einmal die Schlagzeile. *Hund, der nie verliert, geht verloren*, stand da. Er schaute auf das körnige Bild und dann auf Gary, der immer noch auf dem Boden lag und hechelte. Dann warf er die Seite ins Feuer und sah zu, wie die Flammen sie schwarz färbten.

Danach verlor er das Zeitgefühl und schweifte in Gedanken ab. Er dachte an seine Oma, versuchte sich ihre vertrauten Gesichtszüge vor Augen zu rufen, die Poren ihrer Haut, aber er zweifelte an der Genauigkeit seiner Erinnerungen. Er fürchtete, dass er Einzelheiten vergaß und sie in seinem Gedächtnis verblasste. Er rief sich die verschiedenen Grautöne ihrer Augenbrauen in Erinnerung, den Duft des Parfums, das sie auflegte, wenn sie einkaufen ging. Er dachte daran, wie sie in der Küche gesessen hatten und seine Oma eine dicke Schicht Marmelade auf Buttertoast gestrichen hatte, und er versuchte, ihre Stimme zu hören, das Gefühl, das darin lag. Die Wärme. Er dachte daran, wie sie in der Tür gestanden und ihm lange Wörter zum Buchstabieren aufgegeben hatte, als er noch kleiner gewesen war, um ihm das Einschlafen zu erleichtern.

»Ich mache uns etwas zu essen«, sagte er zu Gary und stand auf.

Benjamin stellte eine Dose Bohnen ins Feuer und sah zu, wie das Etikett verbrannte und sich die metallene Dose schwarz verfärbte. Als die Bohnen kochten, stellte er die Dose zum Abkühlen auf den Boden, und Gary kam angelaufen.

»Die sind nicht alle für dich«, sagte Benjamin und schüttete die Hälfte der Bohnen auf das gefaltete Bild einer oberkörperfreien Frau.

Gary fraß die Bohnen, als wären sie etwas ganz Besonderes, und schleckte den Umschlag der Zeitschrift ab, bis er allmählich durchsichtig wurde. Benjamin gab ihm auch seinen Anteil. Vom Salz in den Bohnen schien Gary Durst zu bekommen. Er leckte an der leeren Flasche, die an der Zeltwand lehnte, und winselte. Benjamin wusste, dass Menschen nicht länger als drei oder vier Tage ohne Wasser auskamen, aber er war sich nicht sicher, wie es sich mit Hunden verhielt. Es bereitete ihm Sorgen. Er warf etwas Holz ins Feuer, um es in Gang zu halten. Es knisterte und zischte in den Flammen.

»Gehen wir spazieren«, sagte er. »Wir finden einen Bach, aus dem du trinken kannst.«

Benjamin wusste, dass es unter überlebenstechnischen Gesichtspunkten günstiger war, wenn es sich um ein fließendes Gewässer handelte, also ließen sie die Lichtung und den öligen Strom, den sie auf dem Weg in den Wald überquert hatten, hinter sich. Mit Gary im Schlepptau duckte sich Benjamin unter Ästen hindurch und stieg über Farne. Der Hund starrte auf Benjamins Füße, die in den Plastiktüten herumrutschten.

Als sie auf einen anderen Teil des Bachs gestoßen waren, ging Benjamin in die Hocke, um das Wasser in Augenschein zu nehmen. Es war kaum mehr als ein Rinnsal, aber es sah klarer aus. Er hielt die Flasche hinein und sah zu, wie das Wasser um die Öffnung herumwirbelte. Als die Flasche voll war, hielt er sie in die Sonne und betrachtete die darin schwimmenden Partikel, während Gary an den Rand des Bächleins trat und direkt daraus trank.

»Ich koche es ab«, sagte Benjamin, schwenkte das Wasser in der

Flasche und inspizierte die Ablagerungen. »Vielleicht filtere ich es auch noch durch ein T-Shirt.«

So etwas hatte er schon einmal gesehen. Er hatte auch schon gesehen, wie Leute auf ähnliche Weise die Feuchtigkeit aus Kamelkot extrahierten, aber das hätte er nicht gekonnt, selbst wenn sich Kamelkot durch ein T-Shirt hätte pressen lassen und es im Wald überhaupt welchen gegeben hätte. Wahrscheinlich hätte er einfach auf den Tod gewartet.

Der Wind peitschte durch die Bäume um sie herum. Als er abflaute, hörte Benjamin das Meer rauschen. Es fühlte sich unnatürlich an, es im Wald zu hören. Es war, als würde es ihn zu sich locken.

»Ich beschwöre die Geister meiner Ahnen herauf«, sagte er. Dann lachte er, weil das wie etwas klang, was Leonard gesagt hätte. Seit Benjamin Gary wiederhatte, fühlte sich sein Zorn auf Leonard nicht mehr ganz so heftig an. Wenn er an alles zurückdachte, was passiert war, kam ihm Leonard ganz klein vor. Schwach und traurig. Sein Verrat machte ihn klein, und auf eine gewisse Weise tat es Benjamin leid, dass er durch irgendetwas so beschädigt worden war. Durch Dinge wie Enttäuschung und Ablehnung. Einsamkeit. Er hatte Mitleid mit ihm, weil sein Leben ihn zu seiner Tat getrieben hatte.

Je näher Benjamin und Gary dem Ozean kamen, desto sandiger wurde das Unterholz. Am Waldrand entdeckte Benjamin ein weiteres Loch im Zaun. Fast hätte er vergessen, die Ärmel herunterzuziehen, um sich beim Hindurchkriechen vor Tetanus zu schützen. Als er daran zurückdachte, wie er das beim Campingpark immer getan hatte, erschien ihm California Sands weit entfernt, wie etwas, was er in einem Film oder einem Traum gesehen hatte. Der Ozean brandete und grollte. Seine Größe war tröstlich. Er war so gewaltig und so beständig, dass sich Benjamin auf eine Art klein und unbedeutend vorkam, die sich befreiend anfühlte.

Er blickte den flachen Strand hinauf und hinunter, aber es war niemand zu sehen. Die Ebbe hatte eingesetzt und eine von dünnen Wasserkanälen durchzogene dunkle Fläche freigelegt. Grüne Flecken schienen auf, wo Algen auf dem Land zurückgeblieben waren, fehl am Platz. Es war ein komischer Gedanke, dass die Schwerkraft das leistete, dass Sonne und Mond ein so gewaltiges Gewicht anzogen, dass sie das Wasser am Strand auf und ab bewegten. Gary ging voraus, stanzte eine gleichmäßige Kette von Pfotenabdrücken in den Sand, und zum ersten Mal seit einiger Zeit dachte Benjamin an den Wal. Er schaute in seine Richtung, zu einem winzigen Punkt am Horizont, wo er hätte sein sollen, aber er war nicht da. Nur der offene Himmel. Die Abwesenheit von etwas.

Er nahm an, dass die Boote, die er gesehen hatte, den Wal in tiefere Gewässer gezogen hatten, wo er untergegangen war, dass er nicht explodiert war wie von Leonard angedeutet. Er fragte sich, in welchem Zustand sich sein massiger Körper befand, dachte daran, wie er bebend auf dem kalten, dunklen Sand am Boden des Ozeans zu liegen gekommen war, und stellte sich vor, wie sein Gewicht dort ruhte. Beinahe konnte er die Kühle in seinem dicken Fleisch spüren. Es war erst einige Tage her, dass er ihn zum ersten Mal gesehen hatte, aber es fühlte sich länger an. Er empfand die Leerstelle der Zeit dazwischen auf körperliche Weise, in seinen Gliedern, den Wunden in seinem Gesicht und dem Schmutz an seinen Händen. Er kniff die Augen zu und zwang sich, an etwas anderes zu denken. Er hob einen Stock auf und winkte damit.

»Hast du Lust zu spielen?«, fragte er.

Gary wedelte mit dem Schwanz. Er hob die Vorderpfoten vom Boden, richtete sich ein wenig auf und öffnete das Maul. Seine Zunge hing heraus, und seine Augen schossen hin und her, während er zusah, wie Benjamin mit dem Stock durch die Luft ruderte. Benjamin warf ihn über den Sand. Gary sah aus, als wollte er loslaufen, blieb aber stehen.

»Du musst ihm hinterherjagen«, sagte Benjamin und trottete zu dem Stock, um ihn aufzuheben. Gary begriff nicht, also zeigte Benjamin es ihm noch einmal. »Ich werfe ihn, und du holst ihn«, sagte er und tat ein paarmal so, als würde er das Stück Treibholz werfen, damit Gary ihm mit den Augen folgte. Er ließ los und sah zu, wie der Stock auf den Sand klatschte. Gary blieb stehen, wo er war.

»Es ist sowieso ziemlich abgedroschen«, sagte Benjamin. »Ich weiß, das ist nicht so dein Ding.«

Gary verharrte reglos bis auf die sich öffnenden und schließenden Augenlider; er zitterte nicht und ging auch nicht fort. Er blieb bei Benjamins Beinen stehen, existierte in einem einzigen zufriedenen Augenblick. Einem Ort ohne Vorher und Nachher. Eine Sekunde lang gelang Benjamin das Gleiche. Nicht weiter zu denken als bis zu dem Sand unter ihm oder dem Himmel über ihm, bis sonst nichts mehr da war. Nur die beiden am Strand, den Blick auf die Wellen in weiter Ferne gerichtet.

Als sie zu ihrem Lager zurückkehrten, war das Feuer erloschen. Benjamin brachte es wieder in Gang, stellte Leonards Kochtopf auf zwei stabile Holzstücke und füllte ihn mit dem Flusswasser. Dampf stieg auf, als es sich erwärmte. Es dauerte, bis das Wasser kochte, aber als es so weit war, ließ Benjamin es abkühlen und füllte es in die Flasche. Es sah aus wie sehr dünner Tee und roch leicht nach Erde. Benjamin fuhr sich mit der Zunge durch den Mund. Sie blieb an den trockenen Stellen hängen.

»Ich kann das nicht trinken«, sagte er und schüttete es für Gary wieder in den Topf.

Benjamin konnte die Flammen in Garys Augen sehen. Der Hund hatte sich neben dem Feuer ausgestreckt, und als die Hitze seine Organe erreichte, zog er sich zurück und stand hechelnd im Schatten. Das Feuer brannte allmählich herunter, und die Finsternis rückte näher, setzte sich in den Lücken fest, in die der orange Schimmer nicht vordrang.

Im Zelt zog sich Benjamin den Schlafsack über die Augen und lauschte. Die Geräusche um sie herum, im Wald, gaben ihm das Gefühl, so wach zu sein wie seit Tagen nicht mehr. Er dachte daran, wie Vasile beim Bauernhof über das Feld gerannt war. Ein verschwommener dunkler Fleck, der auf ihn zukam. In der Stille dachte er über den Unterschied zwischen Wachen und Schlafen, zwischen am Leben sein und *gar nicht sein* nach. Er fragte sich, wo seine Oma jetzt wohl war, in welchem Teil des Krankenhauses, und hoffte, wo immer sie auch war, dass sie träumte. Oder durch schöne Erinnerungen trieb. Erinnerungen daran, jung und stark zu sein. Benjamin legte seinen Pullover neben sich auf den Boden und klopfte darauf, bis Gary herüberkam.

»Du solltest schlafen«, sagte er.

Gary drehte sich ein paarmal um die eigene Achse und ließ sich dann niedersinken. Benjamin legte erst die Hand und dann den Kopf auf den Hund. Das Ohr an Gary gedrückt, hörte er den Körper des Hundes arbeiten, das Gurgeln seiner inneren Organe. Er atmete den Geruch von Schlamm und Fell ein, fühlte die rauen Haare, die in sein Ohr piekSten.

Er wollte schlafen, konnte aber nicht. Der Hund zuckte mit den Beinen, und seine Augenlider flatterten; im Traum jagte er irgendetwas hinterher. Wenn er zu heftig austrat oder an der Zeltwand kratzte, wachte er davon auf und drehte gelegentlich einen glasigen Augapfel in Benjamins Richtung, um zu schauen, wo er war. Ein paarmal weckte Benjamin ihn absichtlich, um sich nicht so einsam zu fühlen.

Wenn Gary träumte, dann, so hoffte Benjamin, von Dingen, die sie gemeinsam erlebt hatten. Er wusste nicht, ob es so funktionierte. Ob sie Bildfolgen sahen oder was auch immer. Vielleicht waren es Gefühle oder verirrte Signale, aber er hoffte, dass Gary dort auf dem Feld war, dass er an jenem ersten Tag, an dem sie sich begegnet waren, bei dem metallenen Hubschrauber stand und hinter ihnen hohe dunkle Bäume schwankten.

Irgendwann schien die Energie aus Benjamins Körper zu entweichen, durch seine Hände und Beine in den Boden zu sickern, bis er sich so schwer fühlte, dass er sich nicht mehr rühren konnte. Bis er sich fühlte wie bloße Masse. Bis es sich schließlich anfühlte, als könnte er nichts mehr hinausdrücken. Erinnerungen spülten über ihn hinweg. Hunderte von Tagen und Augenblicken strömten auf ihn ein, als würde ein Fotoalbum Bilder ausspucken. Eins blieb hängen. Es zeigte sie, wie sie in der Tür des Mobilheims stand. Sie hatte den Großteil des Nachmittags auf die wogenden Wellen gestarrt. Sie brach das Schweigen.

»Ich will schwimmen«, sagte sie.

Benjamin lächelte. »Wo denn?«, sagte er.

»Dort«, sagte sie. »Im Meer.«

Er lachte.

»Ich meine es ernst«, sagte sie.

»Hast du überhaupt einen Badeanzug?«

Sie hob die Schulter ihres Pullovers an, damit er sehen konnte, dass sie ihn trug.

»Wie sollen wir da hinkommen?«, fragte er.

»Ich dachte an eine Limousine?«

Benjamin schüttelte den Kopf.

»Ich bin nicht schwer. Du kannst mich tragen«, sagte sie. »Aber wenn du mich fallen lässt, sorg dafür, dass ich auf dem Kopf lande. Ich will keine blauen Flecke auf meinen schönen Modelbeinen.«

Zuerst fühlte sie sich unglaublich leicht an, aber sie mussten trotzdem stehen bleiben, damit Benjamin umgreifen konnte. Mehrmals setzte er sie ab, damit sie beide verschnaufen konnten.

»Zieh die Schuhe aus«, sagte sie. »Und kremple die Hosenbeine hoch.«

Benjamin spürte, wie der kalte, nasse Sand seine Zehen verschluckte. Während sie schwankend den Strand hinuntergingen, hielt er nach Messermuscheln und Spritzennadeln Ausschau. Er setzte sie ab. Sie füllte ihre Lunge mit Meeresluft und ging dann mit kleinen, aber sicheren Schritten auf das leckende Wasser zu. Sie streifte den Bademantel ab und stand unter einem mattgrauen Himmel. Die Erhebungen der Muskeln in ihren Schultern waren sanfter geworden, und sie war blasser, aber es erinnerte Benjamin an das Bild auf dem Kaminsims. Das, auf dem ihr Haar seitlich in der Brise schwebte.

Sie streckte die Hand aus und umklammerte ihn fest, während sie aufs Wasser zugingen. Sie zuckte nicht einmal zusammen, als sie bis zu den Knien hineinwateten.

»Ab hier schaffe ich es alleine«, sagte sie.

Benjamin blieb stehen. Er sah zu, wie sie so weit hinausging, dass das Wasser einen Teil ihres Gewichts trug. Sie ließ es zu, sank ein, bis nur noch ihr Kopf über der Oberfläche war. Die Sonne lugte hinter einer Wolke hervor. Er wollte etwas rufen, wusste aber nicht, was. Während sie langsam und vorsichtig schwamm, schienen die von ihrem Arm herabfallenden Wassertropfen zu glitzern.

»Ist es nicht kalt?«, rief Benjamin.

»Doch. Aber das macht nichts«, sagte sie und bewegte sich weiter hinaus und von ihm fort, während winzige Wellen auf den klaren Horizont zuglitten.

Im Zelt schrumpfte ihr Bild in Benjamins Gedanken zusammen. Er zog Gary dicht an sich heran und schloss die Augen, hoffte, dass der Schlaf bald kommen würde, fühlte die Jahre der Liebe zu ihr so intensiv, dass es schmerzte.

38

Benjamin wurde von Garys Bellen geweckt. Es war ein Bellen, wie er es von ihm noch nicht gehört hatte, ein aufgewühltes Bellen. Gary stand schon vor dem Zelt, bewegte sich mit gesenktem Rumpf und entblößten Zähnen vorwärts. Benjamin kroch nach draußen. Jemand stapfte durchs Unterholz.

Er überlegte, Gary zu sagen, dass er still sein sollte, aber es war schon zu spät, denn die Gestalt war nur etwa fünfzehn Meter entfernt und kam auf sie zu. Durch das Dickicht hindurch konnte Benjamin nicht viel erkennen, aber es sah aus, als würde sie eine Sturmhaube tragen. Er duckte sich hinter einen Baum und hob ein Stück Holz auf. Gary hörte nicht auf zu bellen, während die Gestalt näher kam. Sie war dadurch so abgelenkt, dass sie direkt an Benjamin vorbeiging und ihn in seinem Versteck erst in letzter Sekunde bemerkte, als er auch schon mit dem Holzstück auf Bauchhöhe zuschlug. Fest. Der Aufprall fühlte sich befriedigend an, und die Gestalt – ein Mann – beugte sich vornüber und hielt sich die Rippen. Benjamin schlug weiter zu. Der Mann kippte nach hinten, und Gary bellte lauter.

»Scheiße! Ich bin's doch«, sagte der Mann.

Benjamin schlug noch einmal zu, und das Holzstück zerbrach. Der Mann ließ eine Plastiktüte auf den Boden fallen, und mehrere Bierdosen rollten heraus. Benjamin holte noch einmal aus, aber der Mann robbte davon.

»Ruhig Blut«, rief er und rollte die Sturmhaube hoch. »Benjamin, ich bin's, Leonard.«

Leonard kauerte auf dem Boden und rieb sich die Seite.

»Ich bin's«, sagte er. »Himmelherrgott.«

Leonard schaute zu Benjamin auf, der noch den halben Stock über den Kopf erhob, als wollte er nochmals zuschlagen. Die Haare hingen ihm in die Augen, und sein Gesicht war rot.

»Als hätte ich nicht schon genug Prügel abbekommen«, sagte Leonard und rieb sich das Ohr. »Musstest du so fest zulangen?«

Benjamin zuckte mit den Schultern.

»Ich wusste ja nicht, dass Sie es sind«, sagte er. »Warum tragen Sie denn eine Sturmhaube?«

»Weil Spionage! Weil wir auf der Flucht sind. Guck mal!«, sagte Leonard und griff in die Hosentasche. »Ich habe ihm auch eine gemacht!« Er zeigte auf Gary und wedelte mit etwas. »Eine Socke mit ausgeschnittenen Gucklöchern.« Leonard krümmte sich vor Schmerz.

»Ich dachte, Sie wären Vasile. Oder Alf.«

»Alf ist ein verfluchtes Hinkebein«, sagte Leonard. »Der turnt nicht hier im Urwald rum.«

Benjamin warf das Holzstück auf den Boden, und Leonard zuckte zusammen. Er rutschte noch etwas weiter weg.

»Ich musste das Auto zurücklassen«, sagte Leonard. »Nach dem Bauernhof. Ich habe meinen gesamten Sake-Vorrat eingebüßt.«

Benjamin zog die Augenbrauen hoch. Das war ihm ziemlich gleichgültig. »Was machen Sie hier?«, fragte er.

Leonard legte die Handflächen aneinander, als würde er beten.

»Helfen.«

»Ja, aber warum?«

Leonard holte tief Luft und setzte eine ernste Miene auf.

»Als Wiedergutmachung«, sagte er.

»Das glaube ich Ihnen nicht«, sagte Benjamin.

39

Benjamin saß auf dem Holzklotz am Feuer und schaute in die glimmende Asche. Er vermied es, Leonard anzusehen, der sein Bier aufsammelte und beim Bücken jedes Mal ein gequältes Geräusch machte. Leonard zog seinen Kamm aus der Hosentasche und fuhr sich damit über die Kopfhaut, aber es tat ihm offensichtlich weh, den Arm zu heben.

»Ihr Gesicht sieht schlimmer aus als vorher«, sagte Benjamin.

»Es fühlt sich auch nicht so toll an«, sagte Leonard.

»Tut es weh?«

Leonard zuckte mit den Schultern. Er ging um den weißen Aschehaufen, wo das Feuer gewesen war, herum zu einem umgestürzten Baum in einigen Metern Entfernung.

»Als sie mich eingeholt hatten, gab es noch eine Auseinandersetzung«, sagte er und ließ sich nieder. »Darf ich mich setzen?«

»Es wäre doch blöd, wenn Sie nur dort herumstehen würden«, sagte Benjamin.

Leonard wischte sich die Hände an den Hosenbeinen ab und sah sich um.

»Ich wollte bloß höflich sein«, sagte er. »Wenn man sitzt und jemand anderes steht, fragt man normalerweise, ob er sich auch setzen will.«

»Sie müssen sich nicht setzen«, sagte Benjamin. »Sie bleiben nicht.«

Leonard betrachtete das Zelt und die Feuerstelle. »Sei nicht so«, sagte er. »Ich dachte, zwischen uns wäre alles im Lot. Du weißt schon, nachdem ich dich gerettet hatte.«

Benjamin schaute auf den zerbrochenen Stock. Er überlegte, ihn wieder aufzuheben.

»Ich habe mich doch entschuldigt«, sagte Leonard.

Benjamin drehte sich um. Er spürte, wie sich sein Gesicht verzog. »Wann haben Sie sich entschuldigt?«

Leonard wirkte überrascht.

»Bei der Farm. Als wir uns vom Acker gemacht haben. Da habe ich mich entschuldigt.«

Benjamin stocherte in der Asche, ließ sie aufglühen. Rauch stieg auf, als er sich vorbeugte und seine Stirn an Garys drückte.

»Vielleicht erinnerst du dich nicht mehr an den genauen Wortlaut, weil es so eine aufreibende Situation war.«

Benjamin ignorierte ihn. »Wissen Sie, ob es Camille gut geht?«, fragte er.

»Ja, alles bestens!«

»Sie hat keine Schwierigkeiten bekommen?«, sagte Benjamin.

»Nein, nein, hat sie nicht. Sie ist direkt nach Hause gegangen. Keine Sorge. Ich bin mir ziemlich sicher.«

Gary gähnte.

»Er sieht gut aus«, sagte Leonard und zeigte auf den Hund. »Du sorgst gut für ihn.« Leonard rieb Daumen und Zeigefinger aneinander, schürzte die Lippen und machte ein Kussgeräusch, um Gary anzulocken. Es wirkte sonderbar, und Benjamin war es unangenehm. Gary rührte sich nicht.

»Er traut Ihnen wahrscheinlich nicht mehr, weil Sie ihn verraten haben«, sagte Benjamin.

Gary stand reglos da, den Kopf gesenkt und die Ohren angelegt.

»Hunde wissen nichts von Verrat«, sagte Leonard.

Gary schob den Kopf zwischen Benjamins Knien hindurch und atmete aus.

»Warum bleibt er dann hier stehen?«

»Wahrscheinlich hat er Verstopfung oder so.«

Benjamin antwortete nicht. Er sah den Hund an. Er wollte sagen, dass Hunde sehr viel wussten. Dass er es schließlich auch merkte, wenn es Benjamin schlecht ging, und sich an sein Scheinbein drückte. Oder ihm über den Handrücken schleckte, auch wenn das unhygienisch war. Aber er sagte es nicht, weil es ihm gleichgültig war, was Leonard dachte. Er streckte die Hand aus und spürte den warmen Körper des Hundes.

»Er weiß es«, sagte Benjamin.

Leonard griff in die Hosentasche und holte ein Fläschchen Desinfektionsmittel hervor.

»Das habe ich dir mitgebracht«, sagte er lächelnd.

Benjamin schaute auf seine Hände. Sie waren unglaublich schmutzig, aber er wollte Leonards Hilfe nicht.

»Das brauche ich nicht«, sagte er.

Leonard wirkte überrascht. Er deutete auf die Wunde an Benjamins Bein und den Schlamm an seinen Jeans.

»Ich dachte, das wäre nicht so dein Fall«, sagte er und machte eine ausladende Handbewegung.

»Es ist sowieso schon alles dreckig«, sagte Benjamin.

Leonard steckte die Flasche wieder ein. »Wie du meinst«, sagte er.

Er stand auf und ging zur anderen Seite des Lagers, wo er das Zelt schüttelte und sich die Schnüre ansah.

»Dein Lager gefällt mir, Kumpel«, sagte er. »Hast du gut gemacht.«

Er rieb sich den Bauch und ließ den Blick über die Vorräte gleiten. »Die Konserven, die ich dir eingepackt hatte, hast du auch gefunden, ja?«

Benjamin ignorierte ihn.

40

Benjamin ging durch das Lager und schob Sachen hin und her, als hätte er etwas Wichtiges zu tun. Er überprüfte, ob das Essen noch haltbar und das Holz ordentlich an der Feuerstelle aufgestapelt war. Er gab sich alle Mühe, so zu tun, als wäre Leonard nicht da.

»Inzwischen sucht uns bestimmt die Polizei, weißt du?«, sagte Leonard, um Benjamins Aufmerksamkeit zu erregen. Leonard schüttelte den Kopf. »Dass ich ein schweres Verkehrsdelikt begangen habe, während du zum zweiten Mal dabei warst, den Hund zu stehlen, hat es wohl nicht besser gemacht. Bei der letzten Verfolgungsjagd.« Er machte eine Kopfbewegung in Garys Richtung. »Wir sind so richtig auf der Flucht.«

Benjamin fand das etwas dramatisch. Er beschloss, von nun an davon auszugehen, dass Leonard sich alles nur ausdachte, solange es keinen Beweis für das Gegenteil gab. Benjamin stapelte weiter Feuerholz, und Gary ging schwanzwedelnd zu Leonard hinüber. Leonards Gesicht hellte sich auf.

»Siehst du! Er hasst mich gar nicht«, sagte er.

»Hunde sind sehr versöhnlich. Sie haben ein gütiges Herz.«

»Ich glaube, er ist einfach ein Lappen«, sagte Leonard.

Benjamin lachte nicht.

Leonard strich Gary über den Kopf. »Ich mache nur Spaß«, sagte er, rieb Gary über die Kopfhaut und kraulte ihn hinter den Ohren, während Benjamin sich im Lager umsah und Blickkontakt vermied. Es gefiel ihm nicht, dass Gary Leonard so leicht davonkommen ließ.

»Ich will wissen, warum Sie es getan haben«, sagte Benjamin.

Leonard beschäftigte sich weiter mit dem Hund. Als er antwortete, sah er Benjamin nicht an.

»Was denn, Kumpel?«

»Warum haben Sie denen verraten, wo wir waren?«, sagte Benjamin.

Leonard ließ den Kopf hängen und schüttelte ihn schwächlich von links nach rechts.

»Wahrscheinlich ist es nur ein Symptom meines andauernden Kampfes gegen die Depression«, sagte er schließlich und suchte in Benjamins Gesicht nach einer Reaktion. Benjamin überlegte, das Holzstück aufzuheben. Er wollte Leonard noch einmal schlagen.

»Das soll keine Ausrede sein«, sagte Leonard.

Benjamin schaute auf den feuchten Boden, auf einen Käfer, der sich über ein Stück Rinde schleppte. »Bei so etwas sollte man nicht lügen«, sagte er.

Leonard verzog das Gesicht.

»Das ist nicht gelogen. Es ist ein chemisches Ungleichgewicht. Ich habe dir doch von meinen Stimmungsschwankungen erzählt.«

Benjamin stand auf und ging zum Feuer. Er hörte Geräusche aus Leonards Richtung kommen, die keine Worte waren. Als er sich umdrehte, wirkten Leonards Augen feucht. Er drückte sich den Handrücken in die Augenhöhle.

»Weinen Sie?«, fragte Benjamin.

Leonard beherrschte sich lange genug, um sprechen zu können.

»Findest du das unangenehm, weil ich ein Mann bin?«

»Nein«, sagte Benjamin. »Es ärgert mich, weil das Ganze Ihre Schuld ist.«

Leonard zerbrach einen Zweig zwischen den Fingern.

»Aber ich habe keinen Hund gestohlen, oder?«

»Ich auch nicht«, sagte Benjamin wütend. »Er ist mir nachgelaufen.«

Leonard blickte kurz zu Gary hinüber, dann warf er den Stock ins Feuer.

»Ich weiß, wie jämmerlich ich bin«, sagte er.

Benjamin nickte.

»Aber ich mache es wieder gut.«

»Ich brauche Sie nicht«, sagte Benjamin. »Wir kommen schon zurecht. Ich kümmere mich um ihn«, sagte er.

»Das weiß ich. Er ist schließlich dein Totemtier.«

Es klang wie etwas, was Camille hätte sagen können.

»Hat Camille das gesagt?«

»Schon möglich«, sagte Leonard.

41

Leonard hängte die weiße Tragetasche an einen Baum und nahm eine Dose heraus. Er zog an der Lasche und schüttelte den Schaum auf die Erde. Benjamin sah, dass er Wechselkleidung und einen Schlafsack dabeihatte.

»Warum haben Sie die Sachen mitgebracht?«, fragte er.

»Ich habe immer eine anständige Überlebensausrüstung dabei, wenn ich in den Busch eindringe«, sagte Leonard.

»Sie bleiben nicht hier«, sagte Benjamin.

Leonard trank etwas Bier.

»Vielleicht können wir später darüber reden?«, sagte er.

»Das wird nicht nötig sein«, sagte Benjamin.

Leonard setzte sich. Er stieß ein kleines Lachen aus. »›In den Busch eindringe‹, verstehst du?«

Benjamin lächelte nicht. Selbst wenn er es verstanden hätte, hätte er nicht gelächelt.

»Ich bin auch nur ein Mann, Benjamin«, sagte Leonard schließlich und nahm einen großen Schluck Bier.

»Was soll das denn heißen?«

»Ich bin aus Fleisch und Blut. Das ist alles.« Er bildete mit Zeigefinger und Daumen einen Kreis und hielt ihn sich vors Auge. »Ich will bloß sichergehen, dass du mich durch die richtige Linse betrachtest.«

Benjamin hatte keine große Lust zu reden. Er legte dem Hund eine Hand auf den Hals und fuhr mit den Fingern durch das Fell, weil er das beruhigend fand. Er spürte einen Höcker, den er nicht kannte.

»Also, wie geht's jetzt weiter?«, fragte Leonard.

Aber Benjamin hörte nicht hin.

Er beugte sich vor, um sich den fremdartigen Knubbel an dem Hund anzusehen. Es sah aus, als würde eine fleischfarbene Kaffeebohne an Garys Haut hängen. Bei dem Anblick wurde ihm übel.

»Er hat da etwas«, sagte Benjamin, während Leonard noch sprach.

»Was?«

Es war irgendein Insekt. Benjamin sah es sich genau an. Er konnte nicht einmal erkennen, wie es sich festhielt.

»Es hängt an seiner Haut«, sagte er.

Leonard schlurfte herüber. Er beäugte den Knubbel und bewegte ihn mit dem Zeigefinger hin und her.

»Das ist eine Zecke«, sagte er.

Benjamin schüttelte die Hände aus und kratzte sich am Unterarm.

»Machen Sie sie ab«, sagte er.

Leonard hob einen Stock vom Boden auf und betrachtete das Insekt eingehend. Er stupste es an, aber es rührte sich nicht. Gary wollte den Kopf drehen, um sehen zu können, was sie da anschauten.

»Halt ihn still«, sagte Leonard.

Benjamin ging jetzt auf und ab.

»Warum?«, fragte er. »Was haben Sie vor?«

»Streichle ihn einfach ein bisschen«, sagte Leonard und zog ein Schweizer Messer aus der Tasche seiner Jeans.

Benjamin lief hinüber und legte die Hand auf das Taschenmesser. Leonard zog es nicht weg.

»Schneiden Sie es nicht ab!«, sagte Benjamin. »Es könnte etwas zurückbleiben und sich entzünden.«

Leonard öffnete die Hand und ließ Benjamin das Messer nehmen.

»Ich schneide es nicht ab«, sagte er. »Gib es mir wieder, und ich zeige es dir.«

Benjamin fürchtete, Leonard würde sich ungeschickt anstellen und Gary verletzen.

»Aber ich will nicht«, sagte er.

Leonard lächelte. »Ich mache das schon.« Er streckte die Hand aus und überbrückte den Abstand zwischen ihnen. Gary stand da und sah sie beide an.

»Sie schneiden es nicht einfach ab?«, sagte Benjamin.

»Versprochen«, sagte Leonard.

Er kniete sich auf die Erde, nahm sein Feuerzeug heraus und legte es auf seinem Knie ab. Während er das Insekt näher betrachtete, starrte Benjamin auf seinen Kopf, auf die fettigen Haare und die ungleichmäßigen Bartstoppeln.

»Vertrau mir«, sagte Leonard.

Benjamin gab ihm das Messer.

»Das Besteck, das ich dir eingepackt hatte, könnte ich auch gebrauchen«, sagte Leonard.

Benjamin nahm einen Löffel aus der Reisetasche und reichte ihn Leonard, der den Stiel unter das Insekt schob und das Feuerzeug anzündete. Er hielt die flackernde Flamme unter die Schneide des Messers, die er dann seitlich an das Insekt presste. Löffel und Taschenmesser in einer Hand, übte er Druck aus und zog die Instrumente langsam von Garys Haut weg. Je mehr er drückte und zog, desto weiter beugte sich Benjamin vor, um alles genau zu sehen. Als sich die Zecke löste, in einem Stück, aber leicht zusammengedrückt, zerquetschte Leonard sie zwischen den beiden Metallflächen; tiefrotes Blut quoll auf den Stahl.

»Da!«, sagte er, rutschte auf Benjamin zu und hielt das Insekt hoch, damit er es sehen konnte. Er versuchte, ihm den aufgeblähten Körper und die dicht angeordneten Beine zu zeigen, aber Benjamin interessierte sich nicht dafür. Er war zu sehr damit beschäftigt, Garys Haut zu inspizieren, das gerötete Fleisch hin- und herzuschieben, auf der Suche nach Überresten oder Spuren von irgendetwas Garstigem. Leonard warf das Insekt ins Feuer.

»Ist auch wirklich alles weg?«, fragte Benjamin. »Die können einem nämlich ins Blut kotzen.«

»Ich denke schon«, sagte Leonard. Er lachte. »Aber vielleicht sollten wir eine Gedenkfeier für sie abhalten.«

»Das will ich nicht«, sagte Benjamin. »Sie war widerlich.«

Leonard legte nachdenklich den Kopf auf die Seite.

»Kann schon sein«, sagte er. »Aber sie war auch ein Lebewesen, oder?«

Benjamin bekam ein schlechtes Gewissen.

»Vielleicht hatte sie Familie«, sagte Leonard und grinste. »Einen liebenden Ehemann. Nachwuchs, der ganz auf ihre Fähigkeiten als Blutbeschafferin baute.«

Benjamin tat so, als würde er nichts hören. Er stocherte im Feuer, um es wieder anzufachen, blies in die Asche und schichtete Zweige als Anzündholz auf. Er konnte nicht aufhören, an das knollige Insekt zu denken, fürchtete, es könnte Gary mit etwas Unsichtbarem, aber Tödlichem infiziert haben. Er suchte seinen eigenen Körper ab, fuhr sich mit den Händen über die Schienbeine, über das unebene Fleisch unter dem Saum seiner Socken und das Stück über dem Hosenbund. Er klopfte seine Arme ab und stellte sich vor, wie Gary wegen eines Insekts starb. Er fühlte sich verantwortlich, weil er den Hund in den Wald gebracht hatte. Wieder hatte er die Stimme seiner Oma im Ohr.

»Versprichst du mir zu verhindern, dass sie mich mitnehmen?«, hatte sie gesagt.

Eine Träne lief ihm über die Wange, während er die Hosenbeine in die Socken steckte.

»Sehe ich blass aus?«, fragte er Leonard.

»Es ist alles in Ordnung, Kumpel«, sagte Leonard. »Ich schwöre es.«

Benjamin lief auf und ab. Er ging zu Gary und untersuchte ihn noch einmal, hob seine Beine der Reihe nach an. Gary starrte währenddessen auf den Boden, ließ sich in Ruhe von Benjamin betrachten. Es hatte etwas Sanftes, wie er wartete, so als wüsste er, dass Benjamin sich gut um ihn kümmerte.

Als er sich sicher war, dass sonst nichts mehr an Gary hing, erhitzte Benjamin eine weitere Dose Bohnen im Feuer, und der Hund ließ sich auf dem Boden nieder. Benjamin schüttete die Hälfte auf Garys Zeitschrift und aß dann selbst einen Bissen. Den Rest gab er Leonard.

»Wir können auch noch eine heißmachen«, sagte Leonard und starrte auf die enttäuschende Menge Bohnen auf dem Boden der Dose. Benjamin schaute zu seinem schwindenden Vorrat hinüber, zu der letzten verbliebenen Dose.

»Nein, du hast recht. Wir sollten sie aufheben«, sagte Leonard und aß mit demselben Löffel, mit dem er das Insekt von Gary entfernt hatte. Benjamin kämpfte gegen einen Würgereiz an. Er untersuchte gerade noch einmal seine Schienbeine, als Leonard die leere Dose ins Unterholz warf.

»Meinen Sie, er muss zum Tierarzt?«, fragte Benjamin.

»Ich glaube, das wäre keine so gute Idee«, sagte Leonard. »Wahrscheinlich ist er gechipt.«

»Er hat doch bestimmt keine Krankheit, die durch das Blut übertragen wird, oder?«

»Ich bin mir sicher, es geht ihm gut.«

»Aber was, wenn nicht?«

»Ganz sicher.«

Benjamin rief Gary zu sich und sah sich nochmals die betroffene Hautstelle an. Er strich das Fell zur Seite und starrte auf die winzigen Einstiche.

»Ich würde mit ihm hingehen, wissen Sie?«, sagte er.

»Wohin?«

»Zum Tierarzt. Auch wenn sie mich einsperren würden.«

»Selbst wenn sie ihn dir wegnehmen würden?«, sagte Leonard.

Benjamin dachte ein, zwei Sekunden lang nach. Darüber, ob Gary bei ihm sein sollte oder ob er in Sicherheit sein sollte.

»Ich würde wollen, dass es ihm gut geht«, sagte er.

Gary lief herum, und Benjamin dachte über die stille innere Logik der Hunde nach. Er fragte sich, was sie die meiste Zeit zu tun glaubten. Er war in einer Art Trance, als Leonard mehrmals auf den Boden spuckte.

»Das ist voll für den Arsch«, sagte er und klappte den Deckel des Fläschchens mit Desinfektionsmittel zu. »Ich dachte immer, da ist ordentlich Alkohol drin, aber das Zeug schmeckt widerlich.«

Er spuckte noch einmal aus.

»Sie haben das getrunken?«

»Trinken würde ich es nicht nennen. Es ist sehr dickflüssig«, sagte Leonard, stand auf und klatschte in die Hände. Das Geräusch hallte durch den Wald. Nach einer kurzen Verzögerung schien es anzudauern, obwohl sich Leonards Hände nicht mehr bewegten.

Benjamin und Leonard sahen einander an.

»Klatscht da noch jemand?«, sagte Leonard.

Benjamin war sich nicht sicher. Die Bäume schienen seltsame Dinge mit Geräuschen anzustellen, sie hin und her zu werfen. Leonard klatschte noch einmal in die Hände. Er biss die Zähne zusammen. »Das hätte ich vielleicht besser nicht tun sollen«, sagte er. Dann tat er es noch einmal. Lauter. Das Geräusch kam zurück. »Nein, das hätte ich eindeutig nicht tun sollen.«

»Hören Sie auf!«, sagte Benjamin.

Es klatschte weiter. Aber diesmal klang es viel klarer. Näher.

Leonard streckte die Hand aus. »Gib mir das Holz!«, sagte er.

»Welches Holz?«, flüsterte Benjamin.

Leonard wedelte ungeduldig mit der Hand.

»Du weißt schon – das Verteidigungsholz. Das, mit dem du mich geschlagen hast.«

»Das habe ich verbrannt«, sagte Benjamin. »Im Feuer.«

Leonard kniff die Augen zusammen und verzog das Gesicht, als versuchte er das Geräusch zu hören. Er hob die Fäuste, nahm die traditionelle Boxhaltung ein und wippte von einem Fuß auf den anderen. Das Klatschen war jetzt unheimlich nah. Benjamin fühlte sich überfordert. Gary leckte an einem Blatt.

»Ich werde für den Rest meines Lebens Veilchen haben«, sagte Leonard grinsend. »Zeit, den Honigdachs wieder heraufzubeschwören!«, sagte er.

Benjamin rief Gary zu sich und wappnete sich für das, was auf sie zukam.

42

Was auf sie zukam, war Camille. Ihr Fahrradhelm baumelte in ihrer Hand hin und her, und sie strahlte die beiden an. »Ihr Lieben!«, sagte sie und humpelte auf sie zu.

»*Himmelherrgott,* Camille!«, sagte Leonard und senkte die Fäuste. »Was sollte das Geklatsche? Ich hätte dich bewusstlos schlagen können!«

»Ich fand, das war eine ziemlich effektive Klatschortung!«, sagte Camille. »Ich kam mir ein bisschen wie ein Delfin vor.«

Leonard wirkte erfreut; er ging rasch zu Benjamin, um ihm ins Ohr zu flüstern.

»Eine von nur drei Tierarten, die es zum bloßen Vergnügen treibt!«, sagte er. »Neben Menschen und Bonobos.«

Benjamin warf ihm einen Blick zu. Leonard streckte die Zunge heraus, während Camille Benjamin umarmte. Als sie sich voneinander lösten, rückte Leonard an. Camille versuchte aus der Umarmung zu entkommen, und Leonard atmete tief durch die Nase ein.

»Du duftest nach einem nepalesischen Ritual«, sagte er.

»Das ist ganz normal«, sagte Camille verlegen, und die Haut an ihrem Hals rötete sich. »Mein ganz normaler Geruch.«

Leonard sah Camille kopfschüttelnd an.

»Also, für mich fühlt es sich an, als hätte ich gerade ein spirituelles Erlebnis gehabt«, sagte er.

Camille wedelte mit einer Hand.

»Ach, hör auf«, sagte sie.

Blut strömte in Camilles Wangen.

»Ich kam mir zu Hause ganz nutzlos vor«, sagte sie.

Leonard manövrierte Camille in das Lager wie ein Kellner, der jemanden an seinen Tisch führt. »Setz dich doch, Camille«, sagte er und bot ihr Benjamins liebsten Sitzstumpf an. »Kann ich dir etwas zu trinken anbieten?«

Er kramte in seiner Plastiktüte.

»Ich habe Kamillentee dabei«, sagte sie.

»Ich dachte an ein Bier, falls du Lust hättest, eins mit mir zu trinken?«, sagte er.

»Ein Bier wäre toll!«

Camille saugte den Schaum um die Aufreißlasche herum auf und ging zu Gary hinüber. Er stand reglos da, während sie ihn drückte und mit ihm sprach, als wäre er ein Mensch. Leonard flüsterte in Benjamins Ohr.

»Sie sieht gut aus in ihren Outdoor-Klamotten, was?«

Benjamin hatte großen Respekt vor Camille. Für ihn bedeutete das auch, dass er ihr Aussehen nicht kommentierte. Außerdem hatte er sie nie auf diese Weise betrachtet.

»Er hat deine Energie«, sagte Camille zu Benjamin und drehte sich zu ihm um. »Er ist so schön.«

Benjamin lächelte.

»Nach allem, was passiert ist«, sagte Camille, »habe ich noch mehr darüber nachgedacht, was ich zu dir gesagt hatte. Über Reinkarnation. Das Timing ist einfach zu verblüffend.«

Leonard sah Camille an, als wäre sie ein mystisches Wesen, das durch den Wald streifte. Sie errötete.

»Was meinst du?«, fragte Benjamin.

»Du weißt schon – im Supermarkt? Vielleicht erinnerst du dich nicht mehr, weil zu dem Zeitpunkt alles ganz schön drunter und drüber ging, aber kurz bevor wir zur Rennstrecke fuhren, hatte ich doch über den spirituellen Status deines Großvaters nachgedacht?«

Leonard grinste. Er war eindeutig beeindruckt davon, was Camille an der Rennbahn angestellt hatte.

»Hast du Hausverbot bekommen?«, schaltete er sich ein. »Nach deiner Aktion?«

Camille schaute weg, und Leonard sah das als Bestätigung.

»*Zwillinge!*«, schrie er. »Ich habe auch lebenslanges Hausverbot!«

Camille schien es aufrichtig peinlich zu sein. »Ich habe noch nie irgendwo Hausverbot bekommen«, sagte sie.

»Wir sind vogelfrei, Camille. An keinerlei Normen gebunden!«

Camille konzentrierte sich wieder auf Gary. Sie beugte sich vor und betrachtete die Narbe auf Garys Brust und Hals.

»Hatte er irgendwelche Narben?«, sagte sie. »Dein Opa.«

Benjamin wusste, dass er welche gehabt hatte, von irgendetwas, was ihm im Krieg widerfahren war. Aber er wusste nicht, ob er sie ermutigen wollte. Lügen wollte er aber ganz sicher auch nicht.

»Ich glaube schon«, sagte er. »Kann sein.«

»Dann wäre es möglich!«, sagte Camille. »Stell dir doch mal vor, er wäre gekommen, um dir in dieser schweren Zeit Beistand zu leisten. Wie wunderbar das wäre. Um dir zu helfen, es durchzustehen.«

Leonard nickte. »Es passt wirklich alles zusammen«, sagte er.

Benjamin wurde nicht schlau aus Leonard. Aus der Art, wie er Camille ansah – wie hypnotisiert. Camille zuckte mit den Schultern.

»*Er* ist zu *dir* gekommen, weißt du noch? Am Strand. Die Flucht kann nicht einfach gewesen sein.«

Es stimmte. Gary hatte ihn gefunden. War ihm gefolgt.

»Beweg es einfach mal in dir«, sagte Camille. »Du kannst auch darüber meditieren.«

Sie schloss die Augen und atmete tief ein und aus, die Hand auf Garys Kopf gelegt.

»Ich wollte dich fragen, wie es deiner Lippe geht, Benjamin. Ich habe mir Sorgen wegen deiner Verletzungen gemacht.«

Benjamin hatte die Verletzungen in seinem Gesicht nicht unbedingt vergessen – es tat immer noch weh –, aber er hatte aufgehört, sie zu berühren, weil seine Hände schmutzig waren. Er wollte nicht, dass eine üble Infektion alles noch schlimmer machte.

»Es ist nicht so wild«, sagte er und machte ein sauberes Stück Handgelenk unter seinem Ärmel aus, das er gegen seine Wange drückte.

»Ich habe dir eine spezielle Salbe mitgebracht«, sagte Camille. »Die sollte die Heilung beschleunigen.«

»Danke«, sagte Benjamin.

Leonard beugte sich über ihre Schulter.

»Davon könnte ich auch was gebrauchen.«

Camille hielt ihm den Tiegel hin.

»Könntest du sie auftragen?«, fragte Leonard.

Camille lachte. »Ich glaube, das schaffst du selber«, sagte sie. Sie wandte sich wieder Benjamin zu und starrte ihn so lange an, dass es ihm unangenehm wurde.

»Wie geht es dir?«, fragte sie.

Benjamin zuckte mit den Schultern. Sie starte ihn weiter an.

»Hand aufs Herz, Benjamin. Wie geht es dir?«

Aus irgendeinem Grund kamen ihm bei dieser Frage die Tränen, und er ließ es zu. Er wandte sich ab, spürte aber, wie sie ihn beide ansahen.

»Es geht mir gut«, sagte er.

Dann war Camille bei ihm und umarmte ihn wieder. Sie nickte zu Leonard hinüber, der ihm ein schmutziges Taschentuch hinhielt.

»Mein Allzwecklappen im Taschenformat«, sagte er. »Nichts zu danken.«

Camille schob die Hand mit dem Taschentuch zurück und griff in ihre eigene Hosentasche. Sie zog ein kleines Päckchen Taschentücher heraus und gab Benjamin eins. Er trocknete sich damit die Augen ab. Eine Zeit lang sprach niemand. Irgendwann tat es Leonard.

»Als wir das Bier getrunken haben«, sagte er. »Diese ganze Episode hat gezeigt, dass wir bessere Verteidigungsmaßnahmen brauchen. Ich habe mich richtig überrumpelt gefühlt, als du aufgetaucht bist, Camille. Quasi mit heruntergelassener Lederhose erwischt.«

Camille drückte Benjamin fester.

»Es dauert ein bisschen, bis das Oxytocin freigesetzt wird«, sagte sie.

Irgendwann löste sich Benjamin von ihr, trat einen Schritt zurück und lächelte.

»Was sollen wir denn machen?«, sagte er und sah Leonard an.

Leonard tänzelte vorwärts und hob einen Ast auf. »Ich würde sagen, wir fangen mit ordentlichen Stöcken an«, sagte er. »Ich hätte ja mein Luftgewehr mitgebracht, aber das ist schwer zu verstecken, und es wäre nicht mein erster Verstoß.«

»Ich glaube, er meint es ernst, Leonard«, sagte Camille.

»Ich auch!«, sagte Leonard. »Das ist Teil der Grundausstattung.«

Benjamin zeigte auf seinen Stapel. »Ich habe schon jede Menge gesammelt«, sagte er.

»Ja, ja, ich weiß. Erstklassige Hamsterei! Aber viele davon sind morsch.« Leonard trat auf ein Stück Holz, und es zerbrach. »Gegen einen Angreifer wäre das wohl wirkungslos.«

Leonard sah sich um. »Wir müssen die Umgebung richtig durchkämmen«, sagte er.

»Mit Ihnen gehe ich nirgendwohin«, sagte Benjamin.

Leonard drehte sich um. »Warum nicht?«

»Wegen ... letztem Mal«, sagte Benjamin.

Leonard schaute nach oben, als würde er eine schwierige Aufgabe lösen.

»Das ist schon verständlich«, sagte Camille. Sie sah Benjamin an. »Leonard weiß deine Offenheit zu schätzen, Benjamin. Stimmt's, Leonard?«

Leonard nickte. »So ist es«, sagte er. »Aber wie wäre es, wenn du einfach vorgehst?«

»Ich will erst noch einmal hier suchen«, sagte Benjamin.

»Großartig!«, sagte Camille. »Das ist doch ein wunderbarer Kompromiss?«

»Ja, ist gut«, sagte Leonard. »Aber ich habe hohe Ansprüche. Ich suche nach einem hölzernen Excalibur. Wenn wir hier nichts Geeignetes finden, müssen wir weiter ausschwärmen.«

Benjamin starrte Leonard ins Gesicht.

»Schauen wir einfach, wie es läuft, ja?«, sagte Camille. »Wir sammeln Stöcke, respektieren aber auch Benjamins Grenzen.«

Leonard zuckte mit den Schultern wie ein gemaßregeltes Kind. Dann widmete er sich eifrig der Aufgabe, suchte nach Holzstücken und schwang sie durch die Luft wie ein Junge ein Plastikschwert.

Als er außer Hörweite war, beugte sich Camille vor und flüsterte Benjamin ins Ohr.

»Verlier nicht die Hoffnung«, sagte sie. »Manchmal wirken Menschen böse. Aber das Böse ist nur die Tarnung für eine große Traurigkeit. Und *darunter* liegt das Gute. Jemand wie du kann es zum Vorschein bringen.«

Benjamin verstand, was sie meinte, aber er war immer noch wütend. Er stromerte über die Lichtung und suchte nach Holzstücken, die er vielleicht übersehen hatte. Nach einer oder zwei Minuten hob er einen vielversprechenden Stock auf. Er war stabil genug, um damit zuschlagen zu können, aber nicht so massiv, dass er sich schlecht hätte handhaben lassen. Er schwang ihn und fühlte sein Gewicht, aber er war nicht so schwer, wie er aussah. Bald waren Benjamins Hände voller Moos, während er eine Reihe von kurzen Schlagbewegungen ausführte, bis Leonard ihm den Stock aus der Hand nahm und ihn über dem Kopf schwang.

»Das ist die Nagelprobe«, sagte er und schlug ihn gegen einen Baum. Er zerbrach in zwei Teile.

»Leonard!«, sagte Camille. »Könntest du bitte etwas vorsichtiger mit den Früchten von Benjamins Arbeit umgehen?«

Leonard ließ die Schultern sinken. »Entschuldigung«, sagte er. »Aber ich fürchte, der taugt nichts. Er ist ganz morsch.«

Benjamin schob mit den Füßen ein paar Holzstücke hin und her. Er sah Camille an. »Vielleicht können wir doch noch ein bisschen weiterschauen«, sagte er.

Camille nickte zustimmend, und Leonard deutete eine Verbeugung an und streckte den Arm aus.

»Nach Ihnen«, sagte er.

Sie verließen die Lichtung. Benjamin ging mit Gary an seiner Seite voran. Camille und Leonard folgten nebeneinander. Leonard brachte Camille zum Lachen, indem er den Boden nach Tierspuren absuchte.

»Man weiß nie, was man hier draußen findet«, sagte er und stolperte über eine Wurzel. Er deutete auf Stellen, an denen man Fallen errichten oder sich verstecken könnte, wenn, wie er es ausdrückte, »die Kacke am Dampfen« war.

»Du scheinst dich in der Wildnis auszukennen«, sagte Camille.

»Viele glauben, ich wäre beim Militär gewesen, aber ich habe mir alles selbst beigebracht. Mein Vater war in der freien Natur zu Hause. Außer wenn er im Gefängnis saß. Dann war er nicht ganz so frei. Er war Tierpräparator, also gingen wir ziemlich oft in den Wald, um Übungsobjekte zu beschaffen.«

Benjamin sah Glasschränke voller unfachmännisch konservierter Tiere vor sich – schielende Wiesel mit Plastikaugen –, bis Leonard eine Böschung hinunterrutschte und auf dem Boden aufschlug. Er gab ein vogelartiges Geräusch von sich.

»Ich glaube, ich bin gerade in Menschenscheiße ausgerutscht«, sagte er und hob den Fuß, um daran zu riechen. »Das ist eindeutig kein tierisches Aroma.« Leonard sah sich mit zusammengekniffenen Augen um und sprang auf. Er begann wieder nach Stöcken zu suchen, um seine Verlegenheit zu kaschieren. »Schwache Äste können wir nicht gebrauchen«, sagte er. »Wenn sie morsch sind, zerfallen sie beim Zuhauen. Wir wollen keine, die zerbrechen wie der, mit dem du mich geschlagen hast.«

Benjamin unterdrückte ein Lächeln und hob einen anderen, stabiler wirkenden Ast auf. Er fühlte sich in seinen Händen solide an.

»Der scheint mir besser zu sein«, sagte er.

»Leonard?«, sagte Camille.

Leonard kam herüber, um ihn zu begutachten. Er hielt ihn hoch und ließ den Blick darüber gleiten.

»So was meine ich«, sagte er. »Ein fetter Knüppel, den man einem volle Suppe in die Klöten wemsen kann.«

Camille lachte so heftig, dass sie grunzte. Benjamin hob den Stock in die Luft und lächelte. Er kam sich sehr tüchtig vor. Das Gefühl überwältigte ihn, stärkte ihn, seine Muskeln und sein Herz schienen anzuschwellen.

Benjamin feierte seinen Erfolg, indem er den Stock noch selbstbewusster schwang, wie es in seiner Vorstellung ein Ritter tun würde, als ein lautes, pulsierendes Geräusch die Luft erfüllte. Gary sah sich verwirrt um, und Leonard rannte auf einen hohen Baum zu. Er zog Camille an der Hand hinter sich her und bedeutete Benjamin, ihnen zu folgen. Sie kauerten sich am Fuß des Baums zusammen.

»Komm her!«, rief Camille.

Aber Benjamin stand reglos da, während das Geräusch über ihnen an- und abschwoll. Es war schwer zu orten.

»Das ist ein verfluchter Hubschrauber!«, sagte Leonard und deutete zum Himmel.

Offenbar hatte Leonard sich die Sache mit der Polizei doch nicht ausgedacht. Benjamin rannte zu dem Baum, und Gary folgte ihm. Er drückte sich eng an die Wurzeln, war den anderen beiden so nah, dass er den abgestandenen Zigarettenrauch in Leonards Kleidern riechen konnte, vermischt mit dem Weihrauch, den Camille in ihrem Büro und ihrer Wohnung verbrannte. Er hielt Gary fest, während das Dröhnen näher kam und in seinen Ohren pochte. Der Hund krümmte sich, sein Körper zitterte, während Benjamin das Geräusch mit seinen Händen zu dämpfen versuchte.

Während der Hubschrauber kreiste und pendelte – sich von einer Stelle zur anderen und wieder zurückbewegte –, starrten sie alle in den Himmel und warteten darauf, seine Umrisse zu sehen. Warteten darauf, gefunden zu werden.

43

Leonard sah Benjamin in die Augen, während das Geräusch des Hubschraubers leiser wurde. Er stand auf und schlug sich gegen die Brust, lachte, trat gegen einen Busch.

»Gott sei Dank«, röhrte er. »Ich dachte schon, wir wären geliefert!«

Camille hatte die Hand auf ihr Herz gelegt, um sich zu beruhigen. Benjamin war in sich zusammengesackt und betrachtete den wieder leeren Himmel. Nach etwa einer Minute stützte er die Hände auf die weiche Erde, um aufzustehen, und fühlte etwas Fleischiges unter den Fingern. Er hatte einen Pilz zerquetscht.

»Alles in Ordnung?«, fragte Leonard. »Wieso stehst du da mit ausgestreckten Händen rum?«

Benjamin sah sich hektisch um.

»Ich habe einen Wildpilz berührt«, sagte er. »Ich habe ihn zerquetscht, und jetzt ist der Saft an meiner Hand.«

Gary schnupperte an einem der Pilze, und Benjamin machte einen Satz nach vorn, um zu verhindern, dass er ihn mit der Nase berührte.

»Es geht alles den Bach runter«, sagte Benjamin.

Leonard runzelte die Stirn. »Lass mal sehen«, sagte er. Er beugte sich über Benjamins Hand und nickte. Betrachtete den Pilz, wie er die Zecke betrachtet hatte.

»Die sind okay«, sagte er. »Ich glaube, die müsstest du tatsächlich essen, um eine negative Wirkung zu spüren.«

Leonard verdrehte die Augen und streckte die Zunge heraus wie ein Vergifteter.

»Bei manchen reicht es schon, sie anzufassen«, sagte Benjamin, bückte sich nach einer Handvoll Blätter, wischte sich damit fieberhaft die Arme ab und ruderte wild durch die Luft. Leonard ging zu ihm und packte ihn am Arm.

»Ich glaube, mir wird schwindelig«, sagte Benjamin.

»Es ist alles bestens«, sagte Leonard.

Benjamin konnte das Bier in Leonards Atem riechen.

»Aber mir ist schwindelig. Ich glaube, es ist ein Nervengift.«

»Es ist kein Nervengift. Dir geht's gut.«

»Wirklich«, sagte Camille lächelnd.

Camille zog selbst einen Pilz aus der Erde. Leonard rieb sich damit über die Zunge.

»Gut, das würde ich vielleicht nicht tun«, sagte Camille. »Aber ich glaube, du brauchst dir keine Sorgen zu machen, Herzchen.«

Benjamin machte sich Sorgen. Die Gefühle verstärkten sich gegenseitig, türmten sich auf.

»Sie wollte nicht hin«, stieß er hervor. Die Worte waren von irgendwoher gekommen.

»Wer?«, fragte Leonard. »Ich dachte, wir reden über Pilze?«

»Meine Oma. Ins Krankenhaus. Sie wollte da nicht hin«, sagte Benjamin.

Leonard nickte kurz zum Zeichen, dass er verstanden hatte. Camille sagte nichts.

»Das geht den meisten so«, sagte Leonard.

»Aber wenn man nicht ins Krankenhaus geht«, sagte Benjamin, »wird man nicht gesund.«

»Ich habe ja viel Gutes über Medizinmänner gehört«, sagte Leonard, um die Stimmung zu heben. »Aber ja, ich weiß, was du meinst.« Er verzog das Gesicht.

»Ich musste ihr versprechen, nicht zuzulassen, dass sie sie mitnehmen«, sagte Benjamin. »Glaubt ihr, ich habe das Richtige getan?«

»Die Leute wissen nicht immer, was das Beste für sie ist, Kumpel«, sagte Leonard.

»Aber habe ich das Richtige getan?«

Camille trat auf Benjamin zu.

»Du hast das Richtige getan«, sagte sie. Sie sah Leonard an. »Er hat das Richtige getan.«

Benjamin betrachtete Gary lange, ohne den Blick abzuwenden. Niemand sprach.

»Ich habe ihr nicht alles gesagt, was ich sagen wollte«, sagte Benjamin. Er weinte wieder. Auch Leonard hatte feuchte Augen.

»Es kommt nicht immer darauf an, was man sagt«, sagte Camille. »Manchmal, wenn sie zum Einkaufen kam und du an der Kasse warst, standen wir am Kühlregal, und sie guckte dich bloß an und lächelt.«

Benjamin blickte auf.

»Sie liebte dich, Benjamin, und sie wusste, dass du das Gleiche für sie empfandest. Ich war mir noch nie bei irgendetwas so sicher.«

Benjamin lächelte. Er blinzelte und sah mit tränennassen Augen zu, wie Gary seine Hand ableckte.

»Ich sage dir, was ich noch sicher weiß«, sagte Camille. »Dieser Hund hier, das ist *dein* Hund.«

»Meinst du?«, sagte Benjamin.

»Hundertprozentig.«

Leonard hielt das Fläschchen mit dem Desinfektionsmittel hoch, und Benjamin griff danach. Er klappte den Deckel auf und drückte etwas heraus, verrieb es zwischen den Händen, verdünnte den Schlamm und den Pilzsaft. Leonard rief Gary zu sich, und der Hund tappte leise herüber.

»Streichle ihn mal«, sagte er.

Gary sah Benjamin ins Gesicht.

»Ich will ihn nicht verseuchen.«

»Wirst du nicht. Streichle ihn«, sagte Leonard.

Benjamin ging neben Gary in die Hocke und nahm ihn in den Arm.

»Wir helfen dir«, sagte Leonard und legte Benjamin die Hand auf die Schulter. Benjamin schaute auf Leonards schlanke Finger und den gebräunten Unterarm, auf dem die blauen Adern hervortraten wie die Linien eines U-Bahn-Plans. »Ich hatte es nicht kapiert«, sagte Leonard und zeigte auf Gary. »Aber jetzt kapiere ich es.« Er lächelte. »Ich habe ihn vermisst«, sagte er. »Den guten alten Skeletor.«

Benjamin fuhr mit der Hand an den weichen Rippen des Hundes entlang. Camille drückte Leonard die Schulter und lächelte.

»Wir helfen dir«, sagte sie, und Benjamin glaubte ihr.

Leonard ging voraus in Richtung Lager.

»Ich weiß nicht, wer Skeletor ist«, sagte Benjamin.

Leonard wirkte schockiert. »Das war He-Mans Erzfeind!«, sagte er.

44

Benjamin legte seinen neuen Stock auf den Boden und setzte sich. Er starrte in die Flammen, während Leonard sich eine Zigarette am Feuer anzündete und ein weiteres Bier aufmachte. Ein Schaumhügel quoll hervor und über seine Hände. Er hielt Camille die Zigarette hin, und sie nahm einen Zug und hustete.

»Ein klassisches Bier«, sagte Leonard.

Benjamin sah ihn an.

»Das war doch nicht wegen uns, oder?«, sagte er.

Leonard lachte.

»Was? Der Hubschrauber? Aber auf jeden Fall. Ich hätte nicht mal gedacht, dass sie hier einen haben. Du weißt schon, weil wir mitten in der Einöde leben.«

»Vielleicht haben sie doch nicht nach uns gesucht«, sagte Camille.

»Bei allem Respekt, Camille«, sagte Leonard. »Das haben sie.«

Camille sah Benjamin ins Gesicht und kniff aufmunternd die Augen zusammen, während er die Hände vor den Schienbeinen verschränkte. Er dachte daran zurück, wie ängstlich er gewesen war, als sich das laute Geräusch der Rotoren genähert hatte.

»Ich glaube es nicht.« Camille formte die Worte stumm mit den Lippen, damit Leonard sie nicht hörte, und schüttelte den Kopf. Gary sah Leonard über seine schmale Schnauze hinweg an.

»Das Gute ist, dass sie dich eindeutig nicht gesehen haben«, sagte Leonard.

»Meinen Sie?«

»Natürlich nicht. Sonst hätten sie längst ein Sondereinsatzkommando oder irgendwas geschickt.«

Camille zwinkerte ihm zu und schüttelte erneut den Kopf.

»Schon möglich«, sagte Benjamin. Er schaute auf. »Meinen Sie wirklich?«

»Unbedingt.«

Benjamin versuchte, sich vorzustellen, wie gut sie von oben wohl sichtbar gewesen waren, zu viert an den Fuß des Baums gedrängt.

»Meinen Sie, die hatten eine Wärmebildkamera?«

Leonard lachte laut auf. »Wir sind hier nicht bei *CSI*, Kumpel.«

»Sie haben gerade gesagt, die hätten ein Sondereinsatzkommando.«

»Natürlich. Aber das gehört zur Grundausstattung der Polizei. Wärmebildkameras kosten wahrscheinlich ein Vermögen. So viel geben die hier nicht aus, nur um Leute beim Partnertausch zu beobachten.«

Camille lachte.

»Bräuchten sie auch gar nicht«, sagte sie. »Die versammeln sich alle auf dem Parkplatz beim Supermarkt.«

Benjamin sah zu, wie Leonard seine Lunge wieder mit Rauch füllte. Er hielt Camille die Zigarette hin, aber sie nahm sie nicht, was gut war, denn Benjamin graute davor.

»Ich habe im Krankenhaus eine Frau kennengelernt«, sagte er.

»Das wette ich«, sagte Leonard und brachte sich wieder selbst zum Lachen.

Benjamin wusste nicht, was daran lustig sein sollte. »Sie hieß June. Sie ist auf ein Sauerstoffgerät angewiesen.«

»Klingt nach einem guten Fang.«

»Sie haben ihr gesagt, wenn sie in ihrem Zimmer raucht, explodiert sie.«

»Wie ein verwesender Wal?«, sagte Leonard.

»Genau.«

Leonard schob die Unterlippe vor. »Ist das wieder so eine Nichtraucher-Kampagne aus dem Hause Benjamin Glass?«

»Ich meine ja nur«, sagte Benjamin. »Rauchen kann sehr gefährlich sein.«

Leonard gluckste. »Okay«, sagte er und nahm noch einen Zug, bevor er die Zigarette über die Schulter warf. »Genug der Propaganda. Du hast gewonnen.«

Benjamin sah sich selbst am Strand, an dem Tag, an dem er Gary begegnet war, und erinnerte sich an den Wal, wie er gewesen war. Ganz und größtenteils unversehrt.

»Der Wal ist jetzt weg«, sagte er.

Camille legte die Hand an die Brust und schürzte die Lippen, um zu zeigen, dass es sie traurig machte.

»Auf eine Art ist er vielleicht weg«, sagte Leonard.

Benjamin fragte sich, auf was für eine Art er nicht weg war. Leonard schien das zu spüren, denn er sprach weiter.

»Sein Körper ist vielleicht weg«, sagte er. »Aber wenn du mal neunzig Jahre herumgezockelt bist – wenn du deinen Namen in den Stamm der Großen Eiche geritzt hast oder was auch immer –, dann bist du vielleicht nie wieder ganz weg. Vielleicht wird es diesen Wal ewig geben«, sagte Leonard.

Camille hatte ihr Bier in kleinen Schlucken getrunken und zugehört, aber nun wurde sie munter.

»Ich glaube, es wird uns alle ewig geben«, sagte sie.

Leonard nickte zustimmend.

»Ich glaube, wir sind alle schon einmal da gewesen und werden alle wieder da sein«, sagte sie und sah Benjamin unverwandt an. »Ich glaube, das gilt für alle.«

»Ich bin froh, dass du so denkst, Camille«, sagte Leonard. »Denn ich glaube, dies ist nicht unsere erste Begegnung.«

»Wirklich?«

»Ich denke, das erste Mal sind wir uns in der Wüste begegnet. Damals hattest du aber noch einen anderen Namen: Cleopatra, glaube ich.«

Camille schlug ihm spielerisch gegen den Arm.

Sie lächelten beide. Benjamin war es gewohnt, Camille bei der Arbeit lächeln zu sehen. Aber Leonard hatte er noch nie so gesehen.

»Du bist ein Spinner«, sagte Camille. Sie stand auf. »Ich glaube, ihr zwei habt zu reden«, sagte sie.

Benjamins Augen huschten zu dem Gestrüpp, in dem die Zigarettenkippe gelandet war, für den Fall, dass sie ein Feuer entfacht hatte. Leonards Gesicht wurde ernst.

»Ich habe eine wichtige Frage an Benjamin«, sagte er.

Benjamin versuchte, Camille durch sein Mienenspiel zu verdeutlichen, dass er nicht mit Leonard allein bleiben wollte, aber sie bemerkte es entweder nicht oder ignorierte ihn. Sie lächelte und ging davon.

»Wir sollten zusammenbleiben«, rief Benjamin ihr hinterher.

»Ich gehe nicht weit weg.«

»Es wird schon dunkel.«

»Ich bin gleich hier drüben.«

Benjamin und Leonard sahen zu, wie Camille zum Rand der Lichtung ging. Auf halbem Weg sprang Gary auf und trottete ihr hinterher.

»Meinst du, du würdest ihn essen?«, fragte Leonard. »Wenn es ums Überleben ginge? Nicht, dass es schon so weit wäre. Aber wenn?«

»Auf keinen Fall«, sagte Benjamin.

Leonard deutete ein Nicken an; es wirkte nicht überzeugt. Er grinste.

»Ich glaube, du würdest es tun«, sagte er.

»Ich weiß, dass ich es nicht tun würde«, sagte Benjamin.

»Das kannst du nicht wissen.«

Einige Sekunden vergingen.

»Was soll das heißen?«

»In so einer Extremsituation bist du nicht du selbst«, sagte Leonard.

»Gary würde ich trotzdem nicht essen.«

»Da spricht der rationale Verstand aus dir. Nach zehn Tagen ohne Nahrung würdest du nicht mehr rational denken.«

»Es würde keine zehn Tage dauern. Wir würden vorher etwas zu essen finden«, sagte Benjamin und sah zu der einzelnen Konservendose im Zelteingang hinüber. »Ich würde mich von ihm fressen lassen, damit einer von uns überlebt«, sagte Benjamin.

Leonard lachte.

»Er würde dich nicht fressen. Er ist ein Weichei.«

»Darum würde ich ihn auch nicht essen.«

»Das andere ist«, sagte Leonard, »dass er nicht viel Fleisch auf den Rippen hat. An den Schenkeln ist vielleicht ein bisschen was dran, aber er würde wahrscheinlich übel schmecken.«

In Benjamin regte sich wieder Wut auf Leonard. Leonard spürte es offenbar auch, denn er verstummte. Der Wind frischte auf, pfiff durch die Bäume über ihnen. Leonard blickte mit zusammengekniffenen Augen zum Rand ihres Lagers und sah Camille an einem hohen Baum stehen, die Hand an die Rinde gelegt.

»Meinst du, ich hätte eine Chance?«, sagte er leise.

»Was für eine Chance?«

»Na ja ... bei Camille?«

»Ich weiß es nicht«, sagte Benjamin.

Leonard saß da und dachte nach. »Keine Ahnung, wieso, aber es kommt mir vor, als würde sich das Blatt wenden«, sagte er.

Benjamin antwortete nicht. Er dachte weiter über Leonard und Camille nach, während Leonard so viel Holz ins Feuer warf, dass sich Benjamins Gesicht trocken anfühlte. Er hob die Flasche mit dem abgekochten Flusswasser auf und begann zu trinken.

»Das ist aus dem Fluss«, sagte Benjamin.

Leonard spuckte es ins Feuer.

Benjamin lachte. Er lachte so heftig, dass er spürte, wie die Haut an Wangen und Kinn spannte.

»Geschieht mir wohl recht«, sagte er. »Woher kommt es wirklich?«

»Es ist wirklich aus dem Fluss«, sagte Benjamin. »Aber ich habe es abgekocht.«

»Und du hast davon getrunken?«

»Nein.«

Leonard lächelte wieder. Er nahm einen großen Schluck von dem

Flusswasser, fuhr sich dann mit dem Ärmel über den Mund und schmatzte.

»Dann ist es ja gut, dass ich Wasser mitgebracht habe, was?«

Leonard zog eine ungeöffnete Flasche Wasser aus seiner Plastiktüte und gab sie Benjamin. Benjamin trank sie in einem Zug halb leer und wollte sie Leonard zurückgeben.

»Gary und ich bleiben beim Flusswasser, Kumpel. Behalte die Flasche, aber lass Camille was übrig.«

Benjamin trank noch ein wenig. Das Feuer prasselte. Funken stoben aus dem Glutkern. Leonard deutete auf den Wald und auf Benjamin.

»Also, was hast du jetzt vor? Jetzt, wo du auf der Flucht bist?«

»Ich bleibe hier«, sagte Benjamin.

Leonard blickte auf.

»Im vietnamesischen Dschungel irren wohl auch noch ein paar japanische Soldaten herum. Aber ich weiß nicht, ob das eine langfristige Lösung ist«, sagte er.

Leonards Miene war ernst und ein wenig traurig. Benjamin wandte sich von ihm ab. Darüber wollte er nicht nachdenken. Er hatte Gary, und das reichte für den Moment. Leonard streckte die Arme über den Kopf und gähnte.

»Sollen wir dich dann mal machen lassen?«, sagte er. »Ich weiß, du wolltest das allein durchziehen.«

Benjamin fühlte die Panik in sich aufsteigen, das Kribbeln der Haut, während er sich an Garys und seine einsame Nacht im Wald erinnerte.«

»Sie könnten sich auf dem Heimweg verirren«, sagte er.

»Ich habe einen guten Orientierungssinn.«

»Im Dunkeln ist es viel schwieriger«, sagte Benjamin. Er trank noch einen kleinen Schluck Wasser und wartete ab, was Leonard sagen würde.

»Okay. Vielleicht hast du recht. Wir bleiben heute Nacht noch hier, wenn du meinst, dass das sinnvoll ist. Ich kann ja morgen immer noch aufbrechen.«

Benjamin verspürte Erleichterung, antwortete aber nicht, sondern konzentrierte sich nur auf die Wärme der Flammen auf seinem Gesicht. Fühlte, wie sich die Muskeln in seinen Schultern entspannten. Die dunkle Leere über ihnen wurde von Feuerwerk erhellt. Strahlende Farbexplosionen durchzogen den Himmel und beleuchteten ihre Gesichter.

»Das muss der Jahrmarkt sein«, sagte Leonard.

»Ja, der ist gerade.«

»Ich liebe den Jahrmarkt.«

»Ich glaube, ich war noch nie dort.«

»Das ist der Stoff, aus dem die Träume sind, Benjamin. Mit Sally war ich jedes Jahr dort.«

Jede Feuerwerkssalve durchschnitt die Stille, hallte durch die Dunkelheit. Gary kam wieder angerannt. Er zitterte, also bedeckte Benjamin seine Ohren mit den Händen, um den Lärm zu dämpfen.

»Manchmal wünschte ich, ich könnte wieder ins erste Jahr unserer Ehe zurückkehren und für immer darin leben«, sagte Leonard. Seine Augen verweilten auf Camille, während er die Brieftasche öffnete. Er zog das Foto von Sally heraus und faltete es auf, sodass drei weitere in einem vertikalen Streifen zum Vorschein kamen. Auf den drei anderen Bildern war auch er zu sehen. Auf einem hatten sie beide die Stirn in tiefe Falten gelegt. Auf einem anderen streckte Leonard die Zunge heraus, und sie lachte. Er sah anders aus. Nicht nur jünger, sondern auch weniger müde. Ein bisschen wie zuvor, als er mit Camille gelacht hatte.

»Sie sieht sehr nett aus«, sagte Benjamin.

»War sie auch.«

Benjamin zögerte.

»Moment mal. Ist sie ... tot?«

»Nein, entschuldige. Sie ist nicht tot«, sagte Leonard. »Ich weiß, das klang so. Sie lebt. Sie hat mich bloß verlassen. Sie wohnt in einem Neubau irgendwo in der Stadt, glaube ich. Mit ihrem Partner.« Leonard verzog das Gesicht. »Und ihren Kindern oder wie auch immer. Er hat eine Firma, die Doppelglasfenster herstellt.«

Leonard sah sich das Bild genauer an.

»Ich hatte sie sowieso nicht verdient«, sagte er. »Sie war blitzgescheit und strahlend schön. Und ich bin ein Volltrottel.«

Leonard verfiel in nachdenkliches Schweigen. Dann sah er Benjamin wieder an.

»Beinahe hätten wir eine Familie gegründet«, sagte er. »Aber ich glaube, das wäre nicht das Richtige für uns gewesen. Nicht wirklich. Ich eigne mich nicht so als Vaterfigur.« Er lachte halbherzig. »Na ja, genug von meinem emotionalen Gepäck.« Leonard schaute auf. Ein Lächeln stahl sich auf sein Gesicht. »Meinen Tränensäcken.«

Sie saßen schweigend da, und Benjamin dachte an den Jahrmarkt.

»Ich würde gern einmal auf den Basketballkorb werfen«, sagte er schließlich. »Dieses Spiel, wo man in sechzig Sekunden so oft wie möglich treffen muss.«

Das riss Leonard aus seinen trübseligen Gedanken.

»Darin war ich der Meister!«, sagte er. »Aber es macht mehr Spaß, wenn man mit Freunden hingeht.« Er lächelte. »Wir gehen mal hin, wenn das alles vorbei ist.«

Benjamin sah ihn lange an.

»Wir futtern Zuckerwatte und alles«, sagte Leonard.

»Da ist zu viel Zucker drin«, sagte Benjamin.

Als Camille zurückkam, lauschten Benjamin und Leonard dem Knistern des Holzes, das vor ihnen zu Asche wurde. Camille setzte sich auf einen Baumstamm, und Leonard legte ihr seinen Schlafsack um die Schultern. Benjamin platzierte seinen vor dem Feuer und sah zu, wie sich Garys Flanke im sanften Schein der Glut hob und senkte. Durch die Lücken zwischen den Bäumen blickte er hinauf zu den Millionen von Sternen, zwischen denen sich marineblauer Raum erstreckte. Leonard warf noch mehr Holz in die Flammen, die anschwollen, bis die Lichtung orange schimmerte.

Benjamin schloss die Augen und sog Luft ein. Dann lag er lange da und freute sich über jede Sekunde, die er in der Nähe des Hundes gewesen war, fühlte, wie seine einzelnen Teile existierten – die Wärme auf seiner Haut, Garys Körper, der auf seinem Bein ruhte, der unebene Boden unter seinem Rücken – und das Gewicht der Welt, das ihn festhielt.

Und zum ersten Mal, solange Benjamin zurückdenken konnte, fühlte er sich mit etwas verbunden, das viel größer war als er selbst. Mit seinen urwüchsigen Teilen. Mit etwas Gewaltigem und Ewigem.

45

Das Zwitschern der Vögel weckte Benjamin. Leonard war beim Feuer, stocherte mit einem Stock darin herum, und Camille saß gleich neben ihm auf einem Stein. Sie hatten Gary ein paar von Camilles mitgebrachten Dosen aufgemacht und sahen ihm stumm beim Fressen zu. Leonards Haare waren zurückgekämmt und sahen feucht aus, als hätte er sich besondere Mühe damit gegeben. Er hatte eine Konstruktion aus Stöcken errichtet, um Benjamins feuchte Schuhe zu trocknen, während er schlief.

»Morgen, Benjamin«, sagte Camille und drehte sich zu ihm um. »Wir wollten dich nicht wecken.«

Benjamin legte die Hand auf Gary. Der Hund fühlte sich ganz warm an. Leonard zeigte auf den Topf im Feuer.

»Wir haben Frühstück gemacht«, sagte er.

Im Topf blubberte eine Dose Gemüsesuppe. Benjamin suchte nach dem Zeckenlöffel, nach irgendwelchen Anzeichen, dass Leonard sich unhygienisch verhalten hatte. Er schüttelte den Kopf.

»Ich habe kochendes Wasser verwendet, damit alles hygienisch ist«, sagte Leonard.

»Ist schon gut«, sagte Benjamin.

Leonard sah Camille nach Unterstützung suchend an.

»Ich habe doch alles abgekocht, stimmt's, Camille?«

»Hat er.«

»Essen Sie etwas davon?«, fragte Benjamin.

Leonard schüttelte den Kopf und teilte die Suppe zwischen Benjamin und Camille auf, aber Benjamin schüttete etwas von seiner Hälfte in die Dose zurück und gab sie Leonard. Die drei saßen schweigend zusammen und aßen. Als sie fertig waren, tätschelte Leonard seinen Bauch.

»Das war gut«, sagte Leonard. Er ging rasch zu seiner Tasche hinüber und hielt eine kleine Plastikkugel hoch. »Wollt ihr eine?«

»Was ist das?«, fragte Benjamin.

»Das ist eine Einwegzahnbürste. Man kaut drauf herum«, sagte er. »Ich habe an einer Tankstelle einen kaputten Automaten entdeckt, wo sie nur so rauspurzelten. Dachte, es wäre vielleicht ganz nützlich, ein paar im Auto zu haben.« Leonard warf einen Seitenblick auf Camille. »Nicht, dass ich im Auto leben würde ...«

Camille zuckte mit den Schultern.

»Ich würde dich nicht dafür verurteilen. Ich finde, es hat etwas sehr Befreiendes, in einem fahrbaren Untersatz zu leben.«

Das beflügelte Leonard. »Ich habe auch ein Mobilheim«, sagte er. »Vielleicht kann ich es dir mal zeigen?«

Camille gluckste und griff nach einer der kaubaren Zahnbürsten. Benjamin hatte ein pelziges Gefühl im Mund, also nahm er auch eine. Sie standen da und reinigten ihre Zähne, während Leonard im Lager aufräumte und die sauberen Utensilien wieder dorthin brachte, wo sie bei Benjamin gestanden hatten. Er reihte einige neue Dosen von Camille daneben auf und steckte die leeren in eine Plastiktüte.

»Ich dachte, wir könnten heute am Lager arbeiten?«, sagte Leonard. »Was meinst du, Camille?«

»Klingt hervorragend.«

»Dann ziehe ich mal meine Outdoor-Shorts an«, verkündete Leonard, ballte eine Hand zur Faust und schlug sich auf den Oberschenkel. »Die Nerven sind komplett abgestorben«, sagte er. »Ich habe sie so abgehärtet, dass ich zu jeder Jahreszeit kurze Hosen tragen kann.« Leonard nahm die Haltung eines kundigen Lehrers ein. »Ich erkläre dir auch gern, warum.«

»Muss nicht sein«, sagte Benjamin.

Leonard sprach trotzdem weiter.

»Wenn du nass wirst, trocknest du schneller.«

Benjamin nickte. »Aber eine Jacke tragen Sie trotzdem noch?«, fragte er.

»Ja, mein Oberkörper war den Elementen leider nicht so oft ausgesetzt. Der ist wetterempfindlicher. Camille, wenn du bitte den Blick abwenden würdest.«

Leonard zog die Jeans herunter und gab den Blick auf bleiche, behaarte Beine frei. Er trug eine weiße Unterhose. Benjamin drehte schnell den Kopf in die andere Richtung, um nicht zu viel zu sehen.

»Warum müssen Sie das hier machen?«, fragte Benjamin.

»Wir sind in der Wildnis. Da macht man das so. Wir wollen unsere Zeit doch nicht mit gesellschaftlichen Normen verschwenden, oder, Camille?«

Camille sprach, ohne sich umzudrehen. »Ich denke, es ist ein schmaler Grat«, sagte sie.

»Ich mag gesellschaftliche Normen«, sagte Benjamin.

Camille begann damit, die Zeltschnüre zu spannen. Sie zog sie leicht an, bis die innere Plane des Zelts die äußere nicht mehr berührte und nachts nicht nass werden konnte, und beschwerte die Heringe dann mit zusätzlichen Steinen.

»Wie ich sehe, hast du Campingerfahrung, Camille?«, sagte Leonard.

Camille lächelte. Sie klopfte sich lässig die Schultern ab und sah sich nach weiteren Felsbrocken um, als sie die von Benjamin aufgereihten Steine bemerkte.

»Die sind wunderschön«, sagte sie, hob einen auf und zwinkerte Benjamin zu. »Und es ist keine willkürliche Auswahl. Jemand hat sie fachmännisch zusammengestellt.«

Benjamin senkte verlegen den Kopf.

»Du hast ein Auge dafür«, sagte Camille. Sie rief Leonard zu sich. »Sie haben eine sehr ansprechende Patina«, sagte sie.

Leonard lächelte. »Ich glaube, wir sind auf einem richtig guten Weg«, sagte er. Er blickte Benjamin an. »Ich bin sehr zuversichtlich.«

Benjamin sah ihn an. »In Bezug worauf?«, fragte er.

Leonard ging zu Gary und legte dem Hund die Hand auf den Kopf.

»Auf die ganze Geschichte. Auf dich. Auf ihn. Wir müssen nur mal die Köpfe zusammenstecken und einen Plan ausbaldowern«, sagte er.

Benjamin nickte. Leonard so ernst zu sehen, fühlte sich merkwürdig an. Das war er nicht gewohnt. Leonard ging zum Feuer und warf die letzten Holzstücke hinein.

Camille starrte immer noch auf die Steine.

»Komisch, dass die alle noch da sein werden, wenn wir längst nicht mehr sind, oder?«

»Diese Version von uns«, korrigierte Leonard. »Vom Feuer kann man das allerdings nicht behaupten. Wir werden mehr Holz brauchen, wenn wir es am Laufen halten wollen«, sagte er. Er sah Benjamin an. »Aber wir können gern gehen. Camille und ich.«

Camille sah Benjamin an. »Ich behalte ihn im Auge«, sagte sie.

Leonard legte Camille den Arm um die Schultern und zog sie an sich, sodass sie leicht aus dem Gleichgewicht geriet. Wieder errötete sie.

»Ich lasse dir mein Telefon da«, sagte Leonard und hielt es Benjamin hin. »Wenn du was brauchst, ruf einfach Camille an. Sie ist unter ›Cleopatra‹ eingespeichert.«

Camille lachte laut auf. Sie sah Leonard an, und Leonard sah Benjamin an.

»Es dauert nicht lange«, sagte sie.

Benjamin sah zu, wie sie dicht nebeneinander zum Waldrand gingen. Kurz bevor sie außer Sichtweite waren, drehte sich Leonard um und blieb stehen.

»Benjamin«, rief er laut.

»Ja?«

»Es tut mir wirklich leid, weißt du.«
Benjamin nickte.
»Okay«, sagte er.
Und damit verschwanden Leonard und Camille im Wald.

Benjamin füllte einen Topf mit sauberem Wasser und stellte ihn ins Feuer, damit er ihnen Kaffee machen konnte, wenn sie zurückkamen. Seine Hände waren mit getrocknetem Schlamm verkrustet, und er hielt sie hoch, um die Erde unter den Fingernägeln zu betrachten. Er überlegte gerade, das Desinfektionsmittel zu benutzen, als Gary auf ihn zukam. Er legte die Hände seitlich an den Kopf des Hundes und strich mit den Daumen die Ohren glatt. Er rieb die lose Gesichtshaut, schob die Lefzen nach oben und kraulte ihm die Schnauze. Benjamin schloss die Augen und hörte zu, wie die Brise die Bäume bewegte. Er hielt Garys Kopf dicht an seinen und nahm den Geruch von Erde und Honig in seinem Fell wahr. Er griff in die Tasche, um das Desinfektionsmittel herauszuholen, und fand stattdessen Leonards Schlüssel. Im Eifer des Gefechts hatte er ihn völlig vergessen. Während das Wasser zu kochen begann, drückte er den Gummianhänger zusammen und war froh, ihn nicht ins Meer geworfen zu haben.

Benjamin goss gerade das heiße Wasser in drei Becher, als er jemanden aus dem Wald kommen hörte. Er drehte sich um und hielt lächelnd die Schlüssel hoch, als er eine fremde Stimme hörte.

46

Eine Polizistin kam mit leicht erhobenen Händen auf Benjamin zu. Sie setzte ihre Schritte vorsichtig, als wäre der Boden brüchig, und sprach in ein Funkgerät.

»Benjamin«, sagte sie. »Benjamin Glass?«

Gary knurrte leise.

»Es ist alles in Ordnung, Benjamin«, sagte die Frau. »Wir wollen dir nur helfen.«

Benjamin wich zurück. Er sah sich nach Leonard und Camille um und dann nach seinen Schuhen. Sie hingen noch an Stöcken neben dem Feuer, zu weit entfernt.

»Bleib einfach, wo du bist«, sagte sie. »Ich muss meinen Kollegen unseren Standort durchgeben, damit sie uns helfen können.«

Sie sprach wieder in ihr Funkgerät, als Leonard zwischen den Bäumen hervorbrach. Er schwang den Stock und schrie so aggressiv, dass ihm Spucke aus dem Mund flog. Sie stolperte von ihm weg und griff nach etwas an ihrer Hüfte. Leonard war etwa drei Meter von der Polizistin entfernt, als sie einen leuchtend gelben Gegenstand hervorzog, der aussah wie eine Pistole, und ihn direkt auf seine Brust richtete.

»Stehen bleiben!«, rief sie.

Aber Leonard blieb nicht stehen.

»*Taser, Taser, Taser!*«, rief sie.

Und Leonard ging zu Boden. Ein klickendes Geräusch ertönte, während der Strom durch seinen Körper floss und er unkontrolliert zuckte. Spitze elektrische Leiter aus Metall steckten in seinem Oberkörper. Er stieß stöhnende Geräusch aus, die nach Flüchen klangen, aber unverständlich waren. Camille war dazugestoßen. Sie stand am Rand des Lagers und schrie seinen Namen.

Als das Klicken aufhörte, drehte Leonard sich zu Benjamin um und schrie.

»Lauf, Junge!«, sagte er. »Lauf!«

Aber er hätte es nicht zu schreien brauchen. Benjamin rannte schon auf die Bäume zu, und Gary sprang neben ihm her.

47

Benjamin fühlte, wie er in den nassen Boden einsank, der an seinen schmutzigen Socken zerrte. Seine schnellen Herzschläge klopften in seinem Hals einen Rhythmus, der alles andere ausblendete und seinen Körper schwerelos machte. Er brachte ihn dazu, schneller zu rennen als je zuvor in seinem Leben.

Milchsäure schoss in seine Muskeln, und seine Lunge brannte. Er blieb stolpernd stehen und horchte auf Leonards Schreie, aber er hörte ihn nicht mehr.

Benjamin stand da und ließ alles Revue passieren, was geschehen war – die Polizei hatte ihn gefunden, Leonard war auf die Lichtung gestürmt, Camille hatte zugesehen –, und zermarterte sich das Gehirn darüber, wie er es aufhalten konnte, wie er verhindern konnte, dass sich alles veränderte.

Er wusste nicht, was er tun sollte, außer wegzulaufen. Er folgte einem Weg, bis er den Waldrand und ein von Traktorspuren gefurchtes Feld erreichte. Jenseits des Waldes konnte er die fernen Geräusche eines Footballspiels und quietschend bremsende Autos hören. Er sah sich um. Aus einer Ecke des Feldes kamen Signalwesten auf ihn zu, also rannte er schneller, an einer Hecke und dann einen Zaun entlang. Der Lärm des Spiels wurde lauter. Er bog um eine Ecke und stand plötzlich auf dem Spielfeld. Die jubelnden Zuschauer verstummten nach und nach, und alle schauten Benjamin an.

Auf dem Parkplatz neben dem Vereinsheim stiegen Polizisten aus ihren Wagen. Sie kamen am Spielfeldrand entlang auf Benjamin und Gary zu. Benjamin sah auf den Hund hinab.

»Du schaffst es, wenn du rennst«, sagte er.

Aber Gary rannte nicht. Er setzte sich und starrte Benjamin an, wie an jenem ersten Tag am Strand. Mit einigen Metern Abstand, langsam blinzelnd, als wäre er gerade aus einem Traum erwacht.

»Geh schon. Bitte«, sagte Benjamin und wünschte mit jeder Faser seines Körpers, Gary würde wegrennen, würde mit angelegten Ohren davonpreschen, und die Zunge würde ihm aus dem Maul hängen, während er über das Feld schoss. Aber er tat es nicht. Er saß einfach nur da, während die Polizisten sie einkreisten, von allen Seiten auf sie zurückten.

In der Ferne bog ein weiterer Polizeiwagen auf den geschotterten Parkplatz hinter dem Feld ein und fuhr bis auf die Grasfläche. Es sah aus, als säße Leonard auf der Rückbank, aber durch die Tränen in Benjamins Augen war es schwer zu erkennen.

Als ihn die Polizisten erreichten, sah Benjamin, dass Mike aus dem Krankenhaus hinter ihnen war. Er sprach, aber die Wörter gerieten in Benjamins Kopf durcheinander. Mike zögerte. Er versuchte zu lächeln, aber sein Gesicht war ernst und blass. Er streckte die Hand aus, um sie Benjamin auf den Arm zu legen, aber Benjamin wich zurück. Mike wollte etwas sagen, aber jetzt war er es, dem das Sprechen schwerfiel. Benjamin konnte die Traurigkeit in Mikes Augen sehen, konnte die Worte erahnen, um die er rang. Und er wusste, dass Mike ihm zu sagen versuchte, dass seine Oma gestorben war.

Hände stützten ihn, aber Benjamin fiel, alles drehte sich, er war zu schwer für sie. Sein schmaler Körper war der Mittelpunkt einer heftigen Rotation, die ihn ins Gras zu drücken schien.

Er saß da und dachte an sie. An ihre Hände, überzogen mit Haut so dünn wie Bibelpapier, und daran, wie ihr Schlüsselbein hervorgeragt war, als sie im Krankenhausbett lag. Wie sie seine Hände gehalten und die Risse betrachtet hatte, die sich durch zu häufiges Waschen gebildet hatten, die feinen Blutrinnsale, die in den Rillen verliefen wie Nebenflüsse. Er erinnerte sich, wie sie mit ihrer Hand darüber gestrichen und Salbe einmassiert hatte. Wie sie in der Tür des Mobilheims beiseitegetreten war, als sie ihn zu ihr gebracht hatten, wie der Wind ihre Haare träge zur Seite geweht hatte, ihr Lächeln, als sie gesagt hatte, diesmal werde er ganz bei ihr bleiben. Und er dachte an den Wal, an die vielen Tage, die er gelebt hatte, an denen er das Wasser durchschnitten hatte, durch Lichtsplitter an die Oberfläche gekommen war, um zu atmen.

Er hatte jetzt eine Ahnung davon, was er mit ihm gemacht hatte, dieser Wal. Er hatte ihm zu der Erkenntnis verholfen, dass die Dinge besonders waren, weil sie vergingen, und kostbarer, weil sie meist nicht von Dauer waren. Und dann lag er reglos da, den kalt-hellen Sonnenschein auf dem Gesicht, das Geräusch der brandenden Wellen unten am Strand im Ohr, die dort über die Millionen kleiner Steine hinwegspülten. Gary beugte sich über ihn, so dicht, wie er konnte.

»Ich liebe dich, Hund«, sagte er.

DANKSAGUNG

Man kann einen Roman unmöglich allein schreiben. Selbst wenn man ihn an einem Stück hinter der verschlossenen Tür eines Mobilheims in die Tasten hauen würde, täte man das nicht.

Alle, die man kennt, sind dort drinnen. Und alle, die man je getroffen hat, die einen je etwas gelehrt haben, mit denen man sich gestritten oder die man in einem Film gesehen hat. Alle, die man irgendetwas sagen gehört oder bei irgendetwas beobachtet hat.

Dieses Buch ist keine Ausnahme.

Da es nicht besonders praktisch ist, sich auf dieser Grundlage bei allen zu bedanken, findet sich untenstehend mein Versuch einer Auswahl, besondere Erwähnungen derjenigen, die das Buch zu viel mehr gemacht haben, als es gewesen wäre, wenn ich es ohne sie geschrieben hätte.

An erster Stelle danke ich meiner Frau Lucy. Dafür, dass sie mir in der Anfangszeit den Laptop aufgeklappt und einen Kaffee auf den Untersetzer gestellt und dass sie am Ende den Laptop nicht in Stücke gehauen hat. Dafür, dass sie für mich, für uns gesorgt hat, dass sie die Einzelheiten und das große Ganze nicht aus den Augen verloren hat, dass sie die Rechnungen bezahlt hat, dass sie diesen Roman öfter gelesen hat, als selbst ich es ertragen hätte. Dass sie das Wasser abgeschöpft hat, als das Schiff ein Leck hatte. Ohne dich hätte ich das nicht geschafft. Ich liebe dich.

Danke an meinen perfekten kleinen Jungen, der mich an jedem einzelnen Tag meines Lebens mit Freude erfüllt und alles in die richtige Perspektive rückt.

Danke an meine magische Mutter, für alles und dafür, dass sie mir immer, immer Bücher gekauft hat.

Danke an Nesie, die mir während der Schulzeit den Job an der Kasse bei Somersfield besorgt hat. Und dafür, dass sie – ich glaube, das darf ich sagen – mein größter Fan ist.

Danke an Oma Tessie, die mir geduldig zugehört hat, wenn ich von dem Buch redete, das ich eines Tages schreiben würde, lange bevor ich auch nur annähernd so weit war. (Tut mir leid, dass darin ein bisschen geflucht wird, ich weiß, das magst du nicht.) Danke für die Buchstabiertests und die Erinnerungen an Toast mit Marmelade. Dafür, dass sich die Welt sicherer und freundlicher anfühlt, nur weil es dich gibt.

Danke an Frannie, den Bücherdrachen, für das Bücherregal, in dem mein Buch in meiner Vorstellung immer stand.

Danke an Dad, für seine unerschütterliche Präsenz und dafür, dass er jemand ist, zu dem ich immer aufschauen werde.

Und danke an Marc Chapman dafür, dass er der dritte Elternteil und Freund ist, ohne den ich nicht sein könnte.

Danke an die Webbs, dafür, dass ihr keine Miene verzogen habt, als ich erzählte, ich würde »bald« mit meinem Roman fertig sein. Vor allem Babs und Nick dafür, dass ihr euch so oft um Arlo gekümmert oder den Rasen gemäht oder irgendetwas angestrichen oder Regale aufgestellt habt, während ich im Costa saß und die Entwürfe überarbeitete.

Danke an Seth Townley, meinen zuverlässigen Erstleser und großartigen Freund. Dafür, dass ich seinem Urteil darüber, was funktioniert und was nicht, mehr vertrauen kann als meinem eigenen.

Danke an das Korrektorat. An Hannah Harper und Owen Nicholls, dafür, dass sie so großzügig waren mit ihrem Feedback, ihrem Intellekt, ihrer Tatkraft, ihrer Kameradschaft, Macht, Integrität, ihrem Charisma und anderen Qualitäten. Möge unsere WhatsApp-Gruppe bestehen, bis die Gesellschaft zusammenbricht und die Technologie versagt oder die Roboter die Herrschaft übernehmen.

Danke an alle vom National Centre for Writing für die Hilfe, die ich von ihnen erhalten habe und die unzählige andere weiterhin erhalten. Sie leisten dort etwas ganz Besonderes.

Danke an meinen offiziellen Mentor vom NCW Escalator Programme, Ross Raisin, für seine Weisheit und seinen messerscharfen Sachverstand. Und dafür, dass er mir gesagt hat, wovon das Buch eigentlich handelte.

Danke auch an meinen inoffiziellen Mentor Benjamin Johncock, der sich aus der Deckung wagte und mir eine aufmunternde E-Mail schrieb, die an meiner Wand hängt.

Danke an Trezza Azzopardi für ihre geduldige Führung, während ich an der University of East Anglia war, und an Andrew Cowan, der mich nach einer Reihe verbummelter Seminare und schlechter Zensuren beriet. Dafür, dass er mir sagte, ich solle mir nicht zu viele Gedanken darüber machen, weil solche Dinge oft nur wenig mit dem eigentlichen Schreiben zu tun hätten.

Danke an Hattie Grünewald dafür, dass sie von Anfang an mit an Bord war. Dafür, dass sie vor allen anderen erkannt hat, was *Der Große Gary* womöglich sein könnte. Und für ihren geduldigen Umgang mit meinen lästigen E-Mails, wenn ich ihr irgendwelche Neuigkeiten zu entlocken versuchte.

Danke an Christopher Potter, der auf mich gesetzt hat, als es sonst nicht viele taten. Danke, dass du entscheidende Fragen zu dem Buch aufgeworfen und zu mir gehalten hast, während ich es fertigstellte. Danke, dass du mir gesagt hast, dass ein Roman etwas Unvollkommenes ist – zweifellos der befreiendste und hilfreichste Rat, den mir beim Schreiben jemals irgendwer gegeben hat.

Ein großes Dankeschön an die wunderbaren Menschen bei Europa Editions. Daniela, Caro, Eva, Leonella und Michael (deinen genauen Blick wusste ich besonders zu schätzen) – ihr seid alle absolute Goldstücke. 10/10. Klare Empfehlung.

Besondere Erwähnung verdienen die Freunde, die mich trotz allgemeiner Kontaktschwäche, mieser Antwortgeschwindigkeit und seltenen Auftauchens in der Öffentlichkeit bisher ertragen haben. Auch wenn es nicht offensichtlich ist, liegt ihr mir alle sehr am Herzen.

Danke an James Bradley, der tagsüber mein Vorgesetzter und rund um die Uhr mein Freund ist, für die »Recherche«, bei der du mir geholfen hast.

Danke an meine Fitness-Familie bei FitMissions für eure unermüdliche Unterstützung, euer Interesse und eure Liebe.

Danke an die Helden des Bakewell-Bereitschaftsdienstes, dafür, dass sie mich vorübergehend in den Ruhestand geschickt haben, während ich versuchte, Rechnungen zu bezahlen und das Buch zu beenden.

Danke an Jimmy Chase, wo auch immer du bist, dafür, dass du mir einen ganzen Tag lang im Laden Deckung verschafft hast, während ich die Geschichte schrieb, die mir einen Platz an der UEA einbrachte.

Und schließlich danke ich meinen Hunden Rhodrigo und Drew. Für die Liebe und die Details. Und dafür, dass sie, wie Hunde es generell tun, alles geben, ohne irgendetwas als Gegenleistung zu erwarten.

MIX
Papier | Fördert
gute Waldnutzung
FSC® C083411

Das bei der Produktion dieses Buches entstandene CO_2
wurde durch die Finanzierung von Klimaschutzprojekten kompensiert:
climate-id.com/17531-2110-1001/de

Die englische Originalausgabe erschien 2024 unter dem Titel ›DOG‹
bei Europa Editions, London.

First Publication 2024 by Europa Editions

1. Auflage 2025

Übersetzung: Hanna Große
Lektorat: Leonora Tomaschoff
Herstellung: Corinna Gathmann
Umschlaggestaltung: Lübbeke Naumann Thoben, Köln
Satz: Fagott, Ffm
Gesetzt aus der Scala
Druck und Verarbeitung: CPI books GmbH, Leck
Gedruckt auf säurefreiem und chlorfrei gebleichtem Papier
Printed in Germany
ISBN 978-3-7558-0032-3

www.dumont-buchverlag.de